疾病與文學
台日韓作家研討會論文集

紀大偉、陳佩甄、羅詩雲 主編

前言

「台日韓作家會議」是國立政治大學台灣文學研究所創立的特色傳統。有別於一般以學者為主的學術研討會，台日韓作家會議特別重視作家的發聲，致力將優秀作家轉化為國際會議的講台主角。政大台文所一向致力推動國際交流，自然樂於促成韓國、日本、台灣三國之間的作家對話。

自2014年以來，本所已經成功舉辦三屆台日韓作家會議。前兩屆會議皆出版論文集，用文字記錄了聚會論述。第三屆會議正在籌備階段的時候，因為全球疫情爆發而被迫延期。等到疫情終於緩解，本所才如願籌備第三屆「穿越國界」的盛會——穿越國界的動作，原來不只是譬喻，竟然也是身體所體驗的真實。鑑於疫情對國內外文學界與學術界帶來重大衝擊，第三屆會議特別選定「疾病與文學」作為主題。本論文集即為第三屆會議的成果展現。

光陰似箭。如果從2014年大會之前的籌劃階段開始計算，台日韓作家會議如今已經十歲。既然如此，在介紹第三冊會議論文集之前，請容本人跟讀者回顧前兩屆會議的美好回憶。

第一本論文集，是政大台文所第一次主辦台日韓研討會

的成果。《台日韓女性文學：一場創作與發展的旅程》（吳佩珍、崔末順、紀大偉主編，秀威經典出版，2015年）是「台日韓女性作家會議」（2014年11月21日至22日）的論文結集，收錄六篇論文與兩場座談紀錄。除了吳佩珍（政大台文所）撰寫的前言之外，本書包括論文如下：范銘如（政大台文所）以跨國視野探討當代台日韓女性小說；吳佩珍聚焦日本戰後文學中的女性書寫；崔末順（政大台文所）梳理近百年韓國女性小說的發展軌跡；紀大偉（政大台文所）分析蔡素芬「鹽田兒女三部曲」中愛情與金錢的對價關係；李惠鈴（韓國成均館大學東亞學術院）討論文學、他者與女性的交織（論文譯者：林筱慈）；中川成美（日本立命館大學文學研究科）探究日本現代文學中的性別（論文譯者：吳亦昕）。兩場台日韓作家座談會分別以「性別、國族與跨國經驗」及「體制與逾越：私人寫作的社會空間」為題，邀請津島佑子（日本名作家）、松浦理英子（日本名作家）、申京淑（韓國名作家）、金仁淑（韓國名作家）、蘇偉貞（台灣名作家、國立成功大學中國文學系）、平路（台灣名作家）、蔡素芬（台灣名作家）、陳雪（台灣名作家）等人分享女性創作者的甘苦談。

第二本論文集，《生態與旅行：台日韓當代作家研討會論文集》（崔末順、吳佩珍、紀大偉主編，秀威經典出版，2018年），來自於「台日韓當代作家研討會──生態與旅行」

（2017年4月14日至15日）。除了崔末順的前言之外，本書包括論文如下：范銘如探討台灣生態小說的浩劫啟示；吳佩珍分析多和田葉子與津島佑子的東日本大震災書寫；崔末順研究韓國現代小說中的生態意識；中川成美探討跨國境的旅行文學（論文譯者：賴怡真）；權晟右（韓國淑明女子大學人文學部）探析朴馨瑞小說的旅行敘事（論文譯者：林筱慈）；紀大偉從瓊瑤小說討論身心障礙與跨國旅行的議題。兩場台日韓作家座談會分別以「此地他方——文學的生態閱讀」及「旅行・空間・越界」為題，邀請片惠英（韓國名作家）、多和田葉子（日本名作家）、伊格言（台灣名作家）、朴馨瑞（韓國名作家）、吳明益（台灣名作家、國立東華大學華文系）、茅野裕城子（日本名作家）、黃宗儀（台大地理系）、黃麗群（台灣名作家）、鍾文音（台灣名作家）等人，談論生態議題與旅行議題的閱讀與創作。

讀者手上這一冊《疾病與文學：台日韓作家研討會論文集》（紀大偉、陳佩甄、羅詩雲主編，秀威經典出版），來自於「疾病與文學——台日韓作家研討會」（2023年3月10至11日）。除了本人的前言之外，本書包括七篇論文，以及兩場作家座談會。座談會分別以「身體、話語與疾病想像」及「社會、疾病與群／己距離」為題，邀請星野智幸（日本名作家）、中島京子（日本名作家）、金息（韓國名作家）、孫洪

奎（韓國名作家）、周芬伶（台灣名作家）、駱以軍（台灣名作家）、張亦絢（台灣名作家）、何致和（台灣名作家）等人，細數疾病、文學與生命政治（biopolitics）的微妙關係。

　　本書收錄論文七篇。第一篇論文是范銘如的〈送別最後一段——病・死的她者敘述〉。此文以蘇偉貞的《時光隊伍》和鍾文音的《捨不得不見妳》、《別送》做為研究對象，探討家屬書寫的疾病文學。這批作品顯示三個特徵：一是透過生命回顧恢復患者主體性；二是敘述者檢視與患者關係並批評醫療體系；三是思考生命與書寫意義。這批作品不僅具文學價值，也為理解疾病經驗、醫病關係和生命意義提供重要文獻。第二篇論文是吳佩珍的〈戰前台日文學的「結核」書寫與女性形象〉。此文探討日本與台灣戰前文學中結核病書寫與女性形象的關係。在日本文學中，結核病呈現浪漫化與揭露社會問題兩種面向。台灣新文學如朱點人、王詩琅等作品，既承襲日本文學傳統，也透過「新女性」階級展現在地特色。疾病書寫成為探討社會問題的關鍵媒介。第三篇論文是崔末順的〈疾病的時代徵候——韓國文學中的疾病及其隱喻〉。此文分析韓國近現代文學中疾病書寫的隱喻意涵：從近代天花象徵前近代社會病態，到日據時期神經衰弱象徵殖民地知識分子痛苦，再到戰後心理創傷、痲瘋病等反映社會問題，最後討論全球疫情時期的文學。疾病書寫呈現豐富的隱喻意涵，反映不同

歷史階段的社會關懷。第四篇論文是紀大偉的〈在身心健全主義底下：戒嚴時期袁瓊瓊小說的「身心障礙」和「家醜身體」〉。此文藉著討論袁瓊瓊文壇生涯初期作品（時值戒嚴時期末期）中的身心障礙再現，提議使用「家醜身體」概念補充不敷使用的既有詞庫。

第五篇論文是陳佩甄（政大台文所）的〈「反」療癒：《間隙》與《病從所願》中的情感政治與時間性〉。此文分析平路《間隙》與隱匿《病從所願》兩部癌症散文，提出「反療癒」概念，批評現代化病理學中的治癒暴力。此文從治癒暴力、疾病時間性和修復式閱讀三個面向，探討作品如何透過反療癒書寫，開展多元的生命潛能。第六篇論文是中川成美的〈新冠疫情中的日本文學——作為世界文學的一環〉（譯者：木山元彰）。此文探討2020年後日本文學對疫情的回應，分析桐野夏生等作家如何描寫「不合理的日常」。此文以東京奧運為例，揭示社會「喪失現實感」的狀態。這些作品應以世界文學視角審視，展現文學的預言性與批判性功能。第七篇論文是高明徹（韓國光云大學國文系）的〈「口述證言」與「記憶感應」：金息和孫洪奎的疾病敘事〉（譯者：林筱慈），分析金息的慰安婦「口述證言敘事」和孫洪奎的疾病隱喻寫作。此文指出，金息透過口述超越傳統文本書寫，而孫洪奎則以「首爾＝中陰身」為隱喻探討記憶議題。兩位作家的敘

事方式為疾病和書寫的交會提供見證。

　　十年過去了，我們收穫豐盛，滿心感激。政大台文所始終秉持初衷，竭誠希望未來能繼續主辦台日韓三國作家及學者間的對話與交流窗口。

　　最後，我們要向參與此次會議的國內外作家和學者、為盛會效力的本所教職員與碩博生，以及協助口譯與筆譯的專家，致上最深的謝意。特別值得一提的是，三次會議皆由本所「點子王」范銘如老師大膽發想，我們才敢努力實踐。我們也要感謝秀威資訊公司情義相挺，本書才得以順利誕生。

紀大偉

2024年12月3日

台北市木柵

目次
CONTENTS

003 | 前言／紀大偉

013 | 送別最後一段──病・死的她者敘述／范銘如

　　一、不只是病人　020

　　二、她者的位置　025

　　三、見證疾病的書寫意義　032

　　四、結論　036

041 | 戰前台日文學的「結核」書寫與女性形象／吳佩珍

　　一、序言　043

　　二、結核的「浪漫化」與「感染力」　045

　　三、勞動文學與普羅文學中的「結核」書寫　052

　　四、台灣新文學的「結核」書寫　058

　　五、小結　064

071 | 疾病的時代徵候──韓國文學中的疾病及其隱喻
　　／崔末順

　　一、疾病與文學　073

　　二、天花、神經衰弱、梅毒：追求現代與抵抗殖民的政治
　　　　隱喻　078

　　三、心理創傷、瘋癲病、老人癡呆：戰爭記憶與社會壓抑的
　　　　隱喻　091

　　四、新冠肺炎書寫：厭惡的時代徵候　102

111 | 在身心健全主義底下：
戒嚴時期袁瓊瓊小說的「身心障礙」和「家醜身體」
／紀大偉

　一、前言 113

　二、家醜身體 119

　三、家醜身體的三種部署 125

　四、身心健全主義底下 130

　五、迎合市場的聳動效果 135

　六、結語：台灣小說和身心障礙的交集 145

153 |「反」療癒：
《間隙》與《病從所願》中的情感政治與時間性
／陳佩甄

　一、治癒的暴力：疾病的情感政治 160

　二、間隙狀態：疾病的「時間性」 170

　三、朝向修復：重思疾病的隱喻 177

189 | 新冠疫情中的日本文學——作為世界文學的一環
／中川成美　木山元彰譯

205 |「口述證言」與「記憶感應」：
金息和孫洪奎的疾病敘事／高明徹　林筱慈譯

　一、韓國文學如何回應「疾病——社會病理症候」 208

　二、金息：針對殖民主義歷史病痛的慰安婦「口述證言敘事」
　　　 211

三、孫洪奎：疾病的隱喻與「記憶的敘事感應力」　220
　　四、期待深入探究COVID-19敘事的出現　228

**233 | 疾病與文學——台日韓作家座談會：
　　　身體、話語與疾病想像**

**273 | 疾病與文學——台日韓作家座談會：
　　　社會、疾病與群／己距離**

送別最後一段
——病・死的她者敘述

范銘如
國立政治大學台灣文學研究所特聘教授

摘要

　　本文想要探討一種在醫生和病人身分之外，較少為人討論、由病患家屬執筆的疾病文學，以蘇偉貞（1954-）的《時光隊伍》（2006）和鍾文音（1969-）的《捨不得不見妳》（2017）、《別送》（2021）為例。這類型的著作，既有疾病經歷的內部牽涉，又有醫療知識的外部觀察。親屬的疾病書寫，可以是生命書寫，推到最極致處甚至是患者本人絕對無法敘述的，死亡書寫。

　　由於這類型的作品具有一種她者／見證者的敘事傾向，故事的首要特徵就是對患者／傳主的一生有廣泛性的回顧，透過回顧，恢復主角的主動性，而不只是個躺在病床上的病人。透過這樣的回顧，作品的次要特徵是，檢視了主角和敘述

者的關係,以及照護經驗中的對錯,並且藉此評估醫療論述和管理體系的適切性。當疾病最終奪去主角的性命,敘述者除了面對至親的消殞後如何自我調適的問題,最終往往必須從疾病書寫、死亡書寫進階到另一重思索而導致第三種特徵,思考生命本身的意義。

> 他們為我們的器官
> 取了一些名字
> 承平的時候叫做肺
> 戰爭的時候叫做衰竭
> 承平的時候叫做
> 心肝腸胃
> 戰爭的時候叫做
> 栓塞硬化潰瘍感染膿腫
> ——零雨，〈取名字〉[1]

作為現代文學中汩汩涓流的題材，疾病書寫在當代出現了由伏流至明渠的轉變。台灣小說裡對疾病敘述的主流模式，一如蘇珊·桑塔格（Susan Sontag）從西方文學裡觀察、如今已成疾病書寫研究的經典名言，「疾病向來被用做隱喻以作為對社會腐敗或不公的控訴。」[2]台灣學者李欣倫根據戰後台灣文學的閱讀導出類似的推論，疾病書寫裡的第一大宗正是作為隱喻，類比國族或社會的病徵，印證了桑塔格論述的跨國適用性[3]。唐毓麗針對戰後台灣小說的疾病運用，進一步指出這

---

[1] 零雨，《女兒》（新北：印刻出版，2022年），頁75。
[2] 蘇珊·桑塔格（Susan Sontag）著，刁曉華譯，《疾病的隱喻》（台北：大田出版，2000年），頁89。
[3] 李欣倫，《戰後臺灣疾病書寫》（台北：大安出版社，2004年）。

些隱喻不是被類比為罪惡就是視為某種程度的懲罰[4]。林秀蓉將研究年代縱深從戰後擴大至日治時期，並且橫向對比中國五四時期的疾病書寫，再度確認，「台灣小說家也如同大陸五四時期作家，他們都執著地、普遍地把疾病加諸人物的身體，試圖透過疾病的隱藏內質，完成療癒自我的慰藉、探診社會文化的癥結或開立藥方的責任。」[5]只不過不同於桑塔格聚焦於癌症和愛滋病，唐毓麗從台灣小說疾病敘事中檢視了精神病、愛滋、肺結核與肝癌，林秀蓉則爬梳到三種病：肺結核、瘋癲和性病，後兩者同樣在李欣倫的疾病研究中占有絕大比例。綜合三位本土學者的統計，顯示出疾管署統計歷年來占據十大死因排行榜的癌症、心臟病、腎病變、腦血管疾病和糖尿病等等身體傷疾，反倒不受台灣疾病文學排行榜的青睞。抱持文學反映現實信念的讀者，如果從小說認識台灣，或許會得到台灣國民體格健壯、性趣盎然，但心神耗弱的印象。

除了從內容和類型來探討疾病書寫，近年來也有一些研究者將作家的身分納入分析範疇。除了最常見將疾病當作創作素材的「事不關己」型的一般作家，還有一類作家是醫護專業型，將診療的臨床經驗作為寫作題材，或者根據患病的作家

---

[4] 唐毓麗，《罪與罰：臺灣戰後小說中的疾病書寫》（新北：花木蘭文化，2014年）。

[5] 林秀蓉，《眾身顯影：臺灣小說疾病敘事意涵之探究（1929-2000）》（高雄：春暉出版社，2013年），頁33。

（或名人）傳記和文學作品寫成疾病（診斷）論述；另外一類，則是患病者的自述，有的書寫者是早有文名的作家，有的則是因為罹病經驗觸動書寫的素人寫作，此一類型的疾病書寫是近期數量成長最多、變化最豐富的領域。李欣倫的研究中也提及台灣文學裡已有不少疾病當事人以病人誌（pathography）的書寫，敘述生病歷程、求治行動、診療方式和醫療體系的運作，「有意識地通過書寫疾病，達成自我治療或為社會除魅的功效。」[6]醫護型作家的優點是能夠針對疾病提供學理性的解釋，甚至對醫學教育與現場、醫療管理和給付系統等結構性的醫療環境做宏觀性、鳥瞰式的延伸補述。這種專業型的敘述兼具內行人的說理與人文主義者的關懷，讓枯燥冰冷的醫療論述或案例在文學性敘述中變得可以親近共鳴。然而，醫護的專家論述和觀點正是病人最耳熟能詳的。「醫生最知道」（doctor knows the best）或許是事實，但其中不容質疑的權威性卻又是最為患者訴病的情結。特別是對那些長期遵行醫囑仍然無法自疾病王國脫身的病人而言，更不甘於永遠被指派在一個聽話、被詮釋的沉默位置。考瑟（Thomas Couser）觀察到，傳統上疾病論述總是掌握在當權者、而不是患者手中。近年來在病人權益意識漸長後，疾病敘事最強烈的動機之一即是破除這種

---

[6] 同註3，頁92。

被詮釋者的消極形象,掌握發話權,讓即使是正在受苦受傷的身體也不僅僅是悲劇的、負面的客體,而是具有敘述出這個變化中的肉體、積極地指認疾病經驗意義的詮釋主體。因此,主題稱之疾病書寫,內涵同時也是生命書寫[7]。

以醫療經驗為書寫題材的缺點是文學性含量的問題,不管是從醫護或是患者的角度敘述。有些疾病書寫會被分類在傳記類、回憶錄、報導文學,有些甚至會歸入醫療保健類。少數批評家甚且指稱,自傳式疾病敘述的文本,猶如是一種受難者、倖存者的證詞,導致評論上面臨了倫理的困境。考瑟反駁,以看待受害者的眼光閱讀,恰是主動訴說患病故事者從根本上想推翻的;他們非但不想博取同情,他們更想要的反而是阻絕同情[8]。遺憾地,是類批評或許嚴苛了些,卻並非全無道理,畢竟有多少文學批評家能夠在旁觀他人的痛苦時,還不痛不癢地拿著美學的度量尺就文本的修辭造境、結構布局說三道四,遑論冷眼地剖析疾病文學如何被生產、消費和宣傳呢?在醫護和患者的兩極之外,還有另一種較少為人討論、由病患家屬執筆的疾病文學。這類型的著作,既有疾病經歷的內部牽涉,亦有醫療知識的外部觀察,雖然不無批評倫理上的顧

---

[7] Couser, G. Thomas, *Recovering Bodies: Illness, Disability, and Life Writing* (Madison: The University of Wisconsin Press, 1997), pp.1-13.

[8] 同註7,頁290-291。

忌,至少較不直接。親屬的疾病書寫,可以是生命書寫,推到最極致處甚至是患者本人絕對無法敘述的,死亡書寫。

「你不要隱喻,你要明明白白」[9],蘇偉貞在《時光隊伍》中以近乎怒吼的敘述逼近疾病,並且展示了呼應桑塔格反思疾病書寫的一種紀錄性的寫實敘事。《時光隊伍》記載的是作家的丈夫從罹患咽喉癌到過世的過程,以及作家處理後事和心事的種種描述。鍾文音的散文《捨不得不見妳》描寫母親中風前後的長照過程,而小說《別送》預演的是母親久病離世,之後以一系列宗教儀式和佛教教義超度母親並自我療傷的歷程[10]。前者側重疾病看護,後者偏重臨終故去,同一題材、不同文類的姊妹作。蘇偉貞和鍾文音的自傳性文本皆涵蓋了照護以至送別患病的親人,主題跟傳統上被歸納為「悼亡」的文學有重疊性。但悼亡文學比較偏向喪親後的哀傷抒發,這三部著作則增加病理學書寫的成分,具體描繪疾病症狀、求治和照料的細節書寫。敘述者則是以見證人、旁觀者和照料者的親屬角度來理解破壞性的、終至致命的疾病經歷。

本文想要探討的正是病人家屬視角的疾病書寫,以蘇偉

---

[9] 蘇偉貞,《時光隊伍》(新北:印刻出版,2006年),頁227。本文引用直接於內文末標示書名及頁碼。

[10] 鍾文音,《捨不得不見妳》(台北:大田,2007年);鍾文音,《別送》(台北:麥田,2021年)。兩文引用直接於內文末標示書名及頁碼。

貞的《時光隊伍》和鍾文音的《捨不得不見妳》、《別送》為例。由於這類型的作品具有一種她者／見證者的敘事傾向，故事的首要特徵就是對患者／傳主的一生有廣泛性的回顧，透過回顧，恢復主角的主動性，而不只是個躺在病床上的病人。透過這樣的回顧，作品的次要特徵是，檢視了敘述者和主角的關係，以及照護經驗中的對錯，並且藉此評估醫療論述和管理體系的適切性。當疾病最終奪去主角的性命，敘述者除了面對至親的消殞後自我調適的問題，最終往往必須從疾病書寫、死亡書寫進階到另一重思索而導致第三種特徵：思考生命和書寫本身的意義。以下三個章節將會依照此三種特徵，循次論述。

一、不只是病人

威夏（John Wiltshire）曾經就近年來西方文學中數量激增、由第三人稱敘述的自傳性疾病書寫歸納一些特點。首先，執筆者通常是親人或愛人。第二，迥異於一般的傳記寫作，自述性疾病書寫者通常是以一種不情願的敘述者，講述一個非選擇、強迫性的傳主和撰寫經驗。疾病書寫的傳記性質與一般是記錄顯赫者的傳記不同，疾病書寫多是無名之輩的故事，不是以成功或高不可攀的生活讓讀者敬仰，而是以同樣平凡的處境引起共鳴。第三是敘述者坦承崩潰和無能為力，不管

是對於協助患者或是難以輕易告別[11]。這三種特點同樣可見諸於台灣文學中描述親人疾病的作品。但是對於告別過的敘述者來說，小說結構中最關鍵的故事時間已經劃下斷點，敘述聲調因而確立。《時光隊伍》和《別送》一開場，都揭曉了與疾病對峙拔河的結局，終究是由死亡接管，肉體消亡再無奇蹟出現的可能。拒絕故事終止的敘述者，只能寄託文字以綿絮的敘述時間延續親人的存在。經由訴說患病後的經歷與患者一生的回顧交織結合起來，從而提供了一個概念整體，遭受病魔侵骨蝕魂的親人似乎也在扉頁中回復丰采。兩個作家不約而同都花了很大的篇幅從主角的一生，走向更高層次的定位。蘇偉貞的作法，是將主角聯繫上了大時代下遷徙的旅行者，而鍾文音則從宗教的世界觀中去參透肉身的流轉起滅。

蘇偉貞的《時光隊伍》中有兩個明顯的敘述線來來回回、片段式地交叉出現，拼綴起主角張德模的人生故事。第一個主線是張德模被診斷罹患食道癌末期至住院離世，期間平靜而豁達，約莫半年；第二條主線則是補述主角幼年隨同父親遷台，成長成家的過程和親友圈，以及兩岸開放後多次的返鄉探親和旅行紀事，這期間的主角足跡行遍大江南北，形象豪爽不拘、重情仗義。兩條敘述線皆不按照線性發展，看似隨興隨

---

[11] John Wiltshire, "Biography, Pathography, and the Recovery of Meaning," *The Cambridge Quarterly* 29.4(2000), pp.413-415.

機，實則以後期的靜態、停頓，對比前期的活躍、大範圍移動的狀態，具體形塑出疾病對人造成的傷損，並讓主角擺脫虛弱的病人身分，還原其個性飽滿的生命歷程。因此，第二條敘述主線的篇幅不僅多，甚至在小說後期還有兩大頁編年羅列主角和其中一個朋友數十次同遊大陸的行程路線，甚至於里程數。主角在作者的描述下性格鮮明，不只是她的先生，活脫脫是個備受家人友人敬愛的血性漢子，更絕非僅只是一個垂死的軀體。讀者故而能夠理解，為什麼小說中，當來巡房診視的醫師簡便地泛稱，「老伯」時，會被敘述者怒火打斷，「不！要！叫！他！老！伯！……請直接叫他名字」，心理獨白是「醫生？他是人，有名字，你少偷懶。」（《時光隊伍》，頁41）不願意至親至愛的人只是個隨便的受詞。名字，代表的是主角的尊嚴與主體性，即使是個重病患者。

　　《時光隊伍》的書名，開宗明義地將主角放在百代之過客的時間意義，配合旅行、遷移這種地理性的指涉，比喻其「流浪者」的時空定位。作者在書中大量羅列許多乍看跟主角沒有關係的事物，例如北京人的頭骨、從北京至台北的故宮國寶路、外省人遷移來台、返鄉省親等等，都是以千里飄蕩的特徵賦比主角一世的逆旅。行萬里路明著襯托主角的勇健活力，暗面則是寄寓了上一代遷台外省人的飄泊之感。罹患食道癌的名人諸如臺靜農、蔣孝勇、亨佛萊・鮑嘉（Humphrey

Bogart）⋯⋯無一不是灑脫豪爽的漢子，也都在與張德模並肩的行列。作家在建立起主角生前活動的軌跡後，才能接續起死後的時間感。小說開宗明義就問，關於人生唯一一次的詰問、關於畢生最大的詰問，他是怎麼樣的鬼？答案很清楚，「是怎麼樣的人，就是怎麼樣的鬼？」（《時光隊伍》，頁12）所以主角不會婆婆媽媽地留戀人世，什麼託夢現身的一概沒有。死了就死了，乾脆瀟灑地離開人世。旅行結束，併入一代又一代的時光隊伍之中。

鍾文音的母親是她筆下的常客，從早期的《女島紀行》、《昨日重現》到後期的《傷歌行》等，她的小說和散文中總是有個強勢、勁勞、務實又愛碎唸的母親身影，鍾文音的忠實讀者應該已從這些文本中熟知她殘破的家庭關係，以及和女兒相愛相殺、親愛與怨懟拉扯著的母女情結。這個作家稱之為「我的天可汗」、以君臨姿態般護衛著女兒的母親，在《捨不得不見你》中倒下來，變成仰賴女兒的中風患者。臥床經年後，《別送》預想終將迎來最後的告別。由於在作家作品中，母親一生的故事已有相當雛型，小說並不需要花費太長的篇幅為主角立傳，作家需要的只是補述尚未被訴說過的母親晚期故事。職是之故，小說總是由末期的狀態回溯人生不同階段的景觀，彼此交混參照。故事開始幾頁，母親告訴過她一個悲慘的畫面，兩三歲的女孩爬去躺在草蓆上臨終母親旁想要掀開

母親的上衣，要吃奶，被父親一把抓走。「那個頓失母親吃不到奶被父親抓走還氣得狂咬父親手臂的烈性女孩，晚年卻成了躺在電動床的安靜巨嬰。」（《別送》，頁27）或者例如小說尾聲，當敘述者聞到點香的氣味，回憶起母親總是千里迢迢地進香掛香，成為母親的年度島嶼旅程；又或者當年父親過世時，母親在驚天動地的撫夫棺痛哭後，突然起身去置辦了乾淨體面的壽衣，告別式也是符合母親一貫大動聲色的作風。對比的是突然中風一切來不交代的母親，只能由安靜的女兒以她的美感和風格，靜謐地走向最後一程。

比起《時光隊伍》裡的主角，《別送》裡的母親經歷更為平凡，沒有跋涉過大山大水，也沒有什麼拔萃獨特的人格，她的故事很常見，南部鄉下的基層女性，沒有背景沒有資源，靠身體勞動勞務了一輩子，但是得到的回饋很少，不管是物質和感情層面。曾經強韌飽滿的身體卻在晚年垮了下來，慢慢地被疾病蠶食吞噬了所有功能。這樣的肉身讓敘述者不斷參悟佛經裡關於人世疾苦的奧義。而且為了對比殘年母親日愈崩壞毀棄的身體，小說編織了女兒青年和盛年時間的風花雪月，以身體早年的歡愉、生命的孕育和綻放，相比於晚年的老病死。佛經雖曰如幻影泡沫，畢竟難以釋懷。小說中最大的篇幅是在想像母親去世後，女兒心理上種種告別的轉折過程，從後事的處理，到離開窩居遠行到西藏修行。這一趟旅行固然可

以視為悼亡之旅,但也是將主角的死亡提升到宗教哲學層次的必要手段。因此母親去世後,女兒必須前往西藏進行一趟靈修之旅,從觀看藏族葬禮並從中體悟佛教文化中對於生死的看法,以便將母親的故去視為不可避免的生命輪迴。

二、她者的位置

在爬梳患者人生的故事的同時,敘述者免不了回顧了彼此的關係,從親密的家人,以至於最後陪病的家屬。敘述者一方面身為傳主生命的參與者,回溯其家庭關係,自然也必須重新審視敘述者與家人的親疏矛盾。可歎的是,承擔照護責任的家屬,勞心勞力去彌補醫療系統的不足時,偶爾還會自責決策過程和照料細節是否正確。另一方面,作為患病後的照護者、第一線的見證者,某種程度擔任醫病之間的橋樑,敘述者的臨床經驗不同於兩者。由於是第三方的證詞,關照的範圍更廣泛,對於專業醫療管理和論述的質疑,有時甚至比當事人更多更有力。尤其在《時光隊伍》和《捨不得不見你》中,每當描寫疾病照護時,不時伴隨著對醫病關係的不平等和目前醫療保健系統的批評。

《時光隊伍》中敘述者在描述主角一家的家族組成中,有許多沒有血緣關係的成員,包括後來才因婚姻關係加入這個

顯影劑、胃鏡、心臟超音波、腹部超音波、胰臟穿刺、斷層掃描、食道支架、支氣管支架、栓塞」（《時光隊伍》，頁28），不就是一群行禮如儀的「數據族」進行的「偽醫療」？

病患及家屬對醫療處置的憤怒不在少數。霍金斯（Anne Hunsaker Hawkins）甚至推斷，病人誌的出現跟所謂醫療技術的進步脫離不了關係。現代醫療科技的發達雖然能讓病人從原本會致命的疾病中保住性命，但醫治的手段和結果有時反而加劇患病的痛楚[12]。不讓人好死，卻也不讓人好活的折磨，長照患者和家屬最心有戚戚。鍾文音雖然不像蘇偉貞那麼憤慨，對醫療以至照顧體系的運作表達出更多的無奈。或許相較於《時光隊伍》的主角從被宣判到過世僅僅驚愕的半年，鍾文音的母親從中風、逐漸失能到過世長達三年，家屬被長照折磨得身心俱疲到沒有火氣了。《捨不得不見妳》詳述傳主突然中風，送醫急救甦醒後，喪失語言功能只剩半邊身體能勉強活動，即使手部無法施力，還是屢屢掙扎著拔掉讓她疼痛不適的鼻胃管，終至被醫護縛綁在病床上。聘請的看護良莠不齊不說，老經驗的看護還會對探訪的家屬設下種種訪視的時段和行為規範。最讓家屬頭疼的是，健保制度規定同一家醫院僅能給付住院28天，若得醫生允許可再有兩週的自費彈性，換言之，

---

[12] Hawkins, Anne Hunsaker, *Reconstructing Illness: Studies in Pathography* (West Lafayette: Purdue University Press, 1993), p.xii.

最多六星期就得出醫。家屬因此得在住院期滿前找到下一間有空床願意接收病患的醫院，而設施好一點的安養中心早就一位難求。書中，鍾文音也使用了「流浪者」的比喻，只不過這裡的流浪指的是母女兩人每個月輾轉求乞於大台北各家醫院的空病床，同時期狀況類似的病人與家屬幾輪巡迴下來都變成面熟的難友了。每次出院時母親總會以眼神表露返家的意願，發現又是到另一家醫院五花大綁後先是憤怒，到後來則全然委頓厭棄了。終於，女兒在做好各種居家照護的準備：租妥合適的房子、特訓長照技能、聘僱外籍居家看護，動手術以胃造廔口取代鼻胃管後，母親總算能夠接回家裡自行照顧。

《別送》敘述的主要是這之後的故事。胃造廔管雖然使母親免於鼻膈胸腔之苦，每隔一段時間就有息肉增生阻塞的危險。當敘述者帶母親回醫院檢查胃造廔口，向醫生反應廔口長滿息肉，醫生一言不發拿來沾滿硝酸鹽的棉棒，強力將息肉消融，失語已久的母親剎那間發出疼痛的尖叫聲。她的不捨只換來醫生冷淡地回應，電療一樣痛；再追問，這樣能支撐多久不必回診，醫生連看都不想看她：問老天爺（《別送》，頁57-58）。從此，她放棄送母親回診。母親嚥氣後，根據醫院印製的臨終說明書，女兒依照官方步驟通報給一堆公權力的代表，「死亡首先必須讓不相干的人一起參與，不傷心不流淚的陌生人」，像是里長、警察、醫生等確定沒有他殺嫌疑時，開

立死亡證明書,「亡者可以合法離去。死亡必須被證明,亡者無法千言萬語。」(《別送》,頁30)接下來,才是禮儀師和法師進場。

在質疑醫療體系的規定和作業方式時,敘述者,就像許多突然發現必須為所愛之人的生死負責的家屬一樣,一方面承擔著照護的重責,另一方面不免懷疑自己的不忍放手是否只是延長病人的痛楚。從《時光隊伍》到《別送》,我們都可以發覺主要照護者多由女性擔任,《捨不得不見妳》甚至有一整章是在描寫各國女性照護者的生態,包括女性家屬。書中偶爾會出現的敘述者的兄長,總是以決策者的姿態出現,而單身又是自由業的女兒,在不用照顧家庭和時間彈性的冠冕堂皇理由下則承擔起照顧責任。文中即使有性別批判的微詞,但更多的批判反而是落在自己身上,從是否忽略了早期跡象、是否看錯醫師、是否僱錯看護、該不該急救、該不該繼續住院,以迄探望時間的長短,時不時檢討自己的判斷和選擇。加深自責的其中一個「罪證」是,母親從昏倒急救醒來後發現自己中風癱瘓失語後,直盯著女兒看,眼神透露著不是交代過不要救我的埋怨。敘述者了解母親不願苟活的意志確實堅定,否則她不會晚年去醫院看病時帶回拒絕急救同意書,不識字的她還在女兒的見證下,一個字一個字地簽署自己的名字。女兒清楚記得那個黃昏時段從沒見過的母親拿筆寫字的畫面,「妳像個乖

學生,親自為自己的生命尊嚴上戰場似的。」(《捨不得不見你》,頁123)然而臨床上,何時是絕無希望的臨界點,連醫生都不敢保證,為人子女如何敢冒斷送父母性命的大不諱呢?急救回來的結果是,一邊耗盡心力和錢財保全母親殘燭般的身軀,一邊又在病人譴責的眼神中不停自我質疑、解釋和請求諒解。可見得即使目前已經通過所謂《病人自主權利法》,落實上仍有不少困難。

所幸相較於鍾文音此前作品中齟齬衝突鮮明的母女關係,兩人後期的母女關係緩和下來了,《捨不得不見妳》和《別送》的母女相處依存呈現出前所未見的溫暖柔和。在所有鍾文音描寫與母親相處的作品中,最溫馨感人的片刻也許就在《捨不得不見妳》裡超商咖啡座的母女約會。文本中有一大篇章敘述母親晚年時,女兒去探望母親時,兩人總會在小七的附設休息區上吃喝一些平價的零食飲料,聽聽母親講一些陳年往事、俚俗智慧,以及從未向人傾訴過的不堪記憶。讓漫長的母女衝突,終於在這兩年的「囍門」咖啡約會中達成理解和解。母親還沒倒下前,母親走路不穩定時,兩個不習慣於肢體接觸的母女,連牽手扶持都不會。等到母親臥床不起後,對女兒的依賴益發明顯,只要握到女兒的手就緊抓著不放。女兒也從不知如何替母親按摩復健,到手腳麻利的餵食洗漱、把屎把尿。母女再度相互依存的一體性,即使是一百八十度翻轉的嬰

兒與母親的關係，似乎也精神分析似地治癒了母女兩人多年來的心結。

三、見證疾病的書寫意義

　　書寫疾病的動機不一而足，有的想從混亂與噩耗中理出個頭緒，有的想要對飛來橫禍發出不平之鳴。不管出發點為何，考瑟認為，共同性是既為自我探索，也為其他（將）有類似經歷的人提供指引和安慰[13]。《疾病的隱喻》寫成十二年後，桑塔格回顧當她身受癌病之苦時，扭曲疾病經驗的隱喻陷阱和迷思導致疾病被汙名化，讓患病者多了一重心理上的負擔。她懷疑以第一人稱描述某人如何獲悉她／他罹癌、哭泣、掙扎、被安慰、受苦、鼓起勇氣的故事，能發揮多大的作用。「我認為，敘事不比意念有用。」[14]考慮之下，她選擇用論述除魅，去除疾病隱喻中藏匿的偏見。作為學術菁英，桑塔格運用她最擅長的論述和研究來自助助人。只不過，每個人擅長和因應痛苦的方式不同。亞瑟・法蘭克（Arthur Frank）同樣因為罹病而投入疾病書寫的論述研究，他就非常鼓勵講述患病的故事。他認為疾病是一段旅程的起因，而這段旅程變

---

[13] 同註7，頁15。
[14] 同註2，頁115。

成一種探索，探索的目標不明，端視當事者認定將從這段經驗中獲得什麼。重大疾病尤其召喚敘事。原因有二，第一是故事可以修補疾病對病人生命造成的損傷，重新標誌人生的地圖和目的。第二是必須讓醫療從業人員和體系聽到當事人的觀點[15]。

蘇偉貞和鍾文音都是專業而資深的作家，兩位對書寫的功能非常有自覺，卻也都難以三言兩語說得清。文本中時不時會解釋為什麼在照料病人以及喪葬這麼痛苦悲傷的時期她們還要書寫。蘇偉貞引用《病人狂想曲》（*Intoxicated by My Illness and Other Writings on Life and Death*）[16]的作者在書裡的話，「語言文字敘事，是保持人性最有效的方法。」（《時光隊伍》，頁27）其有效性不僅止於患病當事人，也適用於就近看顧的家屬——讓家屬在巨大的悲傷和恐懼中還能理性地面對和照護病人。敘述者早在先生第一次罹癌時就開始記錄，那一次幸運地逃脫了。癌症復發後住院，她偶爾拿出筆記本寫字，先生問過一次寫什麼，她說，「日記。怕忘了。」（《時光隊伍》，頁27）病人心知肚明地點點頭。對於蘇偉貞，書寫疾病也是為了

---

[15] Frank, Arthur W., *The Wounded Storyteller: body, illness, and the ethics* (Chicago: The University of Chicago, 1995).

[16] 安納托・卜若雅（Anatole Broyard）著，尹萍譯，《病人狂想曲》（*Intoxicated by My Illness and Other Writings on Life and Death*）（台北：天下遠見文化，1999年）。

對抗遺忘——遺忘陪他走過的最後一段。即使如此,她在先生過世後半年才能真正開筆寫下《時光隊伍》,因為一旦進入未亡人的敘述時間,彷彿落實事件其實已經發生完了,故事時間停止在傳主過世的那一刻。但不論如何不願用話語證實,人世間再無他的身影,「寫作是祈禱的形式。」(《時光隊伍》,頁28)書寫陪病的歷程也許是對摯愛的記憶和哀悼,也許是對醫療體系的憤怒與抗議,更多的也許是自我心靈上的某種祈禱撫慰。

對於鍾文音,長時間照顧母親的經歷雖然將痛苦延長,但這一課漫長的病老學逐漸讓她體會不少事情。首先教會她的功課是認識人生無常、色身無常,疾病如果有隱喻,就是愛要及時;然後她發現老年人的身體並不如想像中的可怕。照顧母親的歷程也讓作家警惕起自己的晚年,勤儉的母親捨不得花錢買保險,多年來的醫療費用就成了女兒巨大的負擔。前車之鑑,讓單身的作家為自己買了生平第一張保單,長照險。她的書寫動機或許沒蘇偉貞那麼暴熱,卻有不一樣的複雜糾結。一開始,是想打延長賽,像《一千零一夜》的敘述者雪赫拉莎德(Scheherazade),不斷拖延說故事的時間,藉由闖入「母親的旅程,女兒企圖校準記憶,重新計時。」(《捨不得不見你》,頁85)家是母親所在的地方,而當母親肉身逐漸毀壞終至消亡,「俗世之家勢必轉為心靈之家,自性之家。和母親

的記憶就是家，有形的家消失，無形的家卻無處不在了。」（《捨不得不見你》，頁277）一切塵埃落定之後，用文字超度母親，各自轉身，但「她明白擺脫母親或者那種明知為過去暗影的路還有好長的一段路等待跋涉，流淚只是一個必要的過程，卻不是終點」（《別送》，頁561）。

考瑟認為疾病敘事對疾病的直接關係人和間接關係人都有正面的意義。所謂直接關係人包括患者、高風險者、照顧者和喪親者，這些治療紀錄可以提供給這些人更準確的資訊和資源，用私人的經驗與院方的醫治觀點進行對照。過來人的感受也能讓有類似經驗者感覺吾道不孤，賦予某種救贖的意義。對這些讀者而言，正式公開的表述就是承認疾病經驗的重要性。間接關係人是那些較遠的親友，提供資訊讓他們知道患病者會經過哪些流程、心理變化，以及該如何適當地互動和表達關心。所以疾病書寫的核心是在透過失能的身體，提供意義或找出意義，並因此而釋放傷痛[17]。

疾病書寫或許是一種療癒的儀式，問題是，療效呢？蘇偉貞十年後出版的《旋轉門》（2016），褪下時光隊伍中對疾病經驗的怒氣，淘洗為純粹的思念，傾訴這十年間她反覆迴旋品味兩人往昔的回憶。花了十年時間悼亡，再次寫了一本書述

---

[17] 同註7，頁292-293。

說別後哀思,是因為回想起以前兩人旅途中先生突然說了一句,「你好久沒寫了,你不寫,我看什麼?」寫下別後她的狀況,猶如另一種「馬上相逢無紙筆,憑君傳語報平安」的祈願[18]。因此,疾病書寫有助於敘述者的療癒嗎?或許有,但顯然無法立竿見影。書寫,或許就像鍾文音上述對流淚的感觸,是一個必要的過程,未必是終點。

四、結論

生老病死是身體的不同時態。然而相對於生的欣喜,老、病、死總是令人悲傷、厭惡和恐懼,抗拒直視身體(終將)逐漸失能失控的結果,使得我們對於弱化的身體充滿偏見與汙名。雖然身體無法任由控制,再強的意念和再先進的醫藥科技皆有其極限,但是至少我們可以決定如何看待身體。疾病書寫的重要性恰是承認身體受傷毀敗的可能,記錄並認證失能的身體,全面地認識和接受身體的階段性變化。即使疾病最壞的結果是走向死亡,死亡反過來刺激敘述者思索,見證過至親的生命走過這一遭的意義。將至親的生命經驗置放在一個妥適的詮釋位置,並從這個定位上檢視彼此的關係和醫病的關

---

[18] 蘇偉貞,《旋轉門》(新北:印刻出版,2016年),頁336。

係,敘述者才能在文字的一遍遍回溯中理解這個不愉快的歷程,安頓自己,緩慢緩慢地,告別哀傷。

參考書目

一、專書

安納托・卜若雅（Anatole Broyard）著，尹萍譯，《病人狂想曲》（*Intoxicated by My Illness and Other Writings on Life and Death*）（台北：天下遠見文化，1999年）。

李欣倫，《戰後臺灣疾病書寫》（台北：大安出版社，2004年）。

林秀蓉，《眾身顯影：臺灣小說疾病敘事意涵之探究（1929-2000）》（高雄：春暉出版社，2013年）。

唐毓麗，《罪與罰：臺灣戰後小說中的疾病書寫》（新北：花木蘭文化，2014年）。

零雨，《女兒》（新北：印刻出版，2022年）。

鍾文音，《別送》（台北：麥田，2021年）。

鍾文音，《捨不得不見妳》（台北：大田出版，2017年）。

蘇珊・桑塔格（Susan Sontag）著，刁曉華譯，《疾病的隱喻》（台北：大田出版社，2000年）。

蘇偉貞，《時光隊伍》（新北：印刻出版，2006年）。

蘇偉貞，《旋轉門》（新北：印刻出版，2016年）。

Hawkins, Anne Hunsaker, *Reconstructing Illness: Studies in Pathography* (WestLafayette: Purdue University Press, 1993).

Frank, Arthur W., *The Wounded Storyteller: body, illness, and the ethics*

(Chicago: The University of Chicago,1995).

Couser, G. Thomas, *Recovering Bodies: Illness, Disability, and Life Writing* (Madison: The University of Wisconsin Press, 1997).

二、論文

Wiltshire, John, "Biography, Pathography, and the Recovery of Meaning," *The Cambridge Quarterly* 29.4(2000), pp.409-422.

戰前台日文學的「結核」書寫與女性形象

吳佩珍

國立政治大學台灣文學研究所教授

摘要

　　日本近代文學中的疾病書寫，以「結核病」為主題的文學作品不勝枚舉，其中作家自身罹病經驗的作品也不在少數。柄谷行人在〈所謂疾病的意義〉中指出，實際上在社會蔓延的結核病是悲慘至極，但在日本近現代文學中卻蘊含倒錯的意涵，成為浪漫與神話的記號。在日本近代文學中，浪漫化結核病的作品，有德富蘆花的《不如歸》》（1900）、橫光利一〈春天乘著馬車來〉（1926）與堀辰雄的〈起風了〉（1936-1938）等。女主人公身染肺結核，除了美化結核病患者特有的蒼白病徵，女主人公的死亡悲劇則將作品的悲愴感推向極致，進而浪漫化了結核病的意象。另一方面，揭露結核病的流行猖獗與國家現代化進程的共犯關係，則多由勞動與紀實

文學以寫實手法赤裸裸地揭露。如細井和喜藏《女工哀史》（1925）、葉山嘉樹〈淫賣婦〉（1925）以及山本茂實《啊，野麥嶺—某製絲業女工哀史》（1968）。以上作品描寫女性勞動者身處惡劣且壅擠的工作環境，感染肺結核後，甚至要被迫出賣身體以換取飲食與醫藥。

日治時期台灣文學的「結核書寫」集中於一九三〇年代，有朱點人〈紀念樹〉（1934）、王詩琅〈青春〉（1935）與楊熾昌〈薔薇的皮膚〉（1937），以上作品主題具有將「結核病」記號與女性形象緊密連結的特徵。這些特徵具有與德富蘆花《不如歸》或堀辰雄〈起風了〉的互文性，也可見作者對台灣色彩呈現的書寫，讓我們窺見台日二地「結核」書寫的文藝思潮傳播的軌跡。

本文除了聚焦日本近現代文學中上述或被浪漫化或是告發日本資本主義與國民國家共犯關係下的結核病意象，同時探討台灣新文學中「結核病」記號、女性形象的形塑與日本的「結核」書寫的經典作品的互文性。此外，以上台灣文學作品如何形塑殖民地台灣色彩也是本文觀察的重點。透過台日文學「結核」書寫的探討，本文將爬梳以上這些意象如何透由女性表象的建構，探討這些女性表象在台日本近代文學的定位與意義。

一、序言

　　日本近代文學中的疾病書寫，以「結核病」為主題的文學作品不勝枚舉，其中作家以自身罹病經驗的作品也不在少數。柄谷行人在〈所謂疾病的意義〉中指出，事實上結核病在社會當中的蔓延是悲慘至極，但在日本近現代文學中卻蘊含倒錯的意涵，成為浪漫與神話的記號[1]。揭露結核病的流行猖獗與國家現代化進程的共犯關係，多由勞動與紀實文學以寫實手法赤裸裸地揭露。如細井和喜藏《女工哀史》（1925）以及山本茂實《啊，野麥嶺——某製絲業女工哀史》（《ああ、野麦峠——ある製糸工女哀史》，1968）。描寫女性勞動者身處惡劣且擁擠的工作環境，感染肺結核後，被迫離開工廠，甚至要被迫出賣身體以換取飲食與醫藥，也是日本帝國資本主義與近代化過程的暗黑面。

　　另一方面，日本近代文學浪漫化結核病的代表性作品，有德富蘆花的《不如歸》（《不如帰》，1900）、橫光利一〈春天乘著馬車來〉（〈春は馬車に乗って〉，1926）與堀辰雄的〈起風了〉（〈風立ちぬ〉，1936-1938）等。女主人公

---

[1] 柄谷行人著，吳佩珍譯，《日本近代文學的起源》（台北：麥田出版，2017年），頁138-157。本文引用直接於內文末標示書名及頁碼。

身染肺結核,除了美化結核病患者特有的蒼白病徵,女主人公的死亡悲劇則將作品的悲愴感推向極致,進而浪漫化了結核病的意象。

　　日治時期台灣文學的「結核」書寫集中於一九三〇年代,有朱點人(1903-1951)〈紀念樹〉(1934)[2]、王詩琅(1908-1984)〈青春〉[3](1935)與楊熾昌(1908-1994)〈薔薇的皮膚〉(1937)[4],以上作品主題具有將「結核病」記號與女性形象緊密連結的特徵。這些特徵來自與德富蘆花《不如歸》或堀辰雄〈起風了〉的互文性,也可見作者對台灣色彩呈現的書寫,讓我們窺見台日二地間「結核」書寫的文藝思潮傳播軌跡。

　　本文除了聚焦日本近現代文學中上述或被浪漫化或是告發日本資本主義與國民國家共犯關係下的結核病意象,同時探討台灣新文學中「結核病」記號、女性形象的型塑與日本的「結核」書寫的經典的互文性。此外,殖民地台灣色彩如何在以上台灣新文學中被型塑也是本文觀察的重點。透過台日「結核」書寫的探討,本文將爬梳以上這些意象如何透由女性表象的建構,探討這些女性表象在台日本近代文學的定位與意義。

---

[2]　朱點人,〈紀念樹〉,《先發部隊》創刊號(1934年2月)。
[3]　王詩琅,〈青春〉,《台灣文藝》2卷4號(1935年2月)。
[4]　梶哲夫,〈薔薇の皮膚〉,《台灣日日新報》,1937年10月28日。

二、結核的「浪漫化」與「感染力」

蘇珊・桑塔格（Susan Sontag）在《疾病的隱喻》中指出，在十九世紀中葉，結核病便與浪漫有了連結：

> 對勢利者、暴發戶和往上爬的人來說，結核病是文雅、精緻敏感的標誌。十八世紀發生的新社會流動和地理流動，使財富和地位不再是與生俱來的，是憑藉有關服裝的新觀念（「時髦」）和對待疾病的新態度。服裝（身體的外部裝飾）和疾病（身體的一種內在裝飾）雙雙變成比喻，來喻示對待自我的新態度。[5]

日本近代文學作品中將結核病浪漫化，同時最具「感染力」的作品，便是德富蘆花的《不如歸》。此作開拓了所謂「家庭小說」的新文類，成為日本近代文學的代表作，在1904年便有英譯本，同時期德國、波蘭與中國都有翻譯本，說明這個作品風靡的程度[6]。此作被認為是「在親權者單方面的意

---

[5] 蘇珊・桑塔格（Susan Sontag）著，程巍譯，《疾病的隱喻》（台北：麥田出版，2017年），頁35-36。

[6] 神崎清，〈德富蘆花〉，收入德富蘆花，《德富蘆花集》（東京：筑摩書房，1983年），頁382。

思下，強制相愛的男女離婚的悲劇。」[7]然而，造成男女主人公川島武男與片岡浪子二人分離的悲劇，與其說是川島的繼母，不如說是結核病這個記號的「意涵」。

浪子在丈夫武男出征期間，因罹患結核而被婆婆送返娘家。女主人公浪子初登場的形象，便可見結核病的「浪漫化」意象，同時被賦予所謂「文雅、精緻、敏感」的標誌。

> 細長白淨的臉龐，微微地蹙著眉，雙頰顯得單薄，要說缺點的話，可說是缺點，身形纖瘦，人品賢淑安靜。她並非是一朵於北風中強韌綻放的梅花，也並非是在春霞中化作蝴蝶飛舞的櫻花，應是屬於在夏天夕暮暗香浮動的月見草。[8]

之後武男的母親得知浪子罹患肺結核，說服武男與浪子離婚，其對肺結核認識的模糊不清與道聽塗說，讓結核病成為了家父長制的幫兇，同時也是拆散二人的主因。

>「這個病，父母是會傳給孩子的吧？」
>（中略）

---

[7] 同註6。
[8] 德富蘆花，《不如歸》，（東京：岩波書店，2000年），頁7。

「在所有的疾病中，就數這病最可怕呀，武兒。你也應該知道吧，那位東鄉知事，呐，就是常跟你吵架的那孩子的母親，怎麼樣了呢？那人患了肺病死了，就在前年的四月。結果，那年年底怎麼樣了呢？東鄉先生最後也得肺病死了。你聽好了，那之後，那個兒子也是因為肺病，前不久死了。呐，全都是那母親的肺病給傳染了。像這樣的事還不知有多少。武兒，就這病可大意不得。你要大意了，那後果可嚴重了。」[9]

浪子被送回家後，因日清戰爭爆發，武男出征，之後轉往台灣。在這當中，浪子歷經近二年的靜養，藥石罔效，臨終前托加藤子爵夫人轉交書信與婚戒給武男。浪子的形象與最後悲痛地呼喊，成為《不如歸》的名場面。

浪子唇上泛起微笑，沒有血色的雙頰瞬間泛出紅暈，胸中波濤洶湧，滾燙的熱淚潸然滑落。她痛苦地喘息著，雙眉緊鎖，抱住胸口，掙扎著說：「啊，苦啊！太苦了！我絕不再――絕不再生為女人――啊！」[10]

---

[9] 同註8，頁110。
[10] 同註8，頁216。

即使《不如歸》中對於結核病徵有大量的描寫，但上述幾段引文便能窺見，結核病成為「浪漫化」的記號，與上流階級緊密結合，成為烘托武男與浪子二人悲劇的悲愴美學。對於《不如歸》強烈的感染力，柄谷行人在〈所謂疾病的意義〉以宮內寒彌的《七里濱──某種命運》（1978）為例，說明《不如歸》的影響力，同時揭露這影響力實際上來自於被「浪漫化」的結核病記號。這個故事以1908年11月逗子開成中學六名學生在七里濱划船遭難的真實事件為藍本，但故事整體卻在於揭露「結核病」倒錯的意涵（《日本近代文學的起源》，頁138）。故事敘述事件發生後，宿舍舍監石塚引咎辭職，之後輾轉到了岡山縣後結婚後改姓，之後由此名教師的兒子──一名年老的無名作家會回顧整個事件。石塚當時與大自己十歲的女教師三角錫子有了婚約。三角錫子因染上結核病轉移到鎌倉養病，同時為了「健康」因素，因而打算結婚。但在船難事件發生後，她對石塚視而不見，石塚為學生遇難負起責任，同時不甘受辱因而辭職。之後，石塚嚴命兒子：在婚前絕對不能看小說。兒子違背自己的命令，他憤而將兒子的世界文學全集燒毀。兒子之後反抗父親，成為無名小說家至終（《日本近代文學的起源》，頁139-140）。小說家認為父親深受德富蘆花《不如歸》的影響，前往逗子，甚至答應與大自己十歲的女教師結婚，均起因於此作品所鼓吹的浪漫主義。「他認為，不

管如何,自己誕生於這世上,即使並非本心,但必須一輩子以文學為志業,這是起因自小說〈不如歸〉的因果關係。」(《日本近代文學的起源》,頁140)。

誠如柄谷行人所指出,在《不如歸》中結核病是一種形而上的記號,這個作品的意圖,在於讓女主人公浪子因結核病美麗地病弱衰竭,當中浪子的病中形象便是典型的浪漫派(《日本近代文學的起源》,頁142)。這本以宮內寒彌父親自身的經歷為藍本的作品在一九七〇年代出版,企圖解構透過文學作品而被倒錯的結核病意涵,同時也說明了《不如歸》中浪子因結核病而美麗病弱的浪漫形象,其感染力與傳播力的無遠弗屆。

德富蘆花提及自己執筆《不如歸》的動機,是因為女性深受傳統家庭制度的壓迫而深感同情。但比起女性問題的揭露,「精緻、優雅、敏感」的結核病意象與女性形象的緊密結合,繼續在大正以及昭和時期的文學作品流轉傳承。橫光利一〈春天乘著馬車來〉與堀辰雄〈起風了〉正是承襲這樣的系譜。〈春天乘著馬車來〉的背景為海濱的療養所,丈夫歷經各種艱難與家庭磨難後,迎來與妻子相守。但妻子罹患肺結核,夫妻二人來到療養所,由丈夫負起照料之責。與浪子最大的不同是,妻子對至今為止所受的委屈,化作怒氣,對丈夫盡情發洩。彷彿如臨終遺言般,妻子說完自己想說的,覺得自己

已死而無憾。

> 「任性肆意的話都對你說了，我已死而無憾。我很滿足啊……」[11]

> 「我當然非常了解你的心情，但，這麼任性的話，可都不是我說的，是病讓我這麼說的。」
> 「對啊，是病。」[12]

即使如此，小說的終結，丈夫手捧花束進入妻子的病房，說道：「春天終於來了。」當妻子問道：花從何處來？丈夫回答：「這花乘著馬車來，從海岸開始一路撒下春天而來。」結核病臨終的妻子的形象為此作如此打下休止符：「妻子從他手中接下花束，兩手環抱在胸前。之後她將蒼白的臉龐埋入明亮的花束中，恍惚般地閉上了雙眼。」[13]

謳歌生命，凝視死亡，或是「愛與死」的主旋律，是對堀辰雄〈起風了〉一直以來的評價[14]。如果對照浪漫化結核病

---

[11] 橫光利一，〈春は馬車に乗って〉，收入橫光利一、伊藤整，《橫光利一、伊藤整集》（東京：筑摩書房，1972年），頁151。
[12] 同註11，頁152。
[13] 同註11，頁153。
[14] 宮崎駿電影《風起》（2013），片名與其中部分情節取材自堀辰雄的〈起風了〉，也是對堀辰雄的致敬之作。小說名援用自梵樂希（Paul

的記號,同時以此來型塑女性形象,〈起風了〉可說是浪漫化結核病記號與死亡的極致。男主人公「我」在某個山村中結識在此療養的節子,之後二人訂婚,而節子的病況加劇,轉入高原療養所接受治療,而其病況是院內「第二嚴重者。」小說的楔子以梵樂希《海濱墓園》一節:「起風了,但要勇敢地活下去。」開展「我」與節子一段生死相隔的旅程。

對節子迎向死亡的過程,「我」的心中,如是思考:

> 在那些日子中,要說唯一發生的事,便是她有時會發燒吧。那一定會讓她的身體逐漸衰弱。我們在那樣的日子,更細心、更緩慢地,彷彿悄悄地偷偷地品嘗那禁果的滋味般,品嘗那與往常絲毫未變的日課的魅力。因此,我們那帶有幾分死亡滋味的生的幸福,在那時就完全被保存了下來。[15]

節子死後一年,「我」再度造訪二人相識的山村,讀著里爾克(Rainer Rilke)的《鎮魂曲》,男主人公沉浸於與節子之間悲愴的愛情回憶。〈起風了〉最後,作者醞釀的感傷氛圍引人落

Valéry)《海濱墓園》一節,推敲日文原題,本文均作〈起風了〉。
[15] 堀辰雄,〈風立ちぬ〉,《堀辰雄全集 第一卷》(東京:筑摩書房,1996年),頁481。

淚，但對讀者而言，小說中女主人公節子其實面貌模糊，彷彿是為成就男主人公這位殘存的生者的美麗回憶而存在。結核病的「浪漫化」在〈起風了〉可達到了極致，作品全體幾乎不見節子的病苦與對死亡的恐懼，節子的存在宛如只為成就男主人公記憶中二人美好的愛情。

三、勞動文學與普羅文學中的「結核」書寫

　　前述的作品中的「結核病」的療養舞台多設定於海濱以及高原療養所。以明治二十五年（1892）位於鎌倉的療養院海濱院為例，每日入院費用與明治二十三年（1890）落成的帝國大飯店價格相同，為二圓二五錢。一個月的入院費用高達七十五圓，非一般庶民所能負擔[16]。「浪漫化」的結核病記號，讓這樣的文學書寫帶有強烈的階級差異。相對於此，大正末期的普羅文學以及紀實文學的書寫焦點聚焦於民眾，同時也揭露了因階級差異產生的壓榨與剝削下，「結核病」蔓延的實態與悲慘狀況。

　　葉山嘉樹的普羅文學代表作〈賣淫婦〉（〈淫売婦〉，1925）中，以橫濱港為舞台背景，描寫男主人公民平擔任船

---

[16] 福田真人，《結核の文化史—近代日本における病のイメージ》（名古屋：名古屋大学出版会，2007年），頁254-255。

員,在皮條客男子的招攬,以及好奇心的驅使下,欲前往賣春處,但在一荒廢空屋下,發現這攬客的女子已病入膏肓,但卻還被迫裸露身體攬客。民平責備男子們,竟然迫使病弱女子攬客。對此,男子則如是答道:

> 這也是沒有辦法的事。病的,不是只有那個女人。大家都病了,同時大家都是被壓榨後的殘渣。我們都過勞了,我們為了餬口而勞動,但急速的過度勞動耗損了我們的性命。那個女人得了肺結核與子宮癌,我便是如你見的,得了肺塵病。[17]

男子陳述的病徵,間接地點出男性與女性原是礦工以及紡織廠女工的身分。

與〈賣淫婦〉同年的1925年出版的勞動紀實文學《女工哀史》,便是揭露紡織女工在資本主義壓榨下的勞動血淚史。作者細井和喜藏本身十三歲開始便在紡織工廠擔任童工,以自己以及同為紡織女工出身的妻子的實際經驗寫成。日本近代經濟命脈的蠶絲製造、紡織以及織布產業,是多數女工被迫在惡劣

---

[17] 葉山嘉樹,〈淫売婦〉,《文藝戰線》(1925年1月)。本文引自葉山嘉樹,〈淫売婦〉,收入葉山嘉樹,《葉山嘉樹集》(東京:新日本出版社,1986年),頁28。

的勞動環境與嚴苛的工資條件下,做出犧牲的血淚產業。細井和喜藏在〈自序〉中,自述此作是:

> 至大正十二年為止約二十五年當中,以一介紡織工廠下級職工的自己為中心,即使受到肆虐與輕侮,仍然日日織成「愛的衣物」,溫暖地撫育人類的日本三百萬女工的生活記錄。[18]

明治維新後,官營工廠陸續成立,在農村經濟崩壞後,大量人口為賺取工資而流入工廠,包含因失去扶持的下級世族。支撐明治時期資本主義經濟發達的主要工業為蠶絲製造業、紡織業與織布業[19]。這些產業的技術需要雙手靈活者,因此多由女性來擔任。《女工哀史》成立背景,是在1916年《工廠法》實施後,紡織業仍然持續深夜加班,大多數的「女工」處於惡劣的勞動條件以及行動自由被控制的宿舍生活。這個勞動實錄文學作品內容分述「女工招攬法」、「雇傭契約制度」、「勞動條件」、「虐待勞動」、「宿舍生活」、「福利增進設施」等實際狀況,同時採訪收錄對女工的心理與生理有細緻描寫的歌

---

[18] 細井和喜藏,《女工哀史》(東京:岩波文庫,1999年),頁5。
[19] 福田真人,〈結核と女工哀史〉,《言語文化論集》11卷1号(名古屋:名古屋大学出版会,2007年),頁5。

謠〈女工小調〉，對於紡織工廠經營的實際狀況有銳利的剖析[20]。書中第十七章〈生理與病理諸現象〉中依據當時的《內閣統計年報》指出，肺結核死亡率第二高者，是絲綢、紡織等製造業，每千人有三百一十人，僅次於雕刻、印刷等工業[21]。細井和喜藏指出，當年製造所有人身上衣服的女工，每年因病死亡的人數有一萬人。其中因肺結核死亡的人數占最多。纖維工業女工多數死因為結核病的原因，在於（一）女工的年齡關係、（二）工廠的溫度、（三）夜班的影響、（四）食衣住的關係[22]。1917年國家醫學會出版了石原修醫學博士的《由衛生學上對女工現況所見》（《衛生学上ヨリ見タル女工の現況》）。從產業醫學的立場解析紡織女工與肺結核的關係。該書指出女工的「夜班」與惡劣的勞動環境，透由「結核女工」與「農村結核」——因病返回故鄉農村，造成農村肺結核的流行——成為日本國民體能低下的根源[23]。

山本茂實於1968年出版的紀錄文學《啊，野麥嶺——某絲綢業女工哀史》，追蹤位處飛驒（岐阜）、信濃（長野）邊境的野麥嶺，從明治中期到昭和初期飛驒地方貧農的女兒越過這

---

[20] 日本大百科全書，〈女工哀史〉（來源：https://japanknowledge.com/lib/display/?lid=1001000120818，2023年3月3日）。
[21] 同註18，頁373。
[22] 同註18，頁374。
[23] 同註18，頁421。

個山嶺，為了家計，事前預支微薄的工資，之後到岡谷的蠶絲製造工廠充當女工的歷史軌跡。透過採訪三百六十名原蠶絲製造業女工以及相關人士，本書對於當時女工、「女工哀史」產生的農村與工廠實況，以及如何購買蠶繭原料，對於年僅11、12歲的女工如何依1級到50級進行分級，根據級數高低支付工資，透過罰金進行不當搾取，描繪資本家如何以上述手段應對國際間波動極大的蠶絲價格。書中描寫，二月大雪的黎明時分，成群結隊的少女高舉火炬，邊唱著〈女工小調〉，越過山嶺，前往製絲工廠就業：「豪氣越過野麥嶺，為自己也為父母，男兒從軍女為工女，紡織絲線也是報國。」[24]

明治四〇年代女工的流行小調〈令人戰慄的工廠結核〉[25]，已可窺見當時女工罹患結核病的普遍現象。此小調流行的同時，谷岡製絲工廠的女工因病返回故鄉的農村，轉眼之間結核病便從諏訪湖畔向天龍川乃至農村整體擴散，工廠結核瞬間轉移成為農村結核，演變成為社會問題。當時大日本醫師會會長杉英三郎來到此地進行調查，留下了這樣的演講內容：「片倉（按：岡谷製絲工廠老闆）先生很會賺錢，也很會殺人。」[26]

---

[24] 山本茂實，《ああ、野麦峠―ある製糸工女哀史》（東京：角川文庫，1970年），頁16。
[25] 同註24，頁148。
[26] 同註24，頁157。

為《啊,野麥嶺——某製絲業女工哀史》撰寫導讀的中村政則指出近代日本在甲午戰爭與日俄戰爭連續取得勝利,

> 絕非是俗稱的「大和魂的勝利」,原因在於日本在極短的時間內取得遠勝過兩國的軍艦與武器。那麼為了從國外輸入軍艦所需的外幣從何而來?無須看明治期的貿易統計,就是蠶絲。[27]

當時日本的蠶絲最大生產地是長野縣諏訪,蠶絲製造的人力則來自此地區貧農家庭的女性。支撐日本近代國家富國強兵的繁榮景象,是越過野麥嶺的貧農女工身上蔓延的工廠結核、諏訪地域的農村結核,是前述被「浪漫化」結核意象的倒錯。這些勞動紀實文學中的「結核病」不再是成就男女人公悲戀或是浪漫化女性蒼白、消瘦的浪漫化記號,而是「女工」的屍山血海所建構的日本現代國家的象徵。

---

[27] 中村政則,〈経済史から見た《ああ、野麦峠》〉,收入山本茂実,《ああ、野麦峠—ある製糸工女哀史》(東京:角川文庫,1970年),頁376-377。

四、台灣新文學的「結核」書寫

　　台灣戰前在日本帝國的統治下,台灣新文學的主流為揭發帝國於殖民地剝削的歷史現實以及揭露殖民地統治慘況的普羅文學,如楊逵(1906-1985)1934年獲得《文學評論》獎項的〈送報伕〉。比較前述的葉山嘉樹〈賣淫婦〉的寫作技巧以及問題意識,便可知此一文類主要目的在於揭露勞動階級被壓榨的悲慘現實,以及喚起勞動階級的連帶意識。但王詩琅與朱點人的作品的「結核病」書寫,並未採取左翼書寫的手法,而是帶有日本「結核」書寫經典——德富蘆花的《不如歸》與堀辰雄的〈起風了〉二作有顯著的互文性,這意味著帶著「浪漫」且具感染力的「結核」,其記號的隱喻在三〇年代已經進入台灣新文學的脈絡。

　　德富蘆花《不如歸》的傳播,除了文學作品本身,也是日本新劇與電影的改編的流行題材。自一〇年代起,便陸續在台灣的劇場上演。台北的劇場榮座改裝為現代瓦斯燈照明後的開演劇目便是「不如歸」,可知劇場想藉此作吸引觀眾入場,其人氣可見一斑[28]。從1922年到1932年當中,《不如歸》

---

[28] 〈演藝界〉,《台灣日日新報》,1911年9月12日。

四度改編成為電影[29]。朱點人〈紀念樹〉（1934）便可窺見來自此作的影響。〈紀念樹〉被歸類為朱點人聚焦戀愛題材的前期書寫[30]，故事以女性第一人稱進行，敘述女主人公梅為公學校教員，因胸疾不適，在婆家養病時遭婆婆辱待，因此暑期之前請假返回娘家休養。在姑母的勸告下，歷經台灣民俗的「栽花換斗」、漢醫與西醫的治療都不見起色，才由丈夫R陪同接受X光檢查。醫師告知R，梅罹患第二期的肺結核，同時須停止教師工作靜養。R不知與醫師的談話內容已經為梅所知，對梅隱瞞病情，說出要她「出勤也才有月薪可領，你的醫藥費也才有出處的」[31]。二人因此爭執後，R就此對梅不聞不問。梅對R徹底死心，也懊悔自己當初拋棄青梅竹馬的鄰居K嫁予R，K因而傷心出走，移居他鄉。故事最後，梅邊看著K十年前贈予父親，植於家中庭院的桑樹已經長大高出屋頂，同時追悔自己曾經的選擇。

〈紀念樹〉描寫梅在回到娘家後，反覆閱讀《不如歸》的場面，想像自己是否也同浪子般罹患肺結核，「急急的把

---

[29] 〈過去十数年間に亘り　その時代的変遷を見る不朽の名作『不如帰』松竹では四度目の映画化〉，《台灣日日新報》，1932年9月6日。
[30] 柳書琴編，《日治時期台灣現代文學辭典》（新北：聯經出版，2019年），頁107。
[31] 朱點人，〈紀念樹〉，收入王詩琅、朱點人，《王詩琅・朱點人合集》（台北：前衛出版，2019年），頁172。

《不如歸》掩在一邊坐著嘆息」[32]。同時覺得自己的前途充滿著灰暗，預見自己將遭遇如女主人公浪子般的命運。從此處的描寫，可知《不如歸》的影響力已觸及台灣新文學，也成為型塑女性的弱者形象的藍本。「浪漫」且具感染力的「結核」記號並未見於〈紀念樹〉，而是透過「結核」記號型塑女性弱者的形象，但仍以台灣新文學中常見的「經濟問題」作為兩性婚戀問題最大阻礙的焦點。〈紀念樹〉與之前張文環（1909-1978）〈落蕾〉（1933）以及之後龍瑛宗（1911-1999）〈植有木瓜樹的小鎮〉（1937）中婚戀與經濟一體兩面的主題，可說是一脈相承。

王詩琅〈青春〉（1935）則描寫女主人公月雲為S高等女校學生，二哥高校畢業後前往內地就讀京都大學，可知其屬於經濟優渥的中產階級。月雲熱愛音樂，嚮往成為如日本當時知名的女聲樂家關屋敏子，但在發現罹患結核後，便住進山中的A療養所。歷經一年多餘的入院生活，小說的終結，預告這位十八歲的少女，生命即將劃上句點。

作品舞台設定為山中的A療養所，作品開端，時節為夏季，描寫視點從山中A療養所向四周眺望，山下景色仍是台灣農村景色，而環繞於這雪白的西班牙式建築的療養所，則是花

---

[32] 同註31，頁165-166。

團錦簇,蟬雀爭鳴的優雅庭園。作品開端的季節設定與堀辰雄〈起風了〉中男主人公「我」回憶與已逝的節子相遇時節相同,同為夏日。此外,以四季推移對照結核病病情的起伏,以及人物面對病徵,反覆思考「生」與「死」意義,也是二作共通之處。

此外,〈起風了〉中,主人公「我」在療養所結識節子,節子過世,「我」則存活下來,節子逝世一年後,再度造訪山村追憶往昔。〈青春〉中,月雲在療養所結識日本女性千代子,千代子即使病癒,但為了彌留的月雲留下,以上幾點都可見二作在情節設定的互文性。〈青春〉的台灣色彩除了對台灣鄉村的實景呈現,也透過月雲突顯女性當時在受教權與工作權上的不平等待遇等描寫,可見台灣中產階級保守色彩的呈現。

相對於朱點人與王詩琅的作品向來予人殖民地問題的強力批判與揭露暗黑面的形象,〈紀念樹〉與〈青春〉則有意識地挪用「浪漫」且具感染力的「結核」記號型塑弱勢的女性形象。同時,二作也以台日女性的連帶,以經濟問題的類似境遇型塑「女性」弱者形象。〈紀念樹〉中梅認清丈夫對自己「金斷情絕」外,也想起同僚吉村M子在結婚後所辛苦積攢的積蓄,都在M子過世後,被丈夫揮霍殆盡的悲慘境遇。〈青春〉中,月雲在療養所結識情同姊妹的日人女性千代子,在日本女校畢業後隨即被送到台灣結婚,但卻遇人不淑。即使病癒

出院，也因無自活能力，前途一片茫然。

另，〈紀念樹〉、〈青春〉與「台灣新女性」[33]這個新興階級密不可分，從女主人公均為高等女校學（畢業）生設定便可窺見。因應女性讀者這個「中間層」的興起，日本內地二〇年代後期至三〇年代的女性雜誌如雨後春筍般出現，設定女性讀者為對象的文學作品也因應而生。1935年，台灣日刊報紙的《台灣新民報》，與標榜當時為台灣唯一的商業女性雜誌《台灣婦人界》，針對女性讀者的作品群都在此時大量出現，〈紀念樹〉與〈青春〉的出現也與當時的文藝潮流有共振的現象。

相較於〈紀念樹〉與〈青春〉，楊熾昌的〈薔薇的皮膚〉雖然篇幅極短，但文學技法以及「愛與死」的主題顯然承襲自〈起風了〉。作品中男主人公描述目送死去少女的靈柩車通過的景象：「我在置入處女的柩車中，感受枯萎花朵的香氣，耳中聽見薔薇色的皮膚與豐饒的精神的音樂，離開街道。」從〈薔薇的皮膚〉的題名可知，此作承襲「結核」作為「浪漫」且具感染力記號，同時突顯美化結核病的病徵成就「結核」書寫的美學。此外，此作的文學技法也援用堀辰雄的

---

[33] 洪郁如著，吳佩珍、吳亦昕譯，《近代台灣女性史──台灣新女性的誕生》（台北：臺大出版中心，2017年）。

「新心理主義」[34]，從主人公的心象風景推移作品的發展。主要描寫主人公為山中療養所的醫師，與女主人公蒼子相戀，即使向其求婚，也獲得女方父親同意，但蒼子卻拒絕。男主人公在山中舊城遺址追憶與女主人公曾在此地共度時光的過往，精神層次的想像與轉喻可見「愛與死」主題的浮現。相愛的二人，在山中舊城共度時光時，男主人公感受到的，是「從山崖往下跳的美學」[35]。蒼子死去時，主人公感受的是：「一位少女與我相愛，但卻無法履行約束而死去，時間是如此的短暫」，「抱著發燒三十七度半的蒼子，與如今看著送葬隊伍的時間，二者間有多長的距離？」[36]此作承襲了「結核」書寫經典〈起風了〉的文學技法與美學，但女主人公蒼子的形象型塑與〈起風了〉的節子同樣地，被型塑為被浪漫化的「結核」記號，同時僅成為男主人公追憶無法成就愛情的回憶。此作的字裡行間，難以發現與「台灣」相關的記號，作者是否有意為

---

[34] 「新心理主義」的技法起源自模仿喬哀思（James Joyce）「意識流」的技法，三〇年代流行於日本文壇，堀辰雄〈起風了〉是此文學技法的代表作之一。即，「此手法描寫人在語言表現之前的思考心意狀態，或是作家的說明止於最低限度。即，知性生活在轉化為意識思考之前便先行補捉，忽視聯想、語言、象徵性主題、文法，描繪知性生活過程的自由流動的技巧。」日本近代文學大事典，〈新心理主義〉（來源：https://japanknowledge-com.proxyone.lib.nccu.edu.tw:8443/lib/display/?lid=522102000000266，2024年10月19日）。

[35] 梶哲夫，〈薔薇の皮膚〉，《台灣日日新報》，1937年10月28日。

[36] 同註35。

之，不得而知。但「新心理主義」技法的運用，的確能使作品跳脫特定的風土脈絡。這一點從楊熾昌以「梶哲夫」的筆名發表於《台灣日日新報》的事實看來，這篇作品以及其中技法的運用，的確同時也能達到「曖昧」作者身分的作用，或許也是作者挪用「結核」作為「浪漫」且具感染力記號的書寫的一種保護色。

五、小結

西歐文學的翻譯與移植對日本近代文學的發展與影響，其中顯著的例子便是透過作中女性人物的形象型塑，「浪漫化」結核病。「蒼白細瘦的身體、蒼白的雙頰泛著紅潮，帶著憂傷眼神的大眼，時時閃動光芒」[37]的描繪，宛若便是明治初期對夏目漱石等作家強力影響的「拉斐爾前派」畫中的女性。烘托這些女性形象的舞台或是海濱或是高原的療養所，與當時日本的現實與庶民有遙遠的距離。這浪漫化的「結核病」記號，在《啊，野麥嶺——某製絲業女工哀史》原女工的口訪記錄，回憶明治四〇年代，罹患肺結核的女工的遭遇時也得以窺見：「那時有三十幾個病人。只要斷定是胸病的人，便

---

[37] 福田真人，《結核という文化》（東京：中公新書，2001年），頁175。

馬上被送回家。自從〈武男與浪子〉之歌流行後，大家便害怕肺病，根本不敢靠近。」[38]女工們感受到的，不是因罹患結核，而衰弱蒼白，精緻優雅且敏感的浪子形象，而是對不治之症「結核病」死亡的恐懼——染病死亡的話，家中因此失去經濟支柱，該如何為繼？

德富蘆花的《不如歸》、橫光利一〈春天乘著馬車來〉與堀辰雄的〈起風了〉中對結核病記號的浪漫化是一種倒錯的意涵，同時象徵日本近代化過程對西歐的憧憬。細井和喜藏《女工哀史》、葉山嘉樹〈賣淫婦〉以及山本茂實《啊，野麥嶺——某製絲業女工哀史》中的女工形象則象徵著日本「輸出蠶絲、輸入武器」的近代產業基本結構[39]。這些文類對結核病的書寫與女性表象，某個意義上，得以讓我們窺見日本的近代化過程的明與暗。

朱點人〈紀念樹〉、王詩琅〈青春〉與楊熾昌〈薔薇的皮膚〉的「結核」書寫展現了當時內地至台灣文藝思潮的傳播的雙重軌跡。〈紀念樹〉與〈青春〉的出現意味著台灣「新女性」階級的出現與女性雜誌風行的時代背景，二作雖援用「結核」文學經典——德富蘆花的《不如歸》與堀辰雄的

---

[38] 山本茂實，《ああ、野麦峠—ある製糸工女哀史》（東京：角川文庫，1970年），頁149。

[39] 日本大百科全書，〈あ、野麦峠〉（來源：https://japanknowledge.com/lib/display/?lid=1001000010003，2023年3月3日）。

〈起風了〉，但透過「結核」書寫「新女性」形象與女性問題，以及台日女性間的連帶，讓這些作品呈現另類的台灣色彩。楊熾昌的〈薔薇的皮膚〉在主題與文學技法上都可見堀辰雄〈起風了〉的強烈投射。此作篇幅雖短，同時實驗性質強烈，但透過此篇作品，我們能見到「新心理主義」的文學技法，已經進入了台灣新文學的視野，應是最重要的意義。

參考書目

一、專書

山本茂實,《ああ、野麦峠──ある製糸工女哀史》(東京:角川文庫,1970年)。

王詩琅、朱點人,《王詩琅・朱點人合集》(台北:前衛出版,2019年)。

柄谷行人著,吳佩珍譯,《日本近代文學的起源》(台北:麥田出版,2017年)。

柳書琴編,《日治時期台灣現代文學辭典》,(新北:聯經出版,2019年)。

洪郁如著,吳佩珍、吳亦昕譯,《近代台灣女性史──台灣新女性的誕生》(台北:臺大出版中心,2017年)。

堀辰雄,《堀辰雄全集 第一卷》(東京:筑摩書房,1996年)。

細井和喜藏,《女工哀史》(東京:岩波文庫,1999年)。

葉山嘉樹,《葉山嘉樹集》(東京:新日本出版社,1984年)。

福田真人,《結核という文化》(東京:中公新書,2001年)。

福田真人,《結核の文化史──近代日本における病のイメージ》(名古屋:名古屋大学出版会,2007年)。

德冨蘆花,《不如帰》(東京:岩波書店,2000年)。

德冨蘆花,《德冨蘆花集》(東京:筑摩書房,1983年)。

橫光利一、伊藤整,《橫光利一・伊藤整集》,(東京:筑摩書房,1972年)。

蘇珊・桑塔格（Susan Sontag）著，程巍譯，《疾病的隱喻》（台北：麥田出版，2017年）。

二、論文

（一）期刊論文

福田真人，〈結核と女工哀史〉，《言語文化論集》11卷1号（1989年10月），頁(1)-(24)。

三、雜誌文章

王詩琅，〈青春〉，《台灣文藝》2卷4號（1935年2月）。
朱點人，〈紀念樹〉，《先發部隊》創刊號（1934年2月）。

四、報紙文章

〈演藝界〉，《台灣日日新報》，1911年9月12日。
〈過去十數年間に亘り　その時代的変遷を見る不朽の名作『不如帰』松竹では四度目の映画化〉，《台灣日日新報》，1932年9月6日。
梶哲夫，〈薔薇の皮膚〉，《台灣日日新報》，1937年10月28日。

五、網路資料

日本大百科全書，〈女工哀史〉（來源：https://japanknowledge.com/lib/display/?lid=1001000120818，2023年3月3日）。

日本大百科全書，〈あゝ野麦峠〉（來源：https://japanknowledge.com/lib/display/?lid=1001000010003，2023年3月3日）。

日本近代文學大事典，〈新心理主義〉（來源：https://japanknowledge-com.proxyone.lib.nccu.edu.tw:8443/lib/display/?lid=522102000000266，2024年10月19日）。

疾病的時代徵候
——韓國文學中的疾病及其隱喻

崔末順

國立政治大學台灣文學研究所教授

摘要

　　人的一生不可能不會生病,因而只要文學不停止審視人的生命,疾病似乎就無可避免地會被拿來做為文學創作的題材或內容。疾病雖然是一個由科學診斷繼而進行治療的對象,但人類一直以來卻喜用宗教或文學來面對它。再且,疾病在文學中的再現,往往並非疾病本身,反而它常與腐敗的政治、社會或人性扯上關係。特別是現代小說在面臨生活或社會和政治的異常現象時,也經常會以一種隱喻或象徵方式將疾病文學化。因此,毫不誇張地說,疾病母題幾乎都會出現在所有的現代小說裡,不同的只是程度上的差異而已。

　　基於這個認知,本文將嘗試按照不同時期找出韓國近現代小說中被提及頻率較高的疾病,並舉出較具代表性的小

說，作為介紹韓國文學中疾病隱喻的參數。文中所討論的疾病有近代小說中的天花、神經衰弱、梅毒，以及現代小說中的心理創傷、瘋癲病、老年癡呆症等等，而提及的作家、作品，有李海朝〈驅魔劍〉（1908）、廉想涉〈標本室的青蛙〉（1921）、蔡萬植《濁流》（1938）、黃晳暎〈歸來者〉（1970）、李清俊《你們的天國》（1975）、朴婉緒〈泡沫之家〉（1976）等。另外，為配合此次旨在尋找新冠肺炎流行後的文學思考而舉辦的「疾病與文學──台日韓作家會議」，文中亦將簡要介紹與新冠肺炎相關的韓國小說。

一、疾病與文學

　　人的一生不可能不會生病,因而只要文學不停止審視人的生命,疾病似乎就無可避免地會被拿來做為文學創作的題材或內容。疾病雖然是一個由科學診斷繼而進行治療的對象,但人類一直以來卻常以宗教或文學面對它。古希臘人將疾病視為眾神的憤怒;十四世紀黑死病席捲歐洲時,歐洲基督教徒也是如此看待;堪比二十世紀癌症的十九世紀肺結核,在浪漫主義的影響下被美化為愛情病,文學中悲劇愛情的主角往往會以肺結核患者的形象出現;當原本流行於印度孟加拉地區的霍亂通過英國殖民者傳播到中國和整個東亞時,也有人認為這是各地的邪靈所為;八〇年代愛滋病開始蔓延時,西方保守派指稱它起源於同性戀,認為是「變態地追求性快感,招致上帝的震怒」所致;進入兩〇〇〇年代,從中國爆發的嚴重急性呼吸道症候群(SARS)和新型冠狀病毒肺炎(COVID-19),被認為是由髒亂的環境和食用野生動物的習慣所引起,因而出現黃禍論的言論,這與愛滋病爆發時質疑其源自非洲而有黑禍論的說法如出一轍。然而,隨著霍亂、天花、肺結核等傳染病的病原體從十九世紀末開始被科學一一鑑定,疫苗和治療方法得以研製,為治療開闢了道路之後,愛滋病也能獲得妥善的治療及控

制，不過這並不是因為道德放縱的自我反省，而是在科學診斷的基礎上發展出治癒方法之故。儘管如此，拿疾病做為創作的隱喻手法依然是一種普遍的習慣，在在顯示出人類終究還是難以跳脫這種框架的局限性。

毋庸置疑，無論是東方還是西方，與疾病及治療有關的內容在人類留下的文學文本中普遍存在：被譽為中國文學之源的《詩經》大量出現有關疾病、醫療及做為藥物使用的動植物敘述；也可以在《左傳》、《莊子》、《呂氏春秋》，以及《三國演義》、《金瓶梅》、《醒世姻緣傳》、《紅樓夢》、《老殘遊記》等古典名著中發現與疾病相關的醫藥寓言故事[1]；西方經典荷馬的史詩《伊利亞德》（Iliad）有堪稱「感染的敘事」內容[2]；被認為是希臘悲劇典範的《伊底帕斯王》（Oedipus）也出現主角拒絕讓阿波羅的疾病通過刺傷他的眼睛來完全主宰命運的情節；中古時代喬凡尼·薄伽丘（Giovanni Boccaccio，1313-1375）通過描述黑死病開啟了《十日談》的故事。

疾病不僅出現於古代和中古的文學作品，在近現代文學中更是普遍存在。尤其是傳染病問題常常被渲染為與當代社會

---

[1] 孫瑋志，〈中國傳統醫學與古典文學〉，（來源：http://www.chinawriter.com.cn/n1/2018/0813/c404063-30224769.html，2023年1月8日）。

[2] 《伊利亞德》第一卷題目為〈瘟疫，阿喀琉斯之怒〉。

問題有著緊密的關係,大部分小說通過憐憫弱者、哀悼死者、批判權力,將戰勝感染的力量注入在各個時期的思想體系中。譬如,丹尼爾・笛福(Daniel Defoe,1660-1731)的《大疫年日記》(1722)第一個意識到圍繞在感染病周圍出現的歧視和排斥問題;查爾斯・狄更斯(Charles Dickens,1812-1870)的《荒涼山莊》(1853)通過描述倫敦貧民窟的慘狀,指責資本主義釀成貧困和不平等的社會現象因而帶來傳染病;瑪格麗特・愛特伍(Margaret Atwood,1939-)的《使女的故事》(1985)則通過描繪傳染病爆發後女性成為社會工具的野蠻性,揭露人類問題的根源與父權制度切割不開關係的事實。

在晚於西方進入現代化階段的地區,病菌通常會被拿來比喻為西方的侵略者,抑或當人們無法採取適當措施應對西方的挑戰時,也常將這種情形比喻為生病的狀態。這種將自己比作感染病菌的病人,可以說是一種政治隱喻,他們擔心外國勢力會像細菌般侵入甚至摧毀國族本體,因而動用民族主義與之對抗,利用這種克服恐懼的方式以取代科學上對人體入侵所產生的心理恐懼。如此的疾病政治學,普遍可從晚清至五四時期用「病痛」影射國家時局的衰落和殘敗的中國文學當中窺見:劉鶚(1857-1909)《老殘遊記》的主角名叫「鐵英」,號「補殘」,人稱「老殘」,由其命名不難知道作者意欲塑造一個「補殘」的「鐵血英雄」寓意,作品中搖串鈴替人治

病糊口的江湖郎中,首要目的反而是對官場、社會進行考察診療,行醫救人倒在其次;吳趼人(1866-1910)也在《二十年目睹之怪現狀》(1906)中將敘述者取名為「九死一生」;曾樸(1871-1935)的《孽海花》(1905)則把敘述者命名為「東亞病夫」。從這些文本中都可以看見晚清小說家藉著作品的隱喻系統暗示社會的黑暗和殘缺,希望民族命運能夠徹底改變[3]。

這種情況在淪為日本殖民地的台灣也能看見。1921年蔣渭水(1888-1931)和林獻堂(1881-1956)等人籌設「台灣文化協會」,蔣渭水在成立大會的演講時說道:

> 台灣人現實有病了,這病不癒,是沒有人才可造的,所以本會不得不先著手醫治這個病根。我診斷的結果,台灣人所患的病是知識的營養不良症,除非服下知識的營養品,是萬萬不能治癒的。文化運動是對這病唯一的治療法,文化協會就是專門研究並施行治療的機關。

他把當時的台灣譬喻成一個病人,斷定他患有「知識之營養不良」,以致成為「世界文化中的低能兒」,因而開出「正規

---

[3] 周淑媚,〈文化診斷中的病痛隱喻——以魯迅和郁達夫的病痛與文學創作為例〉,《通識教育學報》15期(2010年6月),頁1-25。

學校教育、補習教育、幼稚園、圖書館、讀報社」等五大處方[4]。

韓國也不能例外。肺結核、性病、神經衰弱、消化不良等疾病頻繁出現在近代啟蒙期的小說和日本殖民時期各大作家的小說中,深刻地描寫了殖民統治下韓國社會的矛盾狀況[5]。1945年解放後的現代韓國文學中,也出現很多將疾病與時代狀況聯繫起來的小說,例如以漢生病和傳染病做為母題的從李清俊(1939-2008)的《你們的天國》(1976)到片惠英(1972-)的《灰與紅》(2010)、丁柚井(1966-)的《28天》(2013),可謂不勝枚舉,這些小說大都透過對疾病災難的想像來構建人類尊嚴的語言。此外,面對2019年底開始蔓延至今的新冠肺炎疫情全球大流行現象,韓國文學也從世界資本主義生產關係、經濟不平等和共同體危機等多個層面,對此次傳染病的發生、傳播及各國因應做出反思之舉。還有,本次應邀前來的兩位也是常被評價為於文學敘事中探討身心疾病的文人作家:金息(1974-)將癌症做為敘事的主要驅動因素,探討處於崩潰邊緣危機下的現代家族共同體,而孫洪奎(1975-)主要在探討心理疾病,他經常關注殖民時期和解放

---

[4] 〈臨床講義〉原為蔣渭水在1921年台灣文化協會成立時的演講稿,經過潤飾之後發表於台灣文化協會《會報》第一期。

[5] 金東仁、玄鎮健、金裕貞、廉想涉、姜敬愛、蔡萬植、朴泰遠、李箱、崔貞熙、李孝石等該時期重要作家小說中都有與疾病相關的敘事。

初期的下層階級，以及包括外來工人在內的韓國底層民眾的心理創傷和社會問題。

　　如此，與人類生活密不可分的疾病，無論是東西方或古今都成為文學的常規素材和內容。總的來說，疾病在文學中的再現，往往並非疾病本身，反而它常與腐敗的政治、社會或人性牽扯上關係。特別是現代小說在面臨生活或社會和政治的異常現象時，經常會以一種隱喻或象徵手法將疾病現象加以文學化。因此，毫不誇張地說，疾病母題都會出現在幾乎所有的現代小說裡，不同的只是程度上的差異而已。基於這個認知，本文嘗試按照不同時期找出韓國近現代文學中被提及頻率較高的疾病，並舉出較具代表性的小說做為介紹韓國文學中疾病隱喻的參數。另外，為配合此次旨在尋找新冠肺炎疫情流行後的文學思考而舉辦的「疾病與文學──台日韓作家會議」，本文同時亦將簡要介紹與新冠肺炎疫情相關的韓國小說面貌。

二、天花、神經衰弱、梅毒：追求現代與抵抗殖民的政治隱喻

　　在本節中，擬先考察和介紹韓國近代小說中出現的疾病類型、敘事意義和政治隱喻。與東亞其他地區一樣，韓國也不可避免地在西方帝國主義國家提出開港要求時進入了近代

階段[6]，且在十九世紀末、二十世紀初的國際政治力學中淪為日本殖民地。在韓國歷史上，進入日本殖民時期之前的階段通常被稱為近代轉型期或是近代啟蒙期，而這一時期也引入了現代理性思維和科學新知識，即所謂的現代性。當時朝鮮朝廷試著尋求透過制度改革[7]朝向近代社會發展，在此過程中，隨著現代醫學和衛生學概念的引進，去神話與反迷信的知識和科學成為社會的主流論述[8]。在這樣的時代背景下，近代轉型期的主流小說樣式「新小說」[9]，就打著啟蒙大眾的旗幟，刻劃麻疹、天花等當時頗為猖獗的傳染疾病。特別是隨著牛痘接種術的普及，天花做為最具象徵意義的疾病順勢出現在新小說中，其主要目的就是高呼反迷信，同時提倡文明啟蒙運動。天花是一種急性傳染病，有痘瘡、疫疾、戶疫、媽媽、客人等各種稱呼，它在傳統韓國社會中被認為是非常可怕的疾病。天

---

[6] 關於「近代」這一歷史時期有多種說法，但韓國學界普遍接受的觀點是指從十九世紀開港期到1945年二戰結束、從殖民統治中解放出來的時期。

[7] 1897年10月，高宗將國號從朝鮮改為「大韓」，並自立為皇帝，推行以皇室為中心的近代化政策，以實現國富民強為目標，該改革政策叫作「光武改革」。

[8] 近代時期韓國文學的時代歷史脈絡，請參考崔末順，〈韓國近代文學的形成與殖民地時期文學面貌〉，收入崔末順主編，《吹過星星的風：韓國小說大家經典代表作・戰前篇》（台北：麥田出版，2020年），頁5-14。

[9] 「新小說」指十九世紀末至二十世紀初產生的小說樣式，也稱為開化期小說，主要是為啟蒙大眾而書寫。

花以病毒為病原體,通過接觸或空氣傳播,症狀包含突發高燒、全身出現皮疹,癒合後傷口會殘留為麻子,症狀嚴重的話可能導致死亡。根據東方醫學典籍記載,天花是從周末秦初時開始出現,在現代預防醫學建立之前,韓國人普遍都認為天花的發病是因「痘神」的造訪所致。因此,為了避開痘神,而有舉行祭祀、供奉貢品,甚至在痊癒之後還要舉行祭祀來拜送痘神的習俗。進入近代階段後,西方與日本的現代醫學知識傳入,池錫永(1855-1935)引入牛痘接種法之後[10],天花的危害才逐漸消失。

李海朝(1869-1927)所寫的新小說《驅魔劍》(1908)[11]是反映十九世紀七〇年代朝鮮開港後開始接受西方醫學概念的作品。正如篇名所示,魔鬼象徵著迷信的思想和行為,而劍則象徵著懲罰它們的科學思維方式。換句話說,它重複了傳統小說中的勸善懲惡主題。這裡所要懲治的惡人是一個有迷信思想的愚人或利用迷信從事違法亂紀活動的罪犯,而以現代理性、制度、醫學來懲罰他們的人才算是善人。該篇故事梗概如下:住在首爾的咸鎮海家境富裕,屬於知識分子階層,但他並未有生兒育女的福氣,雖然在娶進第三任妻子崔氏後生下了兒

---

[10] 1796年,英國醫生愛德華・詹納(Edward Jenner,1749-1823)使用從牛身上提取的牛痘病毒作為接種疫苗,用以預防天花。

[11] 1908年4月25日至7月23日連載於《帝國新聞》,同年12月大韓書林結集成書出版。

子萬得,最終卻無法保住孩子。崔氏成長於瀰漫迷信的薩滿村,兒子即使患上小感冒也會叫上薩滿驅邪,還說兒子會患病是因為原配和二配的鬼魂搞鬼所致。咸鎮海告誡崔氏迷信是徒勞的,但她始終不聽。有一天,萬得染上天花,崔氏卻扔掉咸鎮海買回來的藥,然後一股腦地進行驅魔儀式,但最終還是失去了孩子。然而她仍然深信驅魔之所以失靈是因為犯了忌,而這些過錯全在丈夫身上。崔氏召集巫師金鈴再次為她死去兒子的靈魂祈福,並進行大規模的驅魔儀式,其後咸鎮海也漸漸中了巫師的詭計。之後他們不顧堂兄咸日清的勸告,將祖先的墳墓遷葬,試圖再次生子,但最終由於女巫、巫師和風水師的陰謀導致家族蒙羞。故事結尾描述了在咸家召開的家族會議,咸日清的兒子咸宗表繼承宗門之位,他全心全意為家族服務,讓他們認識到迷信的愚蠢,最後咸宗表在學習新學問後,成為法官,專司懲治惡人工作。

從上述內容可以看出,作者相當仔細地揭露愚昧婦女被迷信所惑的過程,同時指出其中不合理與不公正的現象,此外還塑造出一心學習新學問、全力批判迷信的咸宗表角色,以與陷入迷信漩渦的崔氏形成鮮明的對比,宛若是對過去病態的迷信敲響警鐘。咸宗表獲得新知識並成為一名法官,旋即逮捕反社會的巫師與風水師,透過法律和正義的審判懲罰他們。在藉著法律執行懲罰的過程中,迷信的徒勞性和隱藏在其中的欺騙

屬性終被揭發。如此，巫師與風水師的驅魔術和風水文化顯現的是違法、欺騙及邪惡行為的象徵，相比之下，法官則是正義的守護者、審判者和社會改革者。

在治療天花的方式上，以崔氏為代表的迷信和不文明應對，與現代醫學和牛痘法的科學應對是相互衝突的；至於發病原因，前者認為是神靈對人的罪惡降下的懲罰，後者則理解為病原體的侵入，分別顯示各自不同的疾病觀點。小說通過這種對比，建構一種反對薩滿教的教化啟蒙論述，雖然迷信的觀念和風俗習慣，從追求文明的角度來看只能說是愚昧和落後的事物，但在小說中目睹的威勢和影響力可不算小，因為在前近代社會中，缺乏與疾病相關的科學知識必然會害怕因病死亡，迷信觀念因此而有發揮作用的空間。故事中控制愚昧的巫師和風水師，就是利用這種愚民的恐懼心理鑽空致富，而正面人物咸宗表通過現代知識和法律途徑懲罰他們。咸宗表不僅挽救了自己的家門，還懲治了以非法手段擾亂社會、危害國家的罪犯。在這裡，天花具有疾病政治學的意義，因為它超越了身體疾病的階段，延伸到社會疾病狀態。[12] 這部小說的結局與公案小說一樣，展現出懲惡揚善的寓意，目的是消滅有如天花般的社會罪惡進而建立新社會，而天花此一疾病是為建構新社會的

---

[12] 如此疾病政治學現象在〈天中佳節〉（1913）、〈紅桃花〉（1908）等新小說中也有出現，都表現出反對迷信、強調現代醫學的合理性。

正當性和必要性所援引的媒介物。可以說，天花所隱喻的是前近代社會的病態，接種疫苗代表清除頑劣的病態時代，而戰勝天花的牛痘法和免疫力則可隱喻為正面積極的現代價值，它不僅是抵禦社會毒菌的保護盾，也可以打破舊有的世界觀。綜上所述，這部小說通過天花的疾病敘事傳達出文明開化迫在眉睫，而現代醫學則成為文明和為啟蒙辯護的隱喻。

第二個要考察的疾病是神經衰弱、瘋狂等精神異常的症狀，這些症狀在二〇年代的小說中相當常見。廉想涉（1897-1963）、金東仁（1900-1951）、羅稻香（1902-1926）、玄鎮健（1900-1943）等主要活動於二〇年代的作家作品中，即常出現瘋狂、精神疾病、失眠、怨恨、易怒、歇斯底里、神經衰弱、絕望、無助、憤怒、抑鬱和死亡衝動等負面情緒與精神異常的相關內容[13]。正如學者們所提到，瘋狂的知覺樣態和表達方式之間的親和力是現代文學的一種詩學特徵[14]，文學中的瘋狂和精神異常往往源於與現代社會的互動關係。二〇年代韓國小說中人物的精神異常也並非單純的個體心理問題，而是隱含著與被殖民狀況相關的社會文化病症。

---

[13] 有關李光洙早期小說、雜誌《創造》上的小說，以及羅稻香小說中出現的歇斯底里和神經衰弱症，有學者以近代個人主體的一種標誌來認知。參考李秀瑛（音譯），〈韓國近代文學的形成及審美感覺的病理性〉，《民族文學史研究》26期（2004年11月），頁259-285。

[14] 李在銑，《現代小說的敘事主題學》（首爾：文學與知性社，2007年），頁48。

舉廉想涉小說〈標本室裡的青蛙〉(1921)[15]為例，即可充分了解如此情況。該篇作品常被列為韓國文學史上第一部自然主義小說[16]，主要內容為一個知識分子觀察及判斷一個狂人的內心紀錄。故事大綱如下：失眠、神經症、看到藍色刮鬍刀就會感到恐懼的「我」想要去遠方旅行，並在H的邀請下前往南浦[17]。在平壤轉乘火車時，「我」散步到浮碧樓，並在大同江邊遇到一個長髮男人；在那裡午睡時夢見自己被勒死。在南浦從Y和A的口中聽到一個瘋子花了三圓五十錢蓋了三層樓房，見到他的那一刻，「我」想起了中學實驗室裡的博物老師而感到恐懼。但是「我」莫名的被那個認為是北國哲學家、南浦瘋子的金昌憶所打動，還寫了一封信給住在首爾的P，說他是一個自由的人、實現了願望，是一名勝利者。金昌憶之所以發瘋是因為父母突然接連離世、教書時意外入獄四個月，後來又遭到妻子背叛。歐洲大戰結束後，他建立了一個名為「東西方友好協會」的虛擬組織，享有絕對的自由。後來「我」從Y的信中得知，金昌憶燒毀自己蓋的樓房後即告失蹤，這個事實帶給「我」許多痛苦。故事的結尾，將「我」在R洞山上看到

---

[15] 1921年8月至10月連載於《開闢》14-16期。
[16] 白鐵的《朝鮮新文學思潮史》(1948)為始，韓國學界相當普遍持有這樣的看法。
[17] 位於北韓西部的港口城市，目前按行政轄區人口計算是北韓第二大城市。

的喪家和三層樓房、金昌憶以及長髮男人聯繫了起來，隱隱暗示著金昌憶的失蹤不會是一個挫折。

這部小說通常被視為充分反映了殖民地的現實，它帶有三一運動後的失敗主義傾向以及知識分子在抑鬱症中停滯不前的痛苦情緒[18]，小說中把「我」的神經衰弱和金昌憶的瘋狂舉動以重疊方式排列呈現，映射出時代的陰暗狀況。像是被塞進標本室成為實驗對象、四肢用大頭針固定的青蛙一樣，感到恐懼全身發抖的「我」，以及被人們視為瘋子的金昌憶，都是處於精神狀態不穩、不健康的主體。故事一開始交代「我」回到首爾後，長達七、八個月的時間，內心極度感到倦怠和抑鬱不安，只能沉浸在酒精和尼古丁中，過著緊張而又不規律的生活，不僅如此，「我」的腦海還經常浮現過去的幻影，夜晚噩夢連連，生活已全然陷入幾乎瘋狂的狀態。為了擺脫這種焦慮和沮喪狀態，「我」只好出門旅行，也因而有機會認識了金昌憶。金昌憶是一個精神分裂、狂妄自大的人物，經常會被周遭人們嘲笑。然而，「我」對金昌憶這個行為異常的社會棄兒感到極大的興趣，並將他的精神異常歸因於受到時代壓迫所致。「我」把他理解為濃縮了所謂黑暗時代痛苦的對象，一個可以減輕我抑鬱症並實現「我」的想法和願望的人。換句話

---

[18] 宋琦楨（音譯），〈標本室裡的青蛙與時代的憂鬱〉，《文藝運動》112期（2011年12月），頁39-49。

說,「我」對金昌憶會產生好感是因受控於殖民時代的不自由狀況所形成,他的瘋狂是他創作的原動力,因此「我」不同於他人,把金昌憶的精神異常狀態禮讚為健康,承認他是一個勝利者和一個自由人。對「我」這種逼近精神崩潰的人來說,金昌憶的瘋狂被判定為一種解脫方式。瘋子搭建的不怎麼像樣的三層樓房是一個自由舒適的空間,正如東西方友好協會所暗示的那樣,是一個和解和友誼的空間。在這裡,「我」精神崩潰的心理症狀和金昌憶的瘋狂既是悲慘與陰鬱時代的痛苦象徵,也是逃避現實、超然慾望的隱喻[19]。小說中瘋狂等異常的精神狀態被賦予正面評價,代表想擺脫第一次世界大戰帶來史無前例的對立和時代的恐怖氛圍,以及作者因參與三一運動而入獄受到思想和身體禁錮[20]等時代歷史的局限,這象徵著二〇年代殖民地朝鮮知識分子急欲擺脫桎梏的一種渴望。可以這麼說,精神崩潰和發瘋被用來比喻為殖民地知識分子虛無、絕望和時代痛苦的某種消解,瘋狂的價值才沒有被否定,反而被肯定為一種天才的象徵或者時代的痛苦標誌[21]。

---

[19] 廉想涉其他小說如〈你們得到了什麼〉(1923)、〈萬歲前〉(1924)也展現出對疾病的想像。

[20] 廉想涉1919年在日本遇到三一獨立運動,他當時向居住在日本大阪的朝鮮工人抄寫及分發了「三一獨立宣言書」,被日本警方抓獲並服刑十個月。

[21] 另外,二〇年代傾向派小說(普羅小說的前身)中也有出現人物進入暫時的瘋狂狀態進而犯罪的情節,他們主要以社會受害者的身分出

第三個疾病是梅毒。眾所周知,梅毒是最常被拿來作為比喻的疾病,有眾多用它來比喻為道德敗壞或身體虛弱的案例[22]。自古以來,梅毒就被理解為性生活混亂、墮落、不道德的一種徵兆,是上天對人類罪孽的懲罰。特別是生病時的痛苦和令人心生厭惡的症狀,以致被認為是罪惡和汙染的標誌,加上它具有垂直感染後代的特性,更被認為是破壞家族的重大疾病。梅毒在三〇年代的朝鮮,與肺結核、淋病並列為代表性疾病,當時的報刊雜誌經常大肆刊登包括梅毒在內的性病報導[23]。該時期刻劃梅毒最具代表性的小說[24],可舉蔡萬植(1902-1950)的長篇小說《濁流》(1938)[25]為例,當中出現的流行疾病梅毒,主要是隱喻群山這個新興殖民都市引發社會陷入瘋狂狀態的投機米豆[26]狂潮[27]。這部小說以一個名叫初鳳

現,瘋狂和犯罪主要是做為解決階級衝突的手段。
[22] 蘇珊・桑塔格(Susan Sontag)著,程巍譯,《疾病的隱喻》(台北:麥田出版,2012年),頁49。
[23] 同註14,頁154。
[24] 此外,李孝石的〈玫瑰病了〉(1939)、李光洙的《泥土》(1933)、沈熏的《常綠樹》(1936)和《織女星》(1935)等小說中也出現梅毒的敘述。
[25] 1937年10月12日至1938年5月17日在《朝鮮日報》連載198期,1939年博文書館結集成書出版。
[26] 米豆指的是在米穀交易中,泛指利用大米價格的波動,僅憑口頭承諾進行交易的投機行為,並非以實際大米交易為目的。
[27] 關於《濁流》中的梅毒,也有觀點認為,它不是一種社會欲望和瘋狂狀態的隱喻,而是一種透過破壞人物的軀體和精神而嚴重破壞他們的

的女性受難故事為主要軸線,廣泛描繪了三〇年代朝鮮社會和下層階級的命運。故事大綱如下:初鳳原是一個天真無邪的女孩,也是住在群山米豆場附近丁主事的女兒,自幼生活無缺。她雖然有個喜歡的對象南昇載,卻還是遵從父命嫁給一個迂腐的銀行職員高泰洙,婚後她的丈夫因與有夫之婦通姦而被殺害,丈夫遇害當天她又不幸遭到駝背張亨寶強姦。在離開群山的途中,初鳳被父親的朋友朴濟鎬誘騙說要和他一起生活,但當張亨寶再次出現時,朴濟鎬卻拋棄了她。懷上張亨寶的孩子並被脅迫與張亨寶一起痛苦生活的初鳳,最終在殺死仇視的張亨寶之後,向警方自首認罪。

這部小說的特色正如標題「濁流」所暗示的那樣,汙濁不潔的時代與做為主要場景的港口城市群山有著非常密切的關係。群山是韓國代表性的大米出口地,與穀倉全州平原以及江景平原一帶、錦江流域的大米集散地相毗鄰,也是繼1897年木浦開埠以後做為西部通商口岸新開闢的港口。自開港以來,群山與日本大阪的棉米交換貿易一直非常活躍,其後一躍成長為殖民地朝鮮第一大米貿易港。有此背景,群山陸續建設了各種現代設施,也形成了一塊日本人群居的居住地,都市因此劃分為日本人居住的中心地區(全州洞、本井洞)和朝鮮貧民

社會關係的實際疾病。參考徐熙瑗(音譯),〈「壞血」或梅毒和瘋狂的敘事〉,《東岳語文學》62期(2014年2月),頁355-384。

集體居住的外圍地區（開福洞、九福洞、屯栗里），此後群山朝著二元結構的殖民地新興城市發展[28]。可以說，自二〇年代以來，隨著大米貿易、仲介、商業和金融相關的殖民資本的滲透，群山儼然成為一個眾人心目中經濟利益優先的慾望城市。

將群山的生活方式壓縮呈現的典型空間為米豆場，而推動《濁流》敘事的主要動力則是與米豆、期米有關的投機行為。換句話說，這部小說是生活在以米豆場為中心的經濟活動漩渦中群山人民的故事，米豆場就是殖民資本主義運作的代表性空間，充分展現出人的金錢慾望和為此引發的爭鬥行為。大米價格的波動反映了殖民投機資本流入和交易經濟的現象，米、錢、米豆在這裡是慾望的媒介。位在其中心的群山米豆取引所是代表三〇年代朝鮮社會蔓延的投機空間，米豆和期米被刻劃為一系列具有賭博性質的非正規經濟活動。小說清楚地呈現圍繞於米豆的貪念像瘟疫一般感染、傳染、蔓延到人物身上，可以說包括米豆取引所在內，整個群山存在著殖民資本主義無可控制，以及環繞在競爭利己主義和賭博盛行的病理性環境。

住在這裡的人大多來自外地，他們不是追逐利益的投機

---

[28] 崔末順，〈新興殖民都市的真相：以〈新興的悲哀〉與《濁流》為探討對象〉，收入《殖民與冷戰的東亞視野：對台韓文學的一個觀察》（台北：遠景出版，2021年），頁405-429。

客,就是在外地度過艱難生活的一群「沒有明日的」人們。在群山,他們的生活直接或間接地都與米豆場有關:丁主事、高泰洙、張亨寶都是沉迷於炒作米豆投機的人,同時也是道德敗壞、放蕩的浪子,更是不惜違法犯事的罪犯。這些投機成癮的人不僅做出反社會行為和道德敗壞的事情,嚴重的甚至還會危及家人的性命。丁主事將初鳳嫁給高泰洙,為的是希望能夠從中得到錢財。高泰洙是一名銀行職員,但背地裡卻是一個騙子和捲入米豆投機行當的好色男人,他曾是京城總公司的模範行員,但來到米豆之都群山之後便開始墮落貪腐。他勾結張亨寶插手米豆事業,犯下詐欺和挪用公款等違紀行為,甚至做出道德淪喪的通姦行為,進而陷入性狂歡狀態。張亨寶是一個只知道金錢的惡人,由於身體殘缺的自卑感和彼時社會對駝背的蔑視而對世界懷恨在心、充滿敵意,他為了洩憤強姦了無辜的女子初鳳,最終迎來的結局是被初鳳報復、殺害。

《濁流》藉用梅毒來比喻帶有傳染性的貪婪慾望。遊廓和聲色酒家林立的群山是性病梅毒的傳染源所在,這是一個經濟貪婪和性貪婪有如濁流的地方。小說中梅毒從韓參奉的小妾傳給他之後,韓參奉再傳給妻子金氏,而金氏由於對生子的渴望和性慾望而與高泰洙發生關係,因此又傳給生性好色的高泰洙、妓生杏花以及他的妻子初鳳,之後初鳳再傳染給藥劑師朴濟鎬,而經常出入遊廓的張亨寶也無可避免地受到感染。這種

梅毒的連續傳播，對應的是透過非法投機手段想要攫取財富的慾望。換句話說，《濁流》中的梅毒不但直接反映出性病氾濫的社會實況，同時又做為隱喻來指涉猶如瘟疫般蔓延的貪婪，以及由此招致的道德敗壞和報應。蔡萬植一向被認為是最能夠徹底掌握殖民資本主義的運作機制並進行文學刻劃的作家，毫無疑問的，他的《濁流》也相當仔細地剖析在日本投機資本湧入的背景下，一個被梅毒一樣蔓延的貪婪慾望所摧毀的病態社會。梅毒代表的就是外因性疾病，正如它通過婚外情傳播、是破壞婚姻紐帶的疾病一樣，日本不正當的投機行為和資本流入，感染和腐蝕了殖民地社會正常、健康的生活，可說是三〇年代殖民地朝鮮的一種隱喻。

三、心理創傷、痲瘋病、老人癡呆：戰爭記憶與社會壓抑的隱喻

　　1945年二戰終結，韓國脫離36年的日本殖民統治進入了民族國家的建設階段，但由於終戰過程裡已埋藏了美蘇對立的種子以及其延伸的效應，韓半島陷入了一場內戰紛爭，結果目前仍然是世界上少數民族分裂的國家之一。加上，二戰後在世界冷戰體系整備之際，南韓被納入以美國為首的自由陣營，在意識型態和軍事上處於強烈的反共態勢，並在政治上因為長期的

軍事獨裁統治和經濟上接受持續十多年的美援，整個國家被納入世界經濟體系的邊緣位置，朝著由國家主導的勞動密集型出口導向的產業化方向發展。由上述這些原因導致戰後韓國社會經歷了前所未有的變化，不僅是社會共同體迅速解體、傳統遭到破壞、城鄉及貧富差距變大，支配／被支配結構所造成的僵化和壓抑氛圍在社會上蔓延，集體意識而非個人主體認同構成了社會基礎[29]。可以說，內戰和民族分裂、軍政的壓抑、快速進行的工業化和現代化所造成的弊害與矛盾，直到八〇年代依舊是韓國社會的主要面貌[30]。於是，戰後韓國小說中出現的疾病也可以看作是對在這些條件下發生的社會現象的一種隱喻。

　　首先要看的是，與戰爭經驗有關的心理創傷。位於亞洲大陸和日本列島之間的韓半島，自古至今一直處於戰爭的威脅之下[31]。但最為嚴重的還是1950年起持續三年的韓國戰爭，

---

[29] 有關二戰後韓國社會和文學的相關性，參考崔末順，〈戰後韓國文學的發展與小說焦點〉，收入崔末順主編，《誰能說自己看見天空：韓國小說大家經典代表作・戰後篇》（台北：麥田出版社，2021年），頁5-28。

[30] 隨著戰後工業化的進展，韓國社會以男性為中心重組，六〇年代韓國小說中的女性性被視為威脅社會的一種精神疾病。參考宋仁和（音譯），〈1960年代女性精神病的再現和歇斯底里：作為性別權力的醫學知識及性愛化的「內心」〉，《女性文學研究》51期（2020年1月），頁221-250。

[31] 前近代時期有蒙古人和滿族人從北方入侵，日本人也曾擾亂過韓半島。十九世紀末以來，日本和俄羅斯以韓半島為立足點分別相爭進軍亞洲大陸，韓半島最終被日本占領。

它是美蘇冷戰對立的代理戰,同時也是韓國民族自我相殘的悲劇,對往後的韓國社會產生了決定性的影響。除了韓戰之外,1964年至1973年的越南戰爭也對韓國人造成相當大的影響,當時越戰被認為是亞洲防共之戰,韓國派出32萬人次的大規模作戰部隊前赴越南。這個戰爭也為韓國社會留下了廣泛的傷痕,許多小說中都在處理相關問題[32],可以說在韓國社會,越戰的意義不亞於韓戰。如果說韓戰是發生於同民族之間,那麼越戰就是做為美國盟軍參戰的他國戰爭。當時在所謂「骨牌效應」的反共名分下死傷無數,但原做為戰爭名分的反共意識型態卻逐漸淡化,戰場最後變成以黑市和美元為代表的資金競技場,更嚴重的是參戰士兵普遍留下投入殺戮場域的痛苦記憶。在戰場上雖然是為國而戰,但其名分消失後,剩下的只是沒有目的的「殺人」記憶而已,而這些殺戮記憶造成的罪惡感則留下了嚴重的心理創傷,歸國後也一時難以過上正常的生活。

有實際參與越戰經歷的作家黃晳暎(1943-),通過多部小說來描寫與越戰相關的問題[33]。其中,〈歸來者〉(1970)既涉及越南戰爭,也討論韓國戰爭。以萬秀一家故事的中心

---

[32] 迄今為止,已知有大約50部以上的韓國小說描述越南戰爭。
[33] 黃晳暎以越南戰爭為題材的小說包括〈塔〉(1970)、〈駱駝眼珠〉(1972)、〈鄰居〉(1972)、〈莢芥月之鳥〉(1976)、《武器的陰影》(1992)等。

事件所環繞的韓戰，和以「我」為中心的越戰做為小說的主要素材，清晰地揭示了受害者和加害者的不同立場。敘述者「我」退伍後從戰場歸來，雖然胸前沒有戴著榮譽勳章，但在平凡的日常生活中逐漸找回了生活節奏。然而，剛從戰場歸來不久，「我」就開始莫名的感到身體不適，像是發高燒，出現胡言亂語等「半睡」症狀。後來只好在家人的介紹下到舅舅的果園休養，「我」在那裡遇到了兒時的朋友萬秀。萬秀家曾經是富裕的農民，住在「我」母親家附近的西村，但現在他的家境日漸衰落，目前住在東村。在韓國戰爭期間，身為地主的萬秀父母被朝鮮人民軍殺害，而萬秀的大哥當時遭到嚴厲的拷打，至今仍像瘋子一樣活著。留在「我」外婆家附近的萬秀和他的家人，被描繪成韓戰悲劇所留下的不可磨滅的傷痕。

在〈歸來者〉中以韓戰做為媒介，讓從越戰歸來的「我」想起了戰爭中犯下的罪行。「我」目睹了萬秀和他的嫂子折磨那個韓戰期間害死他父母的男人的場景，而開始回憶起自己在越戰中犯下的殺人行為。「我」和「我們」將俘虜「潭」逼死，以及「我」在搜查村莊的過程中槍殺了躲在甕裡的老人和抱著嬰兒的男孩。這不能說是戰爭勇士所當為，而是明確的加害者行為，「我」奪走了那些人的生命，奪走了那些人的一切。「我」在退伍後開始出現失眠和幻覺症狀，是因為在戰場上以軍法名義殺害無辜越南人的行為所造成，可以說是

一種創傷性障礙症狀。具有這些經驗的軍人即使在退伍後仍會不斷回憶起自己在戰爭中經歷的事情，遭受著戰爭帶來的精神創傷，他們容易受到驚嚇、易怒和難以入眠。「我」之所以無緣無故出現幻覺和失眠，其實是為了忘記自己就是加害者的事實而造成的一種心理機制，但是在舅舅家遇到的萬秀讓「我」想起了自己的罪行，也明白了自己不眠的理由。

　　黃晳暎通過〈歸來者〉將韓國現代史上的重要事件——韓戰和越戰聯繫起來，讓我們意識到韓國軍人在越戰中犯下的殘酷行為。幻覺、失眠等創傷後的障礙症狀，就是反映了他們在戰場犯下屠殺行為後產生的罪惡感。小說安排的人物心理創傷，其功能在於提醒我們記住民族悲劇韓戰的真相，以及在反共邏輯下介入越戰的後果，可以說這是對國家的一種批判，指控國家迫使人們為國犧牲，然後又沒當回事地忘記它。雖然在軍隊為理念或為國家利益參戰時，軍人也會產生為人民犧牲的榮譽感，然而在戰場中的實際經驗並不這麼單純，個人生命不但會受到威脅，也會產生因為親眼目睹戰友在身邊死去後感到自己是唯一倖存下來的內疚感。不僅如此，必須把槍口對準所謂「敵人」的經驗，事過境遷後會留下龐大的心理陰影。短期內經歷過韓戰、越戰等世界性戰爭的韓國，普遍存在以「我們」為名的國家利益至上的意識。小說中的敘述者「我」懷著為國爭光和自豪的心情參戰，然而從失去正當理由的戰爭中退

伍歸來，第一次對自己的使命感產生了懷疑，開始思考在戰場上犯下的各種暴行是否正當。隨著美越戰爭時間的延長，美國本土也出現對越戰的負面輿論，久而久之越戰變成一場沒有正當性的戰爭，到頭來只剩下比作黑市和借殼交易武器的戰場。經歷這些戰爭經驗的士兵在回憶起戰場上的各種暴行的瞬間後，再也無法適應社會，甚至會出現創傷後遺症。因此，小說中的心理創傷是批判國家主義殘酷現實的一種手段。

韓國戰後現代小說中的第二個疾病為痲瘋病。傳統以業病、天刑認知的痲瘋病，因在感染後會留下令人厭惡的痕跡而又被稱為癩病，至1873年後，又以發現該病原體的挪威醫生名字Gerhard Armauer Hansen命名為漢生病。這個疾病因具有傳染性和在過去被認定為具有遺傳性，發病後會被強制隔離和監禁，病患個人的自由和權利因此受到剝奪。在韓國小說中，痲瘋病患者大都被描繪成讓人感到恐懼的對象，原因是從日據時期到五〇年代，痲瘋病患者食人肉治病的報導時常出現，大眾對此有超越疾病以上的恐懼。韓國小說從三〇年代開始出現以漢生病為題材的作品，大部分都會描述一般人對此疾病的恐懼心理[34]。

---

[34] 與此相關的小說有金東里的〈巖石〉（1936）、金廷漢的〈玉心〉（1936）、金聲翰的〈寂靜之谷〉（1954）、崔仁浩的〈野蠻人〉（1971）等，可說各個時期都有。

其中，李清俊的長篇《你們的天國》（1976）是漢生病相關文學中最受矚目的作品，評論家說它寓言性地描繪了七〇年代的韓國社會[35]。《你們的天國》以真實事件做為題材，在李清俊的小說中占有獨特的地位，同時也討論了有關語言和權力的問題，呈現他一貫的批判性思維[36]。小說講述了前往小鹿島[37]醫院赴任的趙白憲上校，基於對漢生病的準確了解，尋求消除一般人歧視漢生病患者的故事。小鹿島醫院建於1916年的日據時期，1935年成為最大的漢生病患者集中營所在地，普遍被視為隔離、禁閉和排斥的象徵性場所。故事分為三個部分：第一部分講述了五一六事件[38]之後就任小鹿島醫院院長的趙白憲上校，在了解小鹿島的整體狀況後決心將死者之島改造為漢生病患者的天堂；第二部分較為仔細地交代了趙上校的努力過程，為漢生病患者打造樂園而開始進行填海造地事業，卻因遇上暴風雨和土地沉降問題陷入困境，並遭到黃長老和李科

---

[35] 裴慶悅（音譯），〈李清俊《你們的天國》的隱喻考察〉，《民族語》46輯（2010年6月），頁143-168。

[36] 金庸求（音譯），〈李清俊小說的結構〉，《江原人文論叢》13輯（2005年6月），頁37-72。

[37] 小鹿島位於韓國西南部全羅南道高興郡道陽邑的小島，因形狀酷似小鹿而得名。

[38] 1961年5月16日，陸軍少將朴正熙、金鍾泌等軍隊要員發動軍事政變，標誌著往後持續30多年軍人政權的開始。朴正熙、全斗煥、盧泰愚等軍政權是韓國民主的黑暗時期，畢竟軍事政變是違反憲法秩序的武裝行為，它嚴重破壞了程序民主。

長的質疑與批判,他們認為趙上校計劃的漢生病患者天國,反而剝奪了他們的權利且結果會造成他們孤立無助;第三部分講述了離開島嶼的趙院長以市民身分回歸,並主持兩個未感染漢生病的年輕人婚禮。

按照作者自己的說法,這部小說通過最高管理者的政策和經營方針,旨在影射政治權力進行控制的樣貌,同時通過漢生病患者想要逃離和逃脫的異常狀態,來表達當時的國情與人民內心的願望。小說呈現的拘束和自由的辯證關係、漢生病患者被隔離的小鹿島空間、佩戴手槍和穿藍色制服的軍人院長等因素,明顯象徵著當時軍人統治的國家秩序和社會結構。1961年開始出帆的朴正熙軍事獨裁政權,在七〇年代初期以國安危機和國際關係為藉口,建立了相當於戒嚴的維新體制,限制人民的基本權利。小說中小鹿島並不是一個單純的空間或地方,而是一個代表禁閉、束縛、不健康和疾病的空間。現役軍人趙白憲是負責行政的醫院院長,同時也是一個醫生。他做為院長維持醫院秩序、管理漢生病患者,同時在緊急的情況下直接治療他們、照顧他們。但由於缺乏對話,該島始終處於死亡般的寂靜狀態,而趙院長又將此病視為精神疾病,因此組建了漢生人足球隊並進行填海工程以尋求治療可能。這些工作的目的是為促進島民和患者之間的交流,但由於是上級單方面做出的決定,因而發生了不信任和下屬的背叛行為,這導致患者和

島民關係更加疏遠。由此產生的趙白憲、黃長老和李科長之間的對峙,代表著優劣二分法結構中正常／異常和健康／不健康之間的溝通困難,很自然地可以理解為上位者與下位者之間敵對關係的比喻,具備了支配／從屬關係的政治寓意。換句話說,《你們的天國》在人物和空間體系上呈現出支配／從屬、自由／禁錮、健康／疾病等二元結構,圍繞著漢生病的管理者／被管理者關係充分具有政治性的解讀空間,其中的漢生病做為一種身心疾病,隱喻著處於被管制、不健康和被迫沉默的當時韓國社會的狀況。[39]

第三個疾病是老人癡呆。癡呆症是由大腦慢性或進行性疾病引起的一種症候群,可定義為大腦皮層功能的多種障礙,包括記憶、思考、理解、計算、學習、語言和判斷上的問題。癡呆症有多種類型,其中阿茲海默症也可稱為老年癡呆症,是最為人熟知的一種。癡呆症的主要症狀之一是記憶障礙,在文學作品中相當常見。記憶障礙做為癡呆症的共同特徵,其症狀有談話中會重複相同的話、在陌生的環境中會迷失方向,以及常常會忘記約定時間、人名、居住地等。癡呆症的另一個重要症狀是性格改變,以前很會體諒他人的人在發病後往往會失去對別人的興趣,變成以自我為中心的人,或者一個

---

[39] 李清俊在其他小說中也透過電燈恐懼症和陳述恐懼症等強迫症或病理症狀,來探索韓國社會的權力運作機制和人們之間的溝通問題。

活潑的人變得精神萎靡、容易生氣或做出攻擊性行為，如變得焦慮、抑鬱、固執，這種性格變化也常常成為小說題材。

　　韓國女性作家當中，朴婉緒（1931-2011）最為善長處理中產階級的虛假意識和家中的女性問題。她有不少小說涉及到老人失智和癡呆問題[40]，〈泡沫之家〉（1976）是其中之一，作者曾經表示過自己有長期照顧失智症婆婆和母親的經驗。這部小說主要內容為兒媳照顧癡呆婆婆的經過，容易讓人聯想到人物之間的緊張關係，媳婦的感受特別受到重視。故事中丈夫打著撫養孩子的幌子在美國工作，兒媳則須全權負責照顧生病的婆婆。這種情況增加了兒媳對癡呆婆婆的心理負擔，以致她經常以厭惡的態度對待婆婆。小說詳細描寫了婆婆日益嚴重的癡呆症狀，並從兒媳的角度一再強調婆婆的行為對她來說是多麼地難以應付，例如整天不停地叫喊、指示她幹活。抱怨連連的癡呆症狀其實是一種呼喊他人對自己加以關注的心聲，但敘述者兒媳完全忽視婆婆與家人「溝通」的心願。再加上為治療婆婆失眠而開出的安眠藥處方，反而在她自行服用後陷入沉睡。睡夢中，兒媳覺得自己居住的這間堅實的公寓正一點一滴

---

[40] 相關小說有〈看家結束了〉（1978）、〈生孩子葫蘆〉（1985）、〈幻覺胡蝶〉（1995）、〈後男，吃飯〉（2003）等。探討包括〈泡沫之家〉在內，朴婉緒小說中的疾病意義，參考金恩貞（音譯），〈朴婉緒老年小說中的疾病意義〉，《韓國文學論叢》70期（2015年8月），頁293-332。

地化為泡沫,好比說,兒媳意識裡的家族關係如同泡沫般岌岌可危。韓國社會一向被稱作堅固的家族共同體,實際上則可能會像泡沫一樣瞬間消失,或許我們對家人的信念很可能是一種虛偽的幻想而已,小說中的癡呆症就是揭露此虛偽意識的媒介。

此外,在丈夫不在家的情況下照顧患有癡呆症婆婆的媳婦,渴望著「不潔的關係」,一次在送婆婆到老人學校的週末,媳婦拉著一個學建築的外遇男進屋,甚至還被兒子看見自己與外遇男幽會。然而即使在這種情況下,家族關係仍然得以維持。透過這些情節,作者想表達當代社會中的家庭和家人關係的虛偽性,以家族共同體為名勉強維繫的脆弱家族關係就是一種虛偽意識。

癡呆症的特徵是自我傷害和人格破壞,而不是身體上的傷害。因此正如患者隱藏的人格經由癡呆症狀發顯一樣,照顧癡呆病患的人所隱藏的虛偽意識也透過照顧的過程中表露無遺。但換個角度思考,平常只認定「母親角色」的女性,借此機會認知到自己是一個具有個性的主體。無論是做為病人的婆婆,還是做為照顧者的媳婦,長期被韓國社會父權制度壓抑的自我意識、慾望、不滿,以及個人的自我認同,在癡呆症面前一一浮現。癡呆症在這裡是一面鏡子,由此反映出長期受儒家規範約束的韓國現代家庭和家族關係的虛假面貌。

四、新冠肺炎書寫：厭惡的時代徵候

人類進化成群居動物後的大量死亡大都是由傳染病引起，而傳染病大都發生在群居的生活圈中。所謂傳染病是過去與牲畜共存的細菌或病毒試圖要與人類共存的一種現象，這就是為什麼人類的歷史就是一部傳染病的歷史。傳染病不僅在身體上，也在心靈上留下深刻的痕跡，因此從文字被發明的那一刻起，文學就開始嘗試為面對傳染病所造成的死亡提供思考。被稱為災難小說的開端，阿爾貝·卡繆（Albert Camus，1913-1960）的《瘟疫》（1947）即描述了人類遭逢鼠疫蔓延、大量死亡、被迫封城等局面而感到極度絕望和恐懼不安的心理狀態，在此之時，醫生、公務員、宗教人士和其他公民挺身自發性地組成了「保健隊」，表現出要團結起來全力對抗瘟疫的勇氣；1998年諾貝爾文學獎得主喬賽·薩拉馬戈（José Saramago，1922-2010）的小說《盲流感》（1995）書寫了在失明病毒肆虐的城市裡，人類陷入暴力和利己主義的醜陋心態，但作品還是強調必須找到幫助弱者、扶持弱者然後與他們一起生活下去的方法。

2019年12月，一種引起肺炎的新型冠狀病毒在中國武漢爆發，並蔓延到世界各地，感染了無數人，也造成多人死

亡。命名為COVID-19的這個傳染病，被認為是「全球化時代的第一次大規模流行病」和「物種滅絕時代的人畜共患病（zoonoses）」[41]，其後不但沒能撲滅，還持續傳播至今，影響到多個層面的變化，同時也帶出不少全球性的議題。譬如：視COVID-19為亞洲疾病的「歐洲傲慢」、全球不平等的保健狀況、國家間為開發和確保疫苗的政治競爭、圍繞著正常／異常引起的歧視和仇恨等等，無一不暴露出諸多問題，又如社交距離、檢疫、疫苗、自我隔離、城市和邊境封鎖、非面對面交流、禁止集會的行政命令等新的用語，也隨之登場。

在韓國，疫情爆發之時，民眾關心的是如何在各種政府法規所代表的公共利益與個人自由之間尋求平衡，但是後來新天地宗教團體傳出大規模集體感染[42]事件之後，民眾對新宗教頓時感到嫌惡，接著源於梨泰院的第二次群體感染[43]，使得過往一向對同性戀和性少數群體的排斥情緒進一步升高，甚至根據群體感染的情況，仇恨之箭全面朝向種族、性少數、地區、宗教等特定對象移動，這種仇恨和厭惡，讓民眾有理有據地將傳播傳染病的一切罪過歸咎於他們，也據以作為歧視性言論的

---

[41] 弗蘭克・斯諾登（Frank Snowden），〈大流行病的歷史教給我們什麼？〉，《綠色評論》第173號（2020年8月），頁23-39。
[42] 2020年2月大邱新天地耶穌教教團發生集團感染後，開始逐漸傳播到韓國全境，累計確診病例為5214例，堪稱「第一次大流行」。
[43] 2020年4月30日至5月5日的連假期間，位於首爾龍山區梨泰院洞的多家俱樂部發生COVID-19群體感染事件，成為「第二次大流行」的導火線。

辯護。不僅如此,由於COVID-19的特徵是透過接觸傳播,人們乃以「安全」為理由被迫強制與外界(包括其他人)「隔離」,因而對於他人的仇恨和歧視情緒也逐漸往外擴散。

這些歧視、排斥和仇恨他人的情況,在COVID-19爆發後出版的韓國小說中也相當普遍。參考現有研究成果[44]可簡要總結如下:裴明勳(1978-)的〈Chakatapa的願望〉(2020)刻劃一位生活在2113年的歷史學徒正在撰寫一篇以2020年韓國發生的事情為主題的小論文,小說中的人物討厭與人接觸,為保持安全的生活而身處被隔離的環境中,認為只有那樣才是優越的生活方式,但後來在認識2020年的韓國社會的過程中,他改變了原先想法,認為與他人接觸並無不妥,況且他認識到自己的「內部」也有汙染原因,從此開始試著摒除厭惡時代的成見;徐章源(音譯,1990-)的〈像法國電影一樣〉是一部全面處理2020年初韓國社會出現仇恨問題的小說,內容生動地描繪了一個變性人認知到無法隱藏身分之後感受到的痛苦和絕望心境,其中,就像一部沒有故事也沒有結局的法國電影一樣,小說以悠悠流逝的時間性來比喻性少數者毫無未來希望的生活,讓人印象相當深刻;金鉉(音譯)的〈假想旅行〉(2021)描繪了生活在新冠肺炎疫情時代的同性戀伴侶之間反

---

[44] 李行美(音譯),〈新冠肺炎後小說與仇恨的臨界〉,《韓國現代文學研究》44期(2021年10月),頁49-90。

覆發生的瑣碎爭吵、無聊叨絮、分手和相遇過程，雖然沒有直接吐露因仇恨而感到痛苦的狀況，但透過虛擬體驗面對悲觀的未來，展示出因COVID-19而更加被孤立的酷兒生活和他們的內心。

另外，COVID-19的傳播造成了照顧危機，隨之而來的責任感和疲勞成為家人尤其是女性的重擔。崔恩美（1978-）的〈我們・這裡・面對〉（2020）講述了2020年春天由於新型冠狀病毒的傳播，護理勞動的強度在最大化的情況下，一位婦女全身投入照顧家人的故事。她是做生意的自營業者，也是努力履行妻子和母親義務的人，但當COVID-19開始擴散後，孩子不上學，居家照顧的時間拉長，她因此再也撐不下去。當她知道梨泰院同性戀俱樂部的相關確診者存在於「這裡，我們」的日常空間時，被壓抑的憤怒、仇恨、羞愧、自厭、內疚等情緒彷彿要崩潰般傾瀉而出，最後轉嫁給包括性少數者在內的弱勢階層。憂心感染的恐懼心理以及做為防疫主體的強迫症造成她厭惡別人、處處防備著他人，甚而隨時都會為厭惡弱勢的一方站出來辯護。金裕潭（1983-）的〈特別災難區〉（2020），以2020年2月慶北清道出現大量COVID-19確診病例和數位性犯罪事件兩件災難事件做為題材，講述一個經歷過照顧工作危機的人物故事。主要人物為六十多歲的女性，她一生都在嚴守著父權制度下的規範和習俗，全身投入照顧家人的工作，但因為

COVID-19流行後醫院禁止探訪，外帶食物也變得窒礙難行以致無法照顧常年臥病在床的父親，甚至連臨終前都無法見上一面，直到父親去世後她才聽到消息。她付出一生的心力照顧家人卻沒有得到應有的尊重，因而對人生感到毫無意義，打從心底認為她的努力都是徒勞。不僅如此，小學生孫女成了讓人聯想到N號房犯罪案件的數位性犯罪集團的受害者，但她卻沒有能力解決，因而感到茫然，束手無策。透過這兩件事，主角經歷了自我角色的摸索和認同危機，意識到沒有任何地方是安全的。

總之，韓國文學中的COVID-19似乎與厭惡他者及性別問題有著密切的關聯，這意味著在韓國社會一直存在對少數群體的歧視和偏見，透過它的傳播得到了進一步加強。在COVID-19長期的全球大流行以及我們應對的過程中，大家都目睹了國家、地區、階級和性別之間的不平等問題逐漸浮出檯面，尤其是它必須強制隔離的傳染病性質，造成對他人不信任、排斥和仇恨情緒也隨之蔓延。有鑑於這種現象基本上是全球各國陷入新自由主義無限競爭的濃縮結果，COVID-19的爆發和蔓延可以說是人類社會當前面臨的時代徵候。但是我們在思考未來走向時，與歷史上的任何疾病一樣，面對COVID-19有必要透明地看待疾病本身，而不應有任何扭曲或折射的視角。

以上，本文探討了從天花到COVID-19等幾種疾病，以及

韓國近現代小說中這些疾病具有何種隱喻和象徵的問題。由於韓國的近現代歷史是一個動蕩的時期,小說中人物患上的疾病並非只是簡單地揭示他們身心的異常,更多的是拿來做為韓國歷史處境和時代狀況的一種隱喻。考慮到現代小說大多與疾病有關,本文的觀察自是有甚多不足之處,但旨在簡要介紹韓國文學中疾病敘事的文學意蘊。

參考書目

一、專書

李在銑,《現代小說的敘事主題學》(首爾:文學與知性社,2007年)。

崔末順主編,《吹過星星的風:韓國小說大家經典代表作・戰前篇》(台北:麥田出版,2020年)。

崔末順,《殖民與冷戰的東亞視野:對台韓文學的一個觀察》(台北:遠景出版,2021年)。

蘇珊・桑塔格(Susan Sontag)著,程巍譯,《疾病的隱喻》(台北:麥田出版,2012年)。

二、期刊論文

弗蘭克・斯諾登(Frank Snowden),〈大流行病的歷史教給我們什麼?〉,《綠色評論》第173號(2020年8月),頁23-39。

宋仁和(音譯),〈1960年代女性精神病的再現和歇斯底里:作為性別權力的醫學知識及性愛化的「內心」〉,《女性文學研究》51期(2020年1月),頁221-250。

宋琦楨(音譯),〈標本室裡的青蛙與時代的憂鬱〉,《文藝運動》112期(2011年12月),頁39-49。

李行美(音譯),〈新冠肺炎後小說與仇恨的臨界〉,《韓國現代文學研究》44期(2021年10月),頁49-90。

李秀瑛（音譯），〈韓國近代文學的形成及審美感覺的病理性〉，《民族文學史研究》26期，（2004年11月），頁259-285。

周淑媚，〈文化診斷中的病痛隱喻——以魯迅和郁達夫的病痛與文學創作為例〉，《通識教育學報》15期（2010年6月），頁1-25。

金恩貞（音譯），〈朴婉緒老年小說中的疾病意義〉，《韓國文學論叢》70期（2015年8月），頁293-332。

金庸求（音譯），〈李清俊小說的結構〉，《江原人文論叢》13輯（2005年6月），頁37-72。

徐熙瑗（音譯），〈「壞血」或梅毒和瘋狂的敘事〉，《東岳語文學》62期（2014年2月），頁355-384。

裴慶悅（音譯），〈李清俊《你們的天國》的隱喻考察〉，《民族語》46輯（2010年6月），頁143-168。

三、網路資源

孫瑋志，〈中國傳統醫學與古典文學〉，（來源：http://www.chinawriter.com.cn/n1/2018/0813/c404063-30224769.html，2023年1月8日）。

在身心健全主義底下：
戒嚴時期袁瓊瓊小說的
「身心障礙」和「家醜身體」[*]

紀大偉

國立政治大學台灣文學研究所副教授

摘要

本文爬梳袁瓊瓊（1950-）文學生涯的前五本小說集，《春水船》（1979）、《自己的天空》（1981）、《兩個人的事》（1983）、《滄桑》（1985），和《又涼又暖的季節》（1986），指認這些小說集收錄的多篇文本早在戒嚴時期，就刻劃了身心障礙。雖然袁瓊瓊早就享譽文壇，但是她在身心障礙領域的建樹卻遲遲沒有受到足夠重視。因此，本文特別關注她刻劃身心障礙的貢獻。對越來越重視身心障礙的今日讀者來說，這批長期被低估文本提供管窺舊時代（按，戒嚴時期）身

---

[*] 原載於《台灣文學學報》43期（2023年12月），頁29-56。

心障礙形象的可貴窗口。但有鑑於「身心障礙」這個詞彙的侷限，筆者提議用「家醜身體」一詞來補充「身心障礙」：袁瓊瓊早期作品中，身心障礙經常成為足以導致家醜外揚的麻煩，體現了家醜身體。這批小說中，情節高潮可能出自於身心障礙當事人，卻更可能出自於粗暴動手處置家醜的家屬。藉著指認家醜身體在多種小說的不同部署，筆者希望在小說文本裡頭，找出更多討論身心障礙的路徑：本文主張，「身心健全主義」的陰影，不但籠罩在身心障礙當事人身上，也足以讓當事人的家族成員不見天日。也因此，讀者在小說字裡行間尋找身心障礙形影的時候，除了可以留意身心障礙角色，也不妨關注身心障礙的家人有何蹊蹺。

關鍵詞：袁瓊瓊、身心障礙、身心健全主義、家醜、戒嚴

一、前言

在身心障礙議題越來越受到重視的今日台灣，筆者想要提醒各界一個事實：台灣文學也是收錄身心障礙身影的歷史寶庫，值得各界考察。

為了證明台灣文學和身心障礙的交集有多麼豐碩，筆者以文壇長青樹袁瓊瓊（1950-）的小說為例，指認她在戒嚴時期就已經寫出非主流身心狀態的繁多樣貌：光是她寫作生涯初期的五本小說集，《春水船》（1979）、《自己的天空》（1981）、《兩個人的事》（1983）、《滄桑》（1985），和《又涼又暖的季節》（1986），就已經包含大量再現身心障礙的文本。這批短篇小說，足以供人管窺戒嚴時代芸芸眾生的身心狀態，極具歷史參考價值。限於篇幅，筆者只能聚焦在袁瓊瓊戒嚴時期的五種小說集。至於袁瓊瓊在解嚴之後的其他佳作，筆者期待來日另文探討。本文受到張誦聖著作《臺灣文學生態：戒嚴法到市場律》影響，將袁瓊瓊小說視為解嚴前後的轉型期台灣文學樣本，所以標題採用「戒嚴時期」一詞強調袁瓊瓊作品的時代屬性。這批樣本不但殘留戒嚴法銘刻的舊政治痕跡，也流露作家利用文學娛樂效果迎合市場律的傾向。

筆者要釐清，袁瓊瓊絕不是戒嚴時期唯一寫出身心障礙

的小說家。袁瓊瓊直到戒嚴時期晚期才出道（按，第一本小說集在1979年出版），在她之前，不少前輩都在小說描繪身心障礙。而且，這些小說前輩的努力也被前行研究指認。例如，林芳玫指認瓊瑤（1938-2024）小說中的「精神失常」角色和「失明」（林用語）角色[1]，黃素卿辨識聶華苓（1925-2024）名作《桑青與桃紅》中的「精神分裂」（黃用語）[2]。李欣倫更以專書規格，列舉戰後台灣文學的多種重大疾病[3]。甚至，許俊雅的先驅研究指出，早在戒嚴時期（也就是二十世紀下半葉）之前的日治時期（也就是二十世紀上半葉），呂赫若（1914-1950）等台灣作家早就在捕捉身心障礙的身影[4]。羅詩雲承襲許俊雅等人，也在呂赫若小說〈石榴〉（1943）關注「發瘋」家人（羅用語）[5]。

---

[1] 林芳玫，〈瓊瑤早期作品中的歌德羅曼史：從匿名學角度分析《菟絲花》與《庭院深深》的創傷敘事〉，《中國現代文學》第30期（2016年12月），頁113-136。

[2] 黃素卿，〈華裔離散族群意識及華裔移民認同：《桑青與桃紅》和《千金》〉，《中外文學》34卷9期（2006年2月），頁248。

[3] 李欣倫，《戰後臺灣疾病書寫研究》（台北：大安出版社，2004年），頁241-243。李欣倫雖然將袁瓊瓊《滄桑》列為疾病書寫的書單，卻也承認並沒有在書中深入討論袁瓊瓊的作品。

[4] 許俊雅，《日據時期臺灣小說研究》（台北：文史哲出版社，1995年），頁590-600。

[5] 羅詩雲，〈回家／鄉的路上──決戰時期呂赫若《清秋》小說集的家與老者〉，《長庚人文社會學報》12卷2期（2019年10月），頁282、293。

本文選擇袁瓊瓊小說,主要來自於筆者察覺的一種詭異落差:一方面,前文提及的五本小說集,已經呈現量多質精的身心障礙再現。雖然袁瓊瓊的創作年代比呂赫若、瓊瑤、聶華苓等等前輩的文學生涯來得晚,但是她展示身心障礙的次數遠遠超過這些文學前輩交出來的數量。另一方面,從張誦聖極具代表性的前行研究[6],到袁瓊瓊在接受專訪的自我定位[7],既有文獻大致聚焦在袁瓊瓊小說彰顯的性別課題,但不大重視同一批小說再現的身心障礙。也就是說,袁瓊瓊明明寫過大量身心障礙(例如精神障礙)與重大傷病(例如癌症)的小說,但是這些小說的身心障礙描繪卻鮮少受到認可。

但筆者無意苛責張誦聖等前輩不夠關注袁瓊瓊作品中的身心障礙。畢竟,大凡研究者將注意力投注在哪些議題,都被她們所處的大環境決定。筆者認為,二十世紀末和二十一世紀初的轉接點,應該是國內外文學研究開始關注身心障礙的轉折:筆者採信的指標,是世界上最普及的身心障礙研究課本《身心障礙研究讀本》(*The Disability Studies Reader*)[8]。這本課本由美國的文學教授戴維斯(Lennard Davis)在1997年推出第

---

[6] 張誦聖著,古佳艷譯,〈袁瓊瓊與八〇年代台灣女性作家的「張愛玲熱」〉,《中外文學》23卷8期(1995年1月),頁56-75。

[7] 簡瑛瑛、賴慈芸,〈性/女性/新女性:袁瓊瓊訪談錄〉,《中外文學》18卷10期(1990年3月),頁105-118。

[8] Davis, Lennard J., ed., *The Disability Studies Reader* (New York: Routledge, 1997).

一版,從此不斷翻新改版,直到今日仍然熱銷多國。《身心障礙研究讀本》萌芽並普及的歷程,或多或少反映了身心障礙議題在學界興盛的趨勢。早於二十世紀末的研究者,沒有被潮流影響,自然不會覺得身心障礙課題值得注意;相較之下,二十一世紀的研究者就很可能受到學術潮流薰陶,因而關注身心障礙。筆者自己就是在二十一世紀初期受到國內外身心障礙研究的啟發,才曉得利用後見之明,在我國小說找出討論身心障礙的切入點。

這篇論文主標題和副標題「在身心健全主義底下:戒嚴時期袁瓊瓊小說的『身心障礙』和『家醜身體』」,展現了筆者對於身心障礙一詞的複雜心情。正如筆者在十年前發表的論文指出,身心障礙這個詞畢竟承載二十一世紀的價值觀,未必適合描述幾十年前戒嚴時期的身心狀態[9]。但是,二十一世紀的研究者在回顧舊時代的身心狀態再現時,仍然無法全然掙脫身心障礙這個詞:今日研究者勢必要透過身心障礙這副新的有色眼鏡,回顧昔日舊文本再現的身心樣貌。因此,筆者並不奢望另外發明什麼高明詞彙,既能取代身心障礙,還能貼合戒嚴時期。筆者採用的策略,是啟動另外兩個用語來補充——而非取代——不盡適用的身心障礙。如本文主標題和副標題所

---

[9] 紀大偉,〈污名身體——現代主義,身心障礙,鄭清文小說〉,《台灣文學研究學報》第16期(2013年4月),頁55-57。

示,「身心障礙」夾在「身心健全主義」和筆者提出的「家醜身體」之間:一方面,筆者想要強調,戒嚴時期文學再現的非主流身心狀態,不管是被貼上「不正常」、「殘障」或是更不禮貌的「殘廢」等等標籤,一律受制於「身心健全主義」(ableism)的管控。根據身心障礙研究學者張恒豪等人解釋,在身心健全主義的意識型態霸權的陰影下,只有所謂的身心健康人士才被社會接受,甚至被褒揚,身心狀態不夠標準的人士則被社會忽視、排斥,甚至消滅[10]。

另一方面,筆者啟用家醜身體,跟身心障礙相提並論,藉此承認身心障礙在戒嚴時期台灣小說裡(例如袁瓊瓊的小說),淪為不可外揚家醜的事實。筆者提出的家醜身體,類似社會學家高夫曼(Erving Goffman)在《污名:受損身分的管理》(*Stigma: Notes on the Management of Spoiled Identity*)這部名作提出來「連帶汙名」(courtesy stigma)[11]。《污名》指出,承受汙名的當事人可能導致旁人承受「連帶汙名」:例如,某甲跟遭到羞辱的同性戀者交往甚密,於是某甲被人們懷疑恐怕也是同性戀者,而且搞不好也被羞辱。連帶汙名,就是汙名從當

---

[10] 林駿杰、張恒豪,〈什麼是「障礙研究」?英美的理論發展、建制化與臺灣本土化歷程〉,《人文及社會科學集刊》32卷4期(2020年12月),頁645-691。

[11] 厄文・高夫曼(Erving Goffman)著,曾凡慈譯,《污名:受損身分的管理》(*Stigma: Notes on the Management of Spoiled Identity*)(新北:群學出版,2010年),頁37-38。

事人外溢流向旁人身上的狀態。筆者採用「家醜身體」一詞描述類似狀況：例如，某乙的母親因為精神障礙成為家族裡頭不可告人的秘密，某乙因而擔心家醜一旦外揚，可能導致自己像母親一樣被身心健全主義的社會歧視。

不過，雖然連帶汙名與家醜身體是很類似的概念，兩者畢竟牽涉了不同的人際關係：在高夫曼關注的脈絡中，遭受連帶汙名牽連的苦主未必是家人；在筆者討論袁瓊瓊的小說中，家醜身體的苦主卻往往是身心障礙當事人的家屬。筆者對於家醜身體的關注，也受到身心障礙研究領域的「手足研究」刺激：手足研究關注身心障礙者跟他們的兄弟姐妹如何互動[12]，或者共同生活，或者互相傷害。手足研究提醒筆者，身心障礙當事人的兄弟姐妹就算是身強體壯，也不該被晾在身心障礙研究的討論範圍之外，反而應該放在討論範圍之內。如同筆者所啟用的家醜身體，手足未必是身心障礙研究裡頭的配角，反而可以是不容忽視的要角。

此外，筆者也需要說明「重大傷病」一詞。在全民健保普及的今日台灣，公衛常識深入民間。不少民眾認定身心障礙和重大傷病分屬兩類，各自對應身心障礙手冊和重大傷病

---

[12] 劉益蓉、邱春瑜、張恒豪、柯秋雪，〈家成、業就？擔任特教老師的非障礙手足之邊界跨越經驗探究〉，《特殊教育研究學刊》45卷3期（2020年11月），頁29-51。

卡，而且分屬不同政府部門管理。但是，研究者只要跳出我國公衛制度的框架，就會發現癌症、愛滋、肺結核等等重大傷病，在其他國家經常被放在身心障礙的大傘之下，而不是在大傘之外。由於本文的任務是要增潤本土文學研究，不是要跟我國公衛體制看齊，所以本文依循國際身心障礙研究界的慣例，將重大傷病併入身心障礙討論。

二、家醜身體

接下來，筆者轉向文本，指認這批袁瓊瓊再現的家醜身體。袁瓊瓊名氣不小，但是學界相關研究卻不多。前行研究大致可以分成兩波：第一波出現在二十世紀下半葉，第二波發生在二十一世紀初期。第一波前行研究中，最具代表性的學者，就是長期關注袁瓊瓊作品的張誦聖。或許因為早在身心障礙研究啟發文學研究之前（也就是筆者剛才指認的二十世紀末之前），張誦聖並沒有特別關注袁瓊瓊筆下的身心障礙。張誦聖在討論袁瓊瓊第四冊小說集《滄桑》的時候，才約略指認部分文本的非主流身心狀態，但沒有加以深究[13]。第二波前行研究則是近年幾位青年學者研究成果，例如沈素因的期刊

---

[13] 張誦聖，《臺灣文學生態：戒嚴法到市場律》（台北：國立臺灣大學出版中心，2022年）。

論文和王譽潤的碩士論文[14]。她們明顯受到身心障礙研究風潮所影響，在論文直接指出袁瓊瓊筆下的身心障礙。可是，她們聚焦在單一作品（如，〈瘋〉這篇文本），卻沒有為她們所選的文本加以脈絡化，沒有指出〈瘋〉在袁瓊瓊的大批刻劃身心障礙文本之中只是冰山一角。讀者如果閱讀這些青年學者的晚近研究，可能會誤以為袁瓊瓊對於身心障礙的關注只是偶然（如，以為只有〈瘋〉這篇）；但是，筆者要指出袁瓊瓊執著於再現非主流身心狀態的表現，在台灣文學史上幾乎無人能出其右。

筆者以袁瓊瓊在1979年出版的第一本小說集《春水船》為例[15]，一方面指出早在1970年代袁瓊瓊就明確寫出身心障礙，另一方面強調她對於身心障礙的再現並不是偶然為之。《春水船》這本集子收錄十八篇文本，身心障礙在其中六篇現身，大約占了全書三分之一的篇幅。這六篇小說展現的身心障礙形貌

---

[14] 沈素因，〈論袁瓊瓊小說〈瘋〉——以女性主義為觀察視角〉，《立德學報》6卷1期（2008年12月），頁8-20。王譽潤，〈書寫「瘋癲」——臺灣小說中的精神障礙〉（台北：國立政治大學台灣文學研究所碩士論文，2020年）。

[15] 袁瓊瓊的《春水船》有兩種版本，最早是1979年的皇冠版，後來1985年的洪範版，則刪除管管寫的序言，新增袁瓊瓊自己的新版序。在洪範版，袁瓊瓊自言：「從原出版社要回了版權」。筆者遵從作者意願，在後文討論《春水船》篇章，以洪範版的頁碼為準，並在內文後直接標示書名及頁碼。袁瓊瓊，《春水船》（台北：皇冠出版社，1979年）；袁瓊瓊，《春水船》（台北：洪範書店，1985年）。

多元,讓人眼花撩亂:這些形貌時而由故事主角體現,時而由配角體現;時而位居故事主線,時而潛伏在支線;時而埋藏在角色的不可靠回憶,因而可能被忽視;時而堵在人物面前,讓人無法忽視。在〈等待一個生命〉這篇小說中,一名罹癌女子為了激勵自己好好活下去,便立志懷孕,把生機寄託在即將誕生的小生命(《春水船》,頁29-43)。在青年學者重視的〈瘋〉,老婦被認定思春,因而淪為笑柄(《春水船》,頁79-92)(筆者臆測,老婦的「瘋」彷彿失智症,未必是瘋狂)。這一篇裡頭的年邁男女情慾和精神障礙互為因果,無法切割。在〈江雨的愛情〉,男主角的父親因為車禍斷腿,臥病在床多年去世。父親的身心障礙,左右了男主角面對男歡女愛的怯懦態度(《春水船》,頁93-110)。在〈結局〉,罹癌的六十歲父親在化療之後排泄失禁,遭到親生兒女嫌棄(《春水船》,頁145-155)。在〈希元十六歲〉,少女擔心自己一旦未婚懷孕,就會像記憶裡中一名墮胎的婦女一樣發瘋(《春水船》,頁207-220)。(筆者臆測,那位墮胎婦女的瘋,似乎貼近今日理解的重度憂鬱症)。這名少女一進行情慾探索,就聯想到精神障礙。在〈盲目的人〉,五十多歲的失明男子和貼身照顧他的看護(即他的親外甥),成為一組爭奪某失明女子的亂倫情敵(亂倫,是因為兩名男子是血親)。視覺障礙狀態跟男歡女愛糾纏不清(《春水船》,頁185-193)。

〈盲目的人〉還值得多提幾句。正如我國身心障礙研究學者孫小玉指出，在台灣評價不錯的中國小說《推拿》（畢飛宇著，2010），及其改編電影《推拿》（婁燁導演，2014）刻劃了盲人的情慾再現[16]。但筆者想要補充，早在1970年代問世的〈盲目的人〉早就領先寫出盲人之間的肉體與金錢糾葛。不但如此，〈盲目的人〉之前也有同輩：本土文學耆老鍾肇政（1925-2020）在1973年就發表短篇小說〈阿枝和他的女人〉，刻劃男女盲人對於肉慾和金錢的競逐[17]。

　　上述的爬梳已經明確展示三個事實：（一）袁瓊瓊早在第一本書就已經勤奮描繪多種身心障礙。（二）這批文本裡頭，身心障礙跟性別研究常見議題（如男歡女愛涉及的權力關係）的榫接經常出現。也就是說，袁瓊瓊的這些故事未必只是性別領域的研究素材，更可以是身心障礙領域和性別領域共同關注的對象。（三）這批文本中，承受身心健全主義壓力的角色，絕對不是只有身心障礙的當事人，還包括這些當事人的家屬。指陳這三個事實之後，筆者需要解釋為什麼提倡使用家

---

[16] 孫小玉，〈手杖下的「觀」點：《推拿》小說中的情愛〉，收於王穎等著，楊芳枝主編，《邊緣主體：性別與身分認同政治》（台南：國立成功大學人文社會科學中心，2017年），頁45-72。

[17] 鍾肇政，〈阿枝和他的女人〉（原載於《台灣文藝》，1973年），收於《新編鍾肇政全集‧第十四冊‧中短篇小說（二）》（桃園：桃園市政府客家事務局，2022年），頁122-124。筆者感謝周寅彰同學補正這條書目資料。

醜身體和身心健全主義這組觀念。筆者需要具有整合性的概念，在袁瓊瓊小說展現的五花八門身心樣貌之中找出凝聚論述的施力點。在筆者列舉《春水船》收錄的身心障礙相關文本之後，並不打算一一指認《自己的天空》等等其他四冊小說集裡頭的身心障礙樣本，因為光是《春水船》就已經展現夠多——甚至太多——的非主流身心樣貌。筆者從剛才提及的六篇小說中，發現的身心障礙包含失智症、肢體障礙、視覺障礙、重度憂鬱症、癌症。這幾篇文本，跟袁瓊瓊後來密集撰寫的短篇小說一樣，通通各自獨立，沒有任何交集——沒有共用任何角色人物，沒有共享任何情節。雖然這些毫無交集的文本展現多樣性、差異性，固然提供研究者多種進行論述的選項，卻也讓研究者難以凝聚焦點，無從下手。筆者需要善用家醜身體和身心健全主義這組整合性概念，以便在袁瓊瓊的眾多殊異小說之中找到共相，以便異中求同。袁瓊瓊筆下種種身心樣貌各有不同，卻都同樣堪稱牽連家人的家醜身體，也同樣遭受身心健全主義壓迫。

在發展家醜身體概念之前，筆者也受到「恥辱主體」（或「羞辱主體」等類似詞語）啟發。海瑟愛（Heather Love）等美國情感研究暨酷兒研究專家的論點[18]，早就影響台

---

[18] 海瑟愛（Heather Love）著，林家瑄等譯，劉人鵬等編，《酷兒・情感・政治：海瑟愛文選》，（台北：蜃樓出版社，2012年）。

123

灣文學研究者：例如，詹閔旭運用「恥辱主體」指稱施叔青（1945-）小說《行過洛津》（2003）中的非主流性別角色[19]。但筆者並不沿用羞恥主體概念，因為「羞恥」和「主體」並不盡然適用於袁瓊瓊小說展現的非主流身心狀態：雖然袁瓊瓊筆下的角色的確承受羞恥、羞辱，但是筆者必須將他們的羞恥描述得更詳盡一點——不是個人獨自面對的羞恥，而更是牽連家屬的羞恥。筆者選用極具台灣特色的家醜一詞，而非許多不同國家通用的羞恥一詞，是因為家醜必然牽連家人，但是羞恥則未必。此外，本文重視身體而非跟主體性密切相關的主體。袁瓊瓊筆下的身心障礙當事人與其說具備了（抽象而不具體、彷彿可以獨立自主的）主體性，不如說具備了（具體而且讓人感覺沉重、散發體香或體臭的）身體性。於是，筆者不採用羞恥主體，改用家醜身體。或許有人納悶為何筆者採用「家醜身體」而非「家醜身心」這個說法，畢竟「身心」兩字似乎才能夠同時對應「身心障礙」一詞包含的「身體障礙」和「精神障礙」。關於這一點，筆者想要指出一個簡單的事實：文學的讀者和作者都是藉著觀察文本角色的身體舉止——例如身體發出來的動作、聲響、氣味、排泄物等等——才得以臆測該角色是否體現了身體障礙，以及精神障礙。讀者和作者不可能跳過該

---

[19] 詹閔旭，〈恥辱與華語語系主體——施叔青《行過洛津》的地方想像與實踐〉，《中外文學》41卷2期（2012年6月），頁55-84。

角色的身體跡象,直接透視角色的大腦,並且斷定該角色是否陷入憂鬱、是否苦於思覺失調。既然讀者和作者勢必要透過身體來認識角色的身體障礙與精神障礙,筆者就繼續採用早就包含精神障礙的家醜身體一詞。

三、家醜身體的三種部署

家醜身體,是被認定為家醜而不得外揚、只能關在家裡的身體狀態。為了方便說明,筆者再回頭檢視《春水船》。這批小說不只呈現身心障礙,還描繪身心障礙當事人的人際關係。筆者在這些文本歸納出三種家醜身體的部署,甚至「被部署」、「再部署」等遭遇,討論身心健全主義的意識型態如何加重家醜身體的負擔。這三種部署狀態顯示家醜身體當事人,遭受他們家屬的身心健全意識型態所擺布。

在第一種家醜身體被部署的情境中,家人將家醜身體逐出家庭,以免遭受家醜身體牽連。〈瘋〉和〈結局〉這兩篇文本就祭出這個橋段。在〈瘋〉,老母的兒子和媳婦雇用計程車,強行把行為不檢的老母送入醫院,因為他們認定老母讓家人丟臉。原來,疑似瘋狂或失智的老母神智不清的她一再將不同男子誤認為死去多年的老公,也就一再被認定為倒追男子的好色老嫗。在〈結局〉,子女認定尿床的罹癌老父是家中麻

煩，便雇車把老父強行送往醫院──這裡的醫院跟〈瘋〉的醫院同樣淪為收容單位，而非醫療機構。老父抗議不願離家，子女便向鄰居抱怨老父公然鬧笑話。

另一批文本展示了第二種家醜身體的部署：這些文本中的家人將病人關在家內，彷彿擔心病人一旦出門就會在外出醜。〈江雨的愛情〉中，男主角的姊姊未婚懷孕，老父因為肢體障礙長年臥病。小說中體現家醜身體的角色，包含家門內的老父與家門外的姊姊。老父都關在家裡，不被看見，也就不至於遭受外人指指點點；但是，姊姊總是拋頭露面，惹人非議。筆者不免想問：在這篇將老父跟姊姊相提並論（因而互為表裡）的小說中，如果老父像是姊姊一樣離家在外，那麼他會不會跟變成跟姊姊一樣淪為家醜外揚的角色？在〈等待一個生命〉，罹癌女子關在家裡休養，也就避免遭受外人閒話。但是她跟新來鄰居聊天時，終究順勢隱瞞自己的病況，也就是假裝把醜留在家裡，假裝正常，以便融入身心健全主義至上的社會。

在第三批文本，有些承擔家醜身體的角色有時拒絕明哲保身，反而要利用煽動家醜，藉此聲張主體以及身體的尊嚴。在〈希元十六歲〉，少女固然擔心自己一旦未婚懷孕會在外承受羞辱，但是她也利用自己的羞辱身體去挑釁虔信宗教的母親──她以為，唯有被母親責罵，她才能夠確定被母親疼愛、被

母親注意。〈盲目的人〉的標題顯然一語多關,至少指涉男主角和女主角苦於字面層次的盲(盲人,真的看不見);也指涉他們陷入譬喻層次的盲(盲目的愛,愛上不該愛的人)。在家內,失明男子發現不能讓外人知道的醜事:他「聽見」自己的親外甥竟然跟他的失明女友上床;在家外,他為了報復外甥和女友出軌,不惜出醜:他執意去銀行提光存款,好讓依賴他的外甥和女友失去經濟支柱,卻遭受行員嗤笑——行員看起來不相信盲人能夠自主理財。

筆者將《春水船》六篇代表作歸為三類,顯示家醜身體在文本中的三種部署狀況。但這種歸類方式並不是由袁瓊瓊提供,也不是由筆者自己創發,而是來自於高夫曼《污名》賦予的靈感。筆者察覺袁瓊瓊各自獨立的多種小說剛好可以分成三類,靈感來自《污名》提出的「明貶者」(discredited,英文字義是指已經被主流社會瞧不起的人)和「可貶者」(discreditable,是指有可能被主流社會瞧不起,但尚未淪落至此的人)兩種概念[20]。高夫曼提出的這兩個概念讓筆者得以舉一反三,提出「已經導致家醜外揚的身體」以及「尚未導致家醜外揚的身體」這兩種狀態。在上一段,筆者列舉的第一類文本,就展示了已經體現家醜身體、因而被逐出家門的老父老

---

[20] 同註12,頁51-53。

母。接下來的第二種文本描寫關在家中因此還沒有導致家醜外揚的身體——但是,一旦角色(癌症妻子,臥床老父)失去家屋庇護,他們在家屋外頭的旁人眼中也可能淪為家醜身體的體現。而且,筆者還接著利用第三種文本,〈希元十六歲〉、〈盲目的人〉展現筆者提議的第三種狀態:介於「已經導致家醜」與「尚未導致家醜」這兩種狀態之間,也就是邁向家醜的身體。高夫曼的《污名》並沒有提出介於明貶者和可貶者之間的第三種狀態,也就是沒有指認想要邁向明貶者的可貶者。按照常理,可貶者不惜代價要遠離各種可能導致社會唾棄的風險,怎麼可能反其道而行,撲向遭受公然出醜的命運?但是袁瓊瓊小說偏偏寫出明明可以避免體現家醜身體,卻不惜藉著家醜身體出口悶氣的角色。為什麼這些角色不惜擁抱家醜?從故事上下文可以得知,他們被羞辱、憤怒等情感驅動,所以踏上不惜讓身體出醜的絕路。《污名》全書其實多次提及羞辱等等情感,但大致指出芸芸眾生迴避被羞辱的策略。筆者則在袁瓊瓊小說發現相反的趨勢:角色反而可能意氣用事,頻頻試探被狠狠羞辱的可能。

《春水船》之後,筆者轉而分析第二本小說集《自己的天空》[21]。這本1981年出版的小說集對於不合格身心狀態的關

---

[21] 袁瓊瓊,《自己的天空》(台北:洪範書店,1981年)。本文引用直接於內文末標示書名及頁碼。

注,似乎比《春水船》少多了。儘管如此,筆者還是在《自己的天空》發現家醜身體的部署。〈荼蘼花的下午〉中,某體弱多病的女子成為有婦之夫的外遇對象,但是她的姐姐強行拆散雙方——姐姐過度保護妹妹並且因此剝奪妹妹的自信心,正因為擔心妹妹身體差。彷彿,妹妹一旦不守婦道,就會導致姊姊丟臉(《自己的天空》,頁27-44);〈小青與宋祥〉這篇小說則議論男人是否有權對女伴家暴、女人是否可以不知會男伴就自行墮胎(《自己的天空》,頁111-126)。這些文本都提供值得討論的家醜身體。但筆者選擇聚焦在這個集子中的〈自己的天空〉和〈故事〉這兩篇:〈自己的天空〉向來是袁瓊瓊最富盛名的作品之一(《自己的天空》,頁133-151);〈故事〉則是張誦聖特別挑出來細談的文本之一。筆者細論這兩者,以便延續前行研究。〈故事〉中,初寡的女讀者造訪暢銷愛情小說家:女讀者想見心儀的作家偶像,女作家只想要從讀者身上挖取寫作素材。女作家期待女子的丈夫生前英俊纖瘦,值得寫入小說;然而,女讀者深愛的丈夫並沒有討喜的體態,反而「帶點胖人特有的汗酸味道」(《自己的天空》,頁45-52)。小說沒有明寫丈夫得了什麼病,只說他死前快速消瘦,渾身疼痛。不過,既然袁瓊瓊在第一本小說集《春水船》已經明確提及癌症數次,那麼第二本小說集收錄的〈故事〉也就可能暗示丈夫這個角色為癌症所苦。女讀者沉溺在懷

念早逝老公的情緒中，無意糾正女作家的錯誤想像：女讀者不希望女作家知道已逝丈夫具備又胖又臭又疑似罹患癌症的身體，於是假裝丈夫如女作家想像的飄逸，也就讓家醜身體不需外揚。張誦聖認定這位量產作品的女作家就是瓊瑤的化身，認為這篇文本就是要批判暢銷作家的膚淺價值觀[22]。筆者倒不在乎這篇小說是否真的影射瓊瑤，但同意這篇文本的確駁斥膚淺的主流美學。不但如此，筆者還要補充，這種膚淺觀念正源自身心健全主義的意識型態：因為這種意識型態，女訪客將可能成為家醜的老公身體藏起來，不讓家外的旁人說三道四。

四、身心健全主義底下

　　本文除了指認小說中的身心障礙，更要揭發小說中身心健全主義意識型態的權力運作。正如在崇尚異性戀主義的社會，只有符合所謂異性戀標準的人口才獲得認可，不遵守異性戀常規的各種人口（包含同性戀者、雙性戀者、跨性別者、性別非二元者、娘娘腔的男生、陽剛的女生等等）則遭受否定；同樣，在崇尚身心健全主義的社會，只有符合身心健全標準的人口才活得有尊嚴，至於不符合這套標準的各種人口

---

[22] 同註7，頁73。

（被鑑定為身心障礙者的人，以及未必被鑑定為身心障礙者的體態豐腴者、青春期發育較慢者等等）都承受各種程度的歧視。筆者在這裡利用異性戀主義的禍害來比對說明身心健全主義的荼毒，並不是隨興所至，而是回顧歷史的教訓：在二戰期間，納粹德國集中營主要囚禁並屠殺對象，除了猶太人之外，就是同性戀者（也就是不遵守異性戀主義的人）以及身心障礙者（也就是違反身心健全主義的人）、吉普賽人，與政治犯。如林駿杰和張恒豪指出，對當時納粹政權來說，同性戀者和身心障礙者，就如同猶太人一樣，都是「不值得活的生命」（*Lebensunwertes Leben*），應該殲滅。簡而言之，排斥同志與排斥身心障礙的暴力，在歷史上本來就是相提並論的兩套類似壓迫[23]。

以男歡女愛、女性自主等等標籤著稱的〈自己的天空〉，看起來沒有刻劃身心障礙，卻充斥身心健全主義的刮痕。筆者要藉著這個文本，進一步釐清身心障礙、家醜身體、身心健全主義（也就是本文主標題和副標題三個關鍵詞）之間的關係。如前文所述，筆者企圖用家醜身體一詞來補充——而非取代——身心障礙一詞。如〈自己的天空〉所示，在重男輕女的社會，不孕或是只生女兒的身體，不至於被視為身心障礙的載

---

[23] 同註11，頁645-691。

具,卻往往形同家醜身體。

在古往今來眾多小說裡頭,有些角色體現家醜身體卻跟身心障礙無關,也有許多角色展現身心障礙卻跟家醜身體無關。在本文有限篇幅內,筆者暫且舉出三個體現身心障礙但跟家醜身體無關的小說樣本:即,本文先前提及的呂赫若〈石榴〉(1943)、鍾肇政〈阿枝和他的女人〉(1978)、鄭清文(1932-2017)〈三腳馬〉(1979)。如羅詩雲觀察,〈石榴〉身心強健的哥哥致力關愛住在豬窩的發瘋弟弟,從未想過弟弟是連累自己的家醜,也沒有加以遺棄[24]。在〈阿枝和他的女人〉,對行乞為生的失明男子來說,恥辱與其說來自於盲人的視覺障礙,不如說來自於某些盲人濫用民眾同情心的貪財手段[25]。在〈三腳馬〉,鼻子長有胎記的男主角的確想要擺脫胎記帶來的汙名,但是他的胎記並沒有導致任何家人連帶受辱[26]。

那麼,為什麼這批文本的身心障礙當事人不在乎家醜?筆者初步推測,是因為這批文本預設的家庭型態,跟袁瓊瓊小

---

[24] 呂赫若著,林至潔譯,〈石榴〉,收於《呂赫若小說全集》(新北:印刻出版,2006年),頁366-394。
[25] 鍾肇政,〈阿枝和他的女人〉(原載於《台灣文藝》,1973年),收於《新編鍾肇政全集·第十四冊·中短篇小說(二)》(桃園:桃園市政府客家事務局,2022年),頁122-124。
[26] 鄭清文,〈三腳馬〉,收於《鄭清文短篇小說全集·卷三:三腳馬》(台北:麥田出版社,1998年),頁169-205。

說架構的家庭單位，存有巨大差異：研究台灣家庭結構變化的人類學家黃應貴提醒，家人關係緊密的小家庭畢竟到了二十世紀晚期才在台灣成為主流[27]。在呂赫若、鍾肇政、鄭清文的三篇小說中，角色置身舊時代的農業社會，未必跟家人同住，反而為了謀生而跟家人疏遠——這麼一來，他們的身體汙名就不會連累沒有密切往來的家人，也就不至於成為家醜。不過，青年學者周寅彰提出跟筆者相左的詮釋。筆者認為，因為農業社會的身心障礙角色跟家人住得遠，所以沒有密切摩擦，也就沒有家醜問題；但周寅彰卻認為因果關係恰恰相反：因為農業社會的身心障礙角色不想要給家族帶來家醜，才故意遠離家族求生[28]。筆者樂意採納周寅彰的建議，重審農業社會身心障礙的多種文本，但只能來日另文探討。跟農業社會背景的文本相比，袁瓊瓊小說是二十世紀晚期典型產物，主要描繪工商社會小型家戶：在她的小說中，身心障礙者都跟家屬住得近，甚至住在同一個屋簷下，家醜也就像是飛沫傳染的病毒一樣，容易散播到身心障礙者的家人身上。〈自己的天空〉中，已婚女主角瀕臨被丈夫遺棄的命運：她一直沒有生育，讓想要男丁的丈夫甚感失望。在故事開頭的一場家庭飯局（這是一種介於公私

---

[27] 黃應貴主編，《21世紀的家：臺灣的家何去何從？》（新北：群學出版，2010年），頁3-10。

[28] 2023年11月，周寅彰與筆者討論。筆者在此感謝周寅彰分享精闢見解。

之間的曖昧空間），女主角突然意氣用事，在多名家族成員面前（即丈夫，和丈夫的手足們）主動表示想跟丈夫離婚。筆者在這裡強調公私之間的交界，是因為剛才提及的家醜身體部署就是沿著公私邊界分布：有些家醜身體被部署在家戶之外的公領域，讓外人看個夠；有些則被囚禁在家戶的私密領域，不讓外人看笑話。這篇故事的女主角在激動表態之後，一方面成全丈夫跟他的外遇對象，另一方面讓長期擔任家庭主婦的自己被迫轉型成為經濟獨立的職業婦女。在小說結尾，又有一場飯局（另一個介於公私之間的場合），她終於在多年後巧遇前夫一家人——包含被扶正為法定妻子的外遇對象，以及這對夫妻所生的兩個女兒。前夫在女主角面前覺得羞恥，一方面因為他跟第二任妻子結婚之後仍然生不出男丁，另外一方面也因為他誤以為女主角倒是跟別的男人生出男孩。既然前夫誤會，女主角也就順水推舟，謊稱自己的確生了男丁。文中的女主角、前夫、前夫的第二任妻子都體現了家醜身體：一方面，這些角色的身體都各自參與了足以成為家醜的外遇（前夫和第二任妻子因為外遇而結合；女主角離婚後，後來也成為另一名已婚男子的外遇對象），另一方面，這些角色各自的身體都生不出男丁，因而被迫展演被重男輕女社會訕笑的不及格身體。

五、迎合市場的聳動效果

跟第一本小說集《春水船》相比,第二本小說集《自己的天空》裡頭,描繪家醜身體的文本數量相對較少。不過,1983年出版的第三本小說集《兩個人的事》又回頭頻繁展現家醜身體[29]。但是,《春水船》和《兩個人的事》兩書仍然不同:在前者中,多篇文本大致顯示家醜身體跟身心障礙的交集;在後者中,家醜身體似乎經常跟身心障礙若即若離——有些身心障礙角色不見得成為家醜,有些家醜身體角色未必經歷身心障礙。例如,在跟集子同名的〈兩個人的事〉寫出身心障礙,卻未必寫出家醜身體:香港女子在台灣旅遊,意外扭到腳,只能跛行(《兩個人的事》,頁1-26)。但她感到雙重僥倖:一方面,她慶幸腳傷只是暫時的,不是永久的——她的肢體障礙只是暫時的不方便,不至於動搖她的(身心健全的)身分認同;另一方面,她慶幸自己人在台灣不在香港,就算行動不便也不會被家鄉(即,香港)人際網絡成員目睹,也就不怕出醜。她暫時性的障礙只存在兩個人之間:篇名〈兩個人的事〉,意味香港女子在台灣碰到的快樂與恥辱,都只有兩個人

---

[29] 袁瓊瓊,《兩個人的事》(台北:洪範書店,1983年)。本文引用直接於內文末標示書名及頁碼。

知道,一個是她自己,另一個是她偶遇的台灣男子。值得注意的是,〈兩個人的事〉是筆者文章裡頭極少數沒有提及家庭或家人的袁瓊瓊小說——在這篇文本之前,筆者提及的袁瓊瓊小說都展現了角色跟家庭的纏鬥。這些角色一方面飽受身心狀態折磨,另一方面也因為家人擔心連帶丟臉而承受加倍頭痛(家人可能反過來給身心障礙當事人施壓,未必幫當事人減壓)。

〈兩個人的事〉裡頭這位自以為僥倖的女子,雖然暫時逃離家人目光,卻仍然牢牢鎖在身心健全主義底下:一方面,她相信身體即將邁向所謂光明快樂的未來(即,腳傷很快就會痊癒的未來、很快就可以擺脫身心障礙狀態的未來),虔信身體終究一定會痊癒的治癒意識型態(cure ideology,乃一種被身心障礙研究批判的身心健全主義衍生物)。另一方面,她認為不會遇見家鄉熟人所以不怕出醜,因而覺得走運。就算這篇文本沒有直接祭出家醜身體,女子對於家醜身體的耿耿於懷,顯示家醜身體的魔力在文本中陰魂不散。

情節布局特別複雜的〈柔軟的心〉,跟〈兩個人的事〉相反:在〈兩個人的事〉,(暫時的、即將治癒的)身心障礙出場,家醜身體沒出現;在〈柔軟的心〉,家醜身體主導全文,身心障礙卻不見形影。〈柔軟的心〉題目具有高度反諷意味:大部分角色不像小說篇名那樣心軟,反而心狠手辣。故事

中,嚴父滿口道德,兒子們個個英挺正派——小說敘事強調這批兒子展現足以讓父母驕傲的偉岸身材,剛好就是家醜身體的相反。但,出於神秘原因,父子卻聯手將一個被視為家醜的「不肖子」(加上引號,表示筆者未必同意)擋在家門之外(《兩個人的事》,頁40)。在故事結尾,一向隱忍的慈母竟然伏在地上跟嚴父磕頭,哭求全家男丁停止對她羞辱——謎題這才揭曉,原來不肖子是老母的婚外情所生,才被擋在家門之外。這個文本透過老母和私生子的身體,展現了家醜身體(慈祥老母竟然曾經在婚外肉體沉淪;小說敘事一再提及不肖子的肉體平庸,不像他那批手足那樣稱頭,也就暗示他血統可疑),但幾乎沒有透過任何角色再現身心障礙。雖然這篇文本看起來跟身心障礙無關,卻仍然仰賴身心健全主義意識型態預設的「正常／不正常」二元對立邏輯。故事中的嚴父和手足各方面都以恪守正軌自豪(道德和身體都正常,甚至儼然高人一等),慈母和不肖子卻在各方面出軌(道德和身體都被斥為不正常、低人一等)。

　　筆者在談論第一本小說集《春水船》的時候,歸納家醜身體三種部署狀態:一、家屬把形同家醜的當事人逐出家門,眼不見為淨;二、家屬把當事人關在家裡,以免在外丟臉;三、當事人夾在兩種心態之間——不該家屬丟臉的人偏偏要讓家屬丟臉。雖然筆者已經列舉家醜身體的三種部署,但是

剛才討論的〈柔軟的心〉和〈兩個人的事〉似乎無法裝進這三種部署的框架裡：這兩篇裡頭的家醜身體要不是特別多，就是特別少。〈柔軟的心〉裡頭，家醜身體特別多：不高不壯的不肖子體現了被逐出家門的家醜身體（也就是第一種部署的家醜身體），有苦難言的老母也體現被關在家裡的家醜身體（也就是第二種部署）。在〈柔軟的心〉中，家醜身體不是只有一個，而是兩個一組：一對不被接受的母子。相比之下，〈兩個人的事〉雖然不見家醜身體，家醜身體的幽魂卻盤據在女主角腦海。筆者承認〈柔軟的心〉和〈兩個人的事〉都是家醜身體三種部署狀態的變奏，但並不打算為它們增設更多種家醜身體部署的分類。如果真的要繼續編列，那麼袁瓊瓊接下來發表的多篇小說恐怕還需要裝進不斷增設的分類格子裡。筆者在此只需要指出家醜身體的部署類別繁多，至少超過三類。

《兩個人的事》這本集子的其他幾篇也有家醜身體。在〈媽媽〉這篇，似乎曾經遭受丈夫家暴因此獨自養育小學一年級兒子的母親，要不是沮喪到成天賴床，就是亢奮到強迫兒子去上髮廊燙髮（導致兒子被同儕嘲笑「不男不女」）。在特別在乎學生頭髮的戒嚴時期（按，戒嚴時期的學生必須遵守髮禁），燙髮的小學男生的確讓人側目。這個情緒多變的母親甚至鼓勵兒子站在沒有安全網的公寓陽台護欄上，導致附近鄰居飽受驚嚇（《兩個人的事》，頁115-126）。對這批鄰居來

說，這個母親瘋了；對今日讀者來說，母親角色可能承受躁鬱症。筆者發現，這篇小說的家醜身體部署跟先前作品又有不同：故事中，體現家醜身體的角色，到底是這個母親，還是這個小學男生？原來，家醜跟身體也可能剝離，分別隸屬不同腳色：〈媽媽〉的家醜來自於身心狀態可議的母親；身體來自於被迫承受羞辱眼光的兒子。也就是說，母子宛如分工合作，一個提供家醜，另一個出讓身體。這種母子關係跟〈柔軟的心〉中母子關係又不一樣：〈柔軟的心〉的母與子，同時負荷家醜和身體的組合。

筆者接下來要指出《滄桑》裡頭，張誦聖沒有機會探究的細節。張誦聖雖然長期留意袁瓊瓊小說，但是她比較關注宏觀議題（例如，藉著袁瓊瓊作品檢視解嚴前後的台灣社會變遷），而不是微觀課題（例如，袁瓊瓊的小說本身）。也因此，她大致上不分析文本細節。在第四本小說集《滄桑》中，她指認書中有三篇小說展現了「謀殺」、「變態心理」，但她不是要談身心障礙課題（例如，要怎麼管理或援救變態心理的個案），而是要主張袁瓊瓊如何利用聳動賣點來迎合市場需求[30]。張誦聖提及集子中有三篇小說值得注意，但沒有提供這三者的篇名。筆者細讀小說之後發現，張誦聖關切

---

[30] 同註14，頁247-251。

的第一篇小說（媽媽逼兒子在陽台走秀）似乎就是〈媽媽〉（收在《兩個人的事》這本小說集，而非《滄桑》）。第二篇小說，妻子寧可讓丈夫發燒致死也不讓他就醫，應是《滄桑》的〈燒〉；第三篇，母親將養女送給親生兒子當洩慾對象，則應是《滄桑》的〈家劫〉。

　　文學、電影、電視等等文本，利用甚至濫用身心障礙人事物當作賣點的現象，的確是國際身心障礙研究界關注的倫理議題。筆者長期關注身心障礙文化再現，很在乎身心障礙人事物被商業體系嚴重剝削的現象。但這個龐大課題超出本文範圍，筆者只能另尋機會討論。

　　本文的現階段工作，不是要批判文本兜售的聳動效果（這該是另一篇論文的任務），而是要試圖解釋這些聳動效果如何運作。筆者認為，在本文探究的多篇小說中，聳動效果來自於家醜身體，而不是身心障礙。雖然筆者倡用家醜身體來補充身心障礙，彷彿將家醜身體視為身心障礙的同義詞，但是筆者強調家醜身體和身心障礙在字裡行間發揮大不相同的功能：例如，袁瓊瓊營造聳動的工具，都是文本中的家醜身體，而不是身心障礙。身心障礙一詞未必牽涉家庭，但是家醜身體勢必牽連家族：一旦家人被牽連，家人就可能反目成仇，甚至不惜全家同歸於盡。家族成員為了管控家醜所做出來的各種詭異言行，都足以成為小說文本裡頭的聳動賣點。

筆者接下來關注小說家的第四冊小說集,《滄桑》。這個集子收錄甚多展演身心障礙或家醜身體的文本[31]。〈燒〉和〈慕德之夜〉這兩篇情節類似,都描述一夫一妻小家庭。〈燒〉的丈夫對妻子施行家暴,妻子則趁丈夫發燒的時候將丈夫鎖在家裡。妻子不讓丈夫求醫,丈夫終究病死。丈夫發燒的事實未必導致家醜,但是他被妻子關到病死的屍體足以成為妻子觸法的醜聞證據(《滄桑》,頁71-90)。〈慕德之夜〉的妻子疑似被陌生人強暴而懷孕,擔心因此出醜的丈夫也就決定強化控制妻子的手腕(《滄桑》,頁227-258)。不論是被家暴的妻子身體、發燒而死的丈夫身體,或是因為性侵而懷孕的妻子身體等,都未必體現身心障礙,卻都足以讓家人瀕臨出醜。在《滄桑》這個集子中,情節格外複雜的〈顏振〉、〈家劫〉、〈異事〉這三篇文本,比剛才提及的兩則文本更具聳動效果。或用張誦聖的話來說,因為作者不擇手段,所以故事更具市場魅力。例如,〈柔軟的心〉敘事始終故布疑陣,直到故事結尾才揭露家族慈母的紅杏出牆身體才是家醜來源。相比之下,〈顏振〉彷彿將〈柔軟的心〉的情節零件重新排列組合:妻子外遇,因此被丈夫羞辱(《滄桑》,頁23-44)。〈顏振〉的男主角要求妻子承擔居家照護中風的父親,但也

---

[31] 袁瓊瓊,《滄桑》(台北:洪範書店,1985年)。本文引用直接於內文末標示書名及頁碼。

因此厭惡妻子——在他眼中，妻子跟半身不遂的父親太親近（可以說妻子淪為父親的化身或分身），彷彿因此被父親弄髒了。被打入冷宮的妻子，外遇、懷孕，之後羞憤割腕，淪為丈夫眼中的家醜。讀者看了〈柔軟的心〉和〈顏振〉之後，再回頭重讀〈自己的天空〉，就會發覺袁瓊瓊對於女性自主權未必保持樂觀態度。

〈家劫〉和〈異事〉則將家醜身體、身心障礙，以及懸疑效果冶為一爐。〈家劫〉如同「三流偵探劇」（原作用語，可能是作者自嘲）：男主角形同偵探，因為懷疑突然人間蒸發的女同事欠錢，便直闖對方家中找人算帳（《滄桑》，頁137-164）。怎知道，對方家中只剩老母、「跛子、殘廢」（原作用語）妹妹，以及「白癡」（原作用語）哥哥，找不到女同事本人。男方抽絲剝繭發現，原來老太太的親生骨肉只有智能障礙兒子。但老太太故意收養一對姐妹，充當兒子的洩慾對象。妹妹不願配合這對母子，所以被打成跛子；姐姐順從，後來懷孕，但死於非命。這組母子的匪夷所思言行，或許呼應了張誦聖在〈袁瓊瓊與八〇年代台灣女性作家的「張愛玲熱」〉這篇文章的看法：袁瓊瓊是張愛玲眾多傳人中的佼佼者。既然而張愛玲早在〈金鎖記〉（1943）展現母愛和身心障礙的共構，那麼身為張愛玲傳人之一的袁瓊瓊沿用類似套路也就有跡可循。〈異事〉則如同卡夫卡（Franz Kafka）名作〈蛻變〉

（1915）：〈蛻變〉的上班族男子在家裡突然變成甲蟲，本來獲得家人容忍，但最終遭受全家遺棄；〈異事〉的女學生因為升學壓力，出現精神異常跡象（如，在家中隨處全裸），引發父母和手足或憐惜或訕笑等多種反應，最後也被全家移送照顧機構等死（《滄桑》，頁205-226）。

這兩篇小說除了展示身心障礙（如，〈家劫〉中，哥哥的智能障礙、妹妹的肢體障礙，以及〈異事〉中，妹妹的精神障礙），更展演了家醜身體：兩篇小說中的身體障礙都體現了家醜，連累身心障礙當事人的家屬。這兩個文本的戲劇性，與其說來自於身心障礙當事人，不如說來自於當事人的家屬——為了管制家醜（如，防止家醜外揚、避免自己被家醜牽連），兩個文本裡頭的家屬痛下毒手，就算草菅人命也不足為惜。

袁瓊瓊的第五本小說集，亦即她在解嚴之前的最後一本小說集，《又涼又暖的季節》[32]，仍然指認身心健全主義的陰影。在〈大茶花〉中，一名女子在丈夫車禍癱瘓四年之後，仍然不願放棄丈夫，反而持續親自為丈夫按摩身體，把丈夫保養得像大朵茶花一樣豐美（《又涼又暖的季節》，頁112-126）。這對夫妻的家事（指妻子仍然守護丈夫）讓外人（指，對這名女子鍾情的其他男子）大感不解：為何女子不離開丈夫，另謀

---

[32] 袁瓊瓊，《又涼又暖的季節》（台北：林白出版社，1986年）。本文引用直接於內文末標示書名及頁碼。

幸福呢？換句話說，他們納悶，為何這位妻子沒有被身心健全主義駕馭，並沒有把丈夫當作堪稱家醜身體的包袱？〈爆炸〉這篇小說，敘事凌亂，筆法曖昧，足以妨礙讀者閱讀。小說裡頭自稱不正常因而自殺的角色，是否導致家屬連帶承受恥辱？讀者並不容易確認（《又涼又暖的季節》，頁127-155）。但值得留意的是，死者留下的遺書耐人尋味：「我們只要求一點點正常的權利。」（《又涼又暖的季節》，頁127）。死者可能是身心障礙者，說不定更可能是在戒嚴時期無法出櫃的同性戀者──畢竟同性戀者也是身心健全主義底下的受害者，因為身心健全主義否定各種不正常。既然死者在那個年代無法跟人明說他的苦惱（也就是他的不正常），那麼這篇小說的吞吞吐吐風格，雖然讓讀者難以閱讀，恰好顯得適切。在全書最用力經營的〈又涼又暖的季節〉這篇小說中，少年男主角「一向總想裝得跟正常人一樣」（《又涼又暖的季節》，頁18），偏偏旁人看得出他並不正常。不過，旁人又常看錯，少年也懶得糾正（一如許多被好奇心困擾的身心障礙者一樣，懶得跟旁人解釋自己的身心狀態細節）：少年其實罹患羊癲瘋、癲癇（原作同時採用兩者），但旁人都誤以為他苦於更廣為人知的心臟病。妙的是，少年的非主流身心障礙似乎不至於讓他的父母視為家醜，因為他的家長忙著離婚──他父親的外遇，恐怕是讓雙親覺得更加丟臉的家務事。

六、結語：台灣小說和身心障礙的交集

在細說袁瓊瓊作品和家醜身體概念之後，筆者想要解釋這篇論文所欲介入的問題：台灣小說和身心障礙的交集，到底是極少，還是極多？

一般理解，在解嚴之後，各種人權意識在台灣興起，所以身心障礙身影才在台灣文學明顯增加；在解嚴之前，台灣文學裡頭的身心障礙身影則寥寥可數。

前行研究以及本文都質疑上述的常見論調：因為戒嚴時期不乏再現身心障礙的文本，所以「解嚴之後才有身心障礙文學再現」的說法顯然謬誤。筆者承襲前行研究，進而為袁瓊瓊打抱不平：她在戒嚴時期已經頻繁寫出身心障礙角色，但是她的這番努力至今仍被各界低估。也就是說，就算是文壇知名度高的袁瓊瓊，也可能被關心身心障礙、台灣文學、台灣歷史的讀者、研究者忽略。藉著突顯袁瓊瓊小說的表現，筆者強調，戒嚴時期身心障礙的文學再現未必藏在冷門作家的冷僻作品裡，反而可能收錄在文壇名家的經典作品——也就是說，未來的文學讀者、研究，若想要探究台灣文學和身心障礙的交集，未必需要捨近求遠。說不定只要調整自己對於身心障礙議題的角度，例如本文發現袁瓊瓊小說中的家醜身體，讀者就會

發現台灣文學充滿等著被看見的身心障礙線索。

在國內,許多身心障礙者已經一再指出,他們承受最大的痛苦之一就是不被社會接受(被拒絕任職、被拒絕入學等等)[33];在國外,在身心障礙研究領域提倡「社會模式」(social model)的著名學者麥可・奧立佛(Michael Oliver)甚至宣稱身心障礙的肇因是現代社會,而不是身心障礙者當事人(即「社會模式」)[34]。按照國內外人士這兩種看法,帶給身心障礙者痛苦的整體社會當然就跟身心障礙息息相關。一談到身心障礙與文學,各界經常採用微觀的閱讀策略:也就是只關注明確描繪身心障礙當事人的文本。但是筆者嚴重質疑這種流行的閱讀策略,因為這種微觀閱讀並沒有把跟身心障礙當事人所處的社會脈絡放在眼裡,因而犯下「去脈絡化」的謬誤。但筆者也要承認,本文的有限篇幅並無法充分祭出跟微觀閱讀相反的宏觀閱讀:也就是檢視整體社會脈絡的讀法。在太窄化的微觀閱讀和太寬闊的宏觀閱讀之間,筆者在現階段將注意力從身心障礙當事人稍微向外延伸到周邊的家族成員。筆者認為,就算這些家屬看似健壯,他們跟身心障礙當事人之間畢竟互相

---

[33] 郭峰誠、張恆豪,〈保障還是限制?定額進用政策與視障者的就業困境〉,《台灣社會研究季刊》第83期(2011年8月),頁95-136。

[34] 麥可・奧立佛(Michael Oliver)、柯林・巴恩斯(Colin Barnes)著,紀大偉、張恒豪、邱大昕譯,《障礙政治:邁向消弭歧視的包容社會》(*The New Politics of Disablement*)(新北:群學出版,2021年)。

拉扯,或互相扶持,也就值得滲透進身心障礙研究的範圍。如果文學讀者將關注焦點逐漸從身心障礙當事人延伸到被家醜身體牽連到家族網絡,那麼將會發現的台灣小說和身心障礙交集總是已經相互重疊。而本文的貢獻,是述說早已存在的事實。

參考書目

一、專書

厄文・高夫曼（Erving Goffman）著，曾凡慈譯，《污名：受損身分的管理》（*Stigma: Notes on the Management of Spoiled Identity*）（新北：群學出版，2010年）。

王穎等著，楊芳枝主編，《邊緣主體：性別與身分認同政治》（台南：國立成功大學人文社會科學中心，2017年）。

呂赫若著，林至潔譯，《呂赫若小說全集》（新北：印刻出版，2006年）。

李欣倫，《戰後臺灣疾病書寫研究》（台北：大安出版社，2004年）。

海澀愛（Heather Love）著，林家瑄等譯，劉人鵬等編，《酷兒・情感・政治：海澀愛文選》，（台北：蜃樓出版社，2012年）。

袁瓊瓊，《春水船》（台北：皇冠出版社，1979年）。

袁瓊瓊，《自己的天空》（台北：洪範書店，1981年）。

袁瓊瓊，《兩個人的事》（台北：洪範書店，1983年）。

袁瓊瓊，《春水船》（台北：洪範書店，1985年）。

袁瓊瓊，《滄桑》（台北：洪範書店，1985年）。

袁瓊瓊，《又涼又暖的季節》（台北：林白出版社，1986年）。

張誦聖，《臺灣文學生態：戒嚴法到市場律》（台北：國立臺灣大學出版中心，2022年）。

許俊雅，《日據時期臺灣小說研究》（台北：文史哲出版社，1995年）。

麥可‧奧立佛（Michael Oliver）、柯林‧巴恩斯（Colin Barnes）著，紀大偉、張恒豪、邱大昕譯，《障礙政治：邁向消弭歧視的包容社會》（*The New Politics of Disablement*）（新北：群學出版，2021年）。

黃應貴主編，《21世紀的家：臺灣的家何去何從？》（新北：群學出版，2010年）。

鄭清文，《鄭清文短篇小說全集‧卷三：三腳馬》（台北：麥田出版，1998年）。

鍾肇政，《新編鍾肇政全集‧第十四冊‧中短篇小說（二）》（桃園：桃園市政府客家事務局，2022年）。

Davis, Lennard J., ed., *The Disability Studies Reader* (New York: Routledge, 1997).

二、論文

（一）期刊論文

沈素因，〈論袁瓊瓊小說〈瘋〉——以女性主義為觀察視角〉，《立德學報》6卷1期（2008年12月），頁8-20。

林芳玫，〈瓊瑤早期作品中的歌德羅曼史：從匿名學角度分析《菟絲花》與《庭院深深》的創傷敘事〉，《中國現代文學》第30期（2016年12月），頁113-136。

林駿杰、張恒豪，〈什麼是「障礙研究」？英美的理論發展、建

制化與臺灣本土化歷程〉,《人文及社會科學集刊》32卷4期（2020年12月），頁645-691。

紀大偉,〈污名身體——現代主義,身心障礙,鄭清文小說〉,《台灣文學研究學報》第16期（2013年4月），頁47-83。

張誦聖著,古佳艷譯,〈袁瓊瓊與八〇年代台灣女性作家的「張愛玲熱」〉,《中外文學》23卷8期（1995年1月），頁56-75。

郭峰誠、張恆豪,〈保障還是限制？定額進用政策與視障者的就業困境〉,《台灣社會研究季刊》第83期（2011年8月），頁95-136。

黃素卿,〈華裔離散族群意識及華裔移民認同：《桑青與桃紅》和《千金》〉,《中外文學》34卷9期（2006年2月），頁239-264。

詹閔旭,〈恥辱與華語語系主體——施叔青《行過洛津》的地方想像與實踐〉,《中外文學》41卷2期（2012年6月），頁55-84。

劉益蓉、邱春瑜、張恒豪、柯秋雪,〈家成、業就？擔任特教老師的非障礙手足之邊界跨越經驗探究〉,《特殊教育研究學刊》45卷3期（2020年11月），頁29-51。

簡瑛瑛、賴慈芸,〈性／女性／新女性：袁瓊瓊訪談錄〉,《中外文學》18卷10期（1990年3月），頁105-118。

羅詩雲,〈回家／鄉的路上——決戰時期呂赫若《清秋》小說集的家與老者〉,《長庚人文社會學報》12卷2期（2019年10月），頁271-231。

(二）學位論文

王譽潤，〈書寫「瘋癲」——臺灣小說中的精神障礙〉（台北：國立政治大學台灣文學研究所碩士論文，2020年）。

「反」療癒：
《間隙》與《病從所願》中的
情感政治與時間性[*]

陳佩甄

國立政治大學台灣文學研究所副教授

摘要

本文以平路的《間隙》（2020）與隱匿的《病從所願》（2022）探討疾病的時間性（temporalities），並提出兩部作品中的「反療癒」書寫、來回應現代化病理學中強調的治癒暴力與線性時間觀。不同於相關主題的小說大多是以第三人稱視角再現「疾病」及其「隱喻」，呈現充滿社會性的歷史時間，這

---

[*] 本文大幅增補、改寫自兩篇性質不同的邀稿：陳佩甄，〈疾病的「時間性」：《間隙》與《病從所願》的修復性書寫〉，（來源：https://www.openbook.org.tw/article/p-66076，2022年4月11日）；以及陳佩甄，〈與病共存：臺灣當代（乳）癌症散文的多重時間性〉，收入李欣倫主編，《寫字療疾：臺灣文學中的疾病與療癒》（台北：遠流，2023年），頁171-182。感謝Openbook同仁、李欣倫老師與國立臺灣文學館的邀稿、及閱讀上的回饋。

兩部散文作品皆直面作者自身罹患乳癌的經驗歷程，並呈現了圍繞著疾病重新度量與顯現的時間性：一是罹病、治療、暫時痊癒的外在時間，二為非線性的、陰性的、哲思的內在時間。前者展現了治療與痊癒作為普遍「好」的表現，如何帶來象徵性與物質性的暴力；如乳癌的治療提早停經、進入更年期徵狀、延遲生育，這是對於女性的社會角色與外在時間的干擾。後者則表現在不與疾病對抗，而是強調病者的內在經驗，贖回被擱置的陰性時間、人生時刻、親密關係，因此不應以癌症的病理反應與治療結果來定義罹病者的人生失「常」。據此，我不將這兩部散文作品視為「療癒書寫」，而是帶有強大的修復功能，能夠將現代日常生活中被擱置的自我時間重新調撥，甚至朝向真正地與病共存的未來想像。

「反」療癒：《間隙》與《病從所願》中的情感政治與時間性 <<

　　本文以平路（1953-）的《間隙》（2020）[1]與隱匿（1969-）的《病從所願》（2022）[2]探討疾病治療中的情感政治與時間性（temporalities），並提出兩部作品中的「反」療癒書寫、來回應現代化病理學中強調的治癒暴力與線性時間觀。同時因兩部作品皆出自女性作家之手，罹病的經驗也聚焦在癌症（肺腺癌與乳癌），本文的討論與研究回顧多集中在以「乳癌」為主題的創作與前行研究。透過細緻分析兩部當代疾病散文反映的醫療經驗、宗教哲思、親密關係、女性身體、自我檢視、情感表現，本文提出以「反療癒」與「修復性」來修正既有的醫病觀，以及一直以來透過科學理性的知識建構塑造出的治癒暴力，以此延展台灣疾病書寫的歷史性。

　　誠然，在《間隙》與《病從所願》之前，台灣文學的疾病書寫已有一定累積，其中過去經常被討論的文學類型即是小說與詩作，且大多是以第三人稱視角再現「疾病」及其「隱喻」的作品[3]。而這些作品中的疾病類型，身體與精神的殘疾

---

[1] 平路，《間隙：寫給受折磨的你》（台北：時報出版，2020年）。本文引用直接於內文末標示書名及頁碼。

[2] 隱匿，《病從所願：我知道病是怎麼來的》（新北：聯合文學，2022年）。本文引用直接於內文末標示書名及頁碼。

[3] 參見：李欣倫，《戰後臺灣疾病書寫研究》（台北：大安出版社，2004年）。王幸華，《日治時代疾病書寫研究：以短篇小說為主要分析範疇（1920-1945）》（台中：東海大學中國文學研究所博士論文，2006年）。李淑薇，〈李欣倫疾病書寫的跨界研究〉，《世新中文研究集刊》9期（2013年7月），頁39-70。唐毓麗，《罪與罰：臺灣戰

都有；研究則揭示這些疾病在不同歷史時期如何彰顯社會病態、文化內涵、個人倫理。這些創作與論述累積，呈現的是充滿社會性的歷史時間。近年在非小說文類以外，亦有廣義「癌症書寫」或「護理散文」[4]，亦多偏向生命故事、醫療制度、社會觀念的梳理。如傳播研究學者紀慧君（2020、2021）分別從罹癌的「醫者」與「病者」角度分析疾病敘事，探究型塑患者病痛經驗的社會文化脈絡[5]。

本文主要討論的「散文」文類，則因創作原理更指向個人經驗與內在感受，除了縱向的社會歷史背景，更多有橫向映照家庭關係、醫病關係的寫作主題。如九〇年代最知名

後疾病書寫研究》（台中：東海大學中國文學研究所博士論文，2006年）。唐毓麗，〈離島的現代性：從〈沒卵頭家〉的疾病／疾病書寫談現代性的矛盾〉，《逢甲人文社會學報》23期（2011年12月），頁49-72。林佩珊，〈詩體與病體：臺灣現代詩疾病書寫研究（1990～）〉（台中：國立中興大學台灣文學研究所碩士論文，2010。王幼華，〈自身疾病的書寫——齒病將如何〉，《聯大學報》7卷2期（2010年12月），頁167-193。余美玲，〈臺灣古典詩的疾病書寫〉，收入黃美娥主編，《從《全臺詩》到全臺詩國際學術研討會論文集》（台南：國立臺灣文學館，2020年），頁575-642。李知灝，〈台灣古典詩的SARS疫情書寫〉，《臺灣文學學報》43期（2023年12月），頁1-27。張錫恩（Chang, Hsi-En），〈疾病書寫：疾病、失能與關懷倫理〉（"Pathography: Disease, Disability, and Ethics of Care"），（新北：淡江大學英文學系博士論文，2022年）。

[4] 黃勝群，〈台灣護理散文研究：以趙可式、林月鳳、胡月娟、洪彩鑾為例〉（新竹：國立清華大學台灣文學研究所碩士論文，2018年）。

[5] 紀慧君，〈受傷的醫者：罹癌醫師的疾病書寫研究〉，《中華傳播學刊》38期（2020年12月），頁179-214。紀慧君，〈癌症病患的自我敘事分析〉，《南華社會科學論叢》9期（2021年1月），頁63-90。

「反」療癒：《間隙》與《病從所願》中的情感政治與時間性

的「抗癌小鬥士」周大觀（1987-1997）曾引發一股懼癌書寫現象，以正能量的抗癌意志偶像化了生命意義[6]。周大觀（2001）[7]曾在詩作〈治癌醫師〉[8]觀照治癌醫師（與父親）的情感狀態與自身病情的連帶；亦有〈治療〉[9]一詩從病者眼中看到，常見的癌症療法有如刺客與魔鬼，而父母的陪伴之愛如何抵抗「治療」的恐懼與苦痛。

這些創作與論述累積，呈現的是「疾病」充滿「隱喻」與「社會性」的歷史時間，我則在當代癌症散文作品中，讀到「揭露」與「內在性」構築的多重時間性。如吳妮民（1981-）於《私房藥》（2012）中提及，學醫者在理性學習癌症的知識時反而有了「癌症恐懼症候群」。因為理解癌症的罹患率、而對身上的大小毛病心生恐懼，自省也揭露了醫者的內在狀態。《私房藥》書末也記錄了作者阿嬤罹患淋巴癌後離世的經驗。「阿嬤的淋巴癌，在腹內形成大大小小的淋巴結腫，壓住她的下肢靜脈，且擴散侵穿了她的胃壁。」[10]對比於「惡意疾病自阿嬤的軀體爬出，悄悄地占據了母與父居住的小公寓，數月間

---

[6] 盧柏儒，〈展演疾病的話語：論周大觀懼癌的書寫現象〉，《北市大語文學報》24期（2021年6月），頁105-127。
[7] 周大觀，《我還有一隻腳》（台北：遠流出版，2001年）。
[8] 同註7，頁34-35。
[9] 同註7，頁54-55。
[10] 吳妮民，《私房藥》（新北：聯合文學，2012年），頁231。

如藤蔓般爬過並雜生於矮櫃、餐桌、地板、書房。」[11]疾病擴及身體與家族，帶出的則是家族內在的掙扎矛盾與秘密。

而在眾多以癌症為主題的散文作品中，我更進一步觀察到「乳癌」成為最常見的題材，也是本文接下來的討論重點。以下各節將集中分析平路的《間隙》（2020）與隱匿的《病從所願》（2022），亦將提及游善鈞（1987-）〈開始寫這篇文章〉（2012）[12]與吳妮民的《小毛病》（2021）[13]中關於的「乳癌」的再現與回應。《間隙》與《病從所願》這兩部散文作品皆直面作者自身罹患乳癌的經驗歷程，以及圍繞著疾病重新度量與顯現的時間性。

透過「散文」的「揭露」與「內在性」，閱讀《間隙》與《病從所願》可以很明顯地感受到一種對於「內在時間」的梳理。精煉小說技藝的平路，將罹病後的生命狀態命名為「間隙」，在渡越無常與非常的人生境遇、身體的毀壞與完好之間，散文書寫陪伴她，她以此書回饋世界，療傷也療心。隱匿則將最鍾愛、擅長的詩移到書中附錄，選擇「散文」作為敘事主力，因其認為散文無法留白，而須披露。她甚至為傷口疤痕

---

[11] 同註10，頁226。
[12] 游善鈞，〈開始寫這篇文章〉，《第35屆時報文學獎-散文組評審獎作品》（來源：https://ncusec.ncu.edu.tw/news/press_content.php?P_ID=15992，2012年10月22日）。
[13] 吳妮民，《小毛病》（台北：有鹿文化，2021年）。

取名,將疾病化為人格的延伸,由此展開與自己的內在對話。

同時,兩部作品皆充滿對於寫作、文學與閱讀的信仰,散文的抒情、詩意的文字、感受深刻的體悟外,讀來已不僅是面向疾病與身體折磨,更在於重新經營人生況味。更重要的是,「散文」的個人性與抒情傾向,讓兩部作品殊異於辯證性的疾病書寫,而偏向倖存者的疾病誌,並為疾病賦予了特定的時間性:一是罹病、治療、暫時痊癒的外在時間,二為非線性的、陰性的、哲思的內在時間。

我將在下節以「治癒的暴力」討論疾病的外在時間,探究治療與痊癒作為一種「正面」、「好」的表現,如何帶來象徵性與物質性的暴力。如乳癌的治療提早停經、進入更年期徵狀、延遲生育,這是對於女性的社會角色與外在時間的干擾;同時為了治療而進入讓自己「好起來」或「不能變壞」的偏執。第二節則以「疾病的時間性」討論兩部散文呈現的內在時間,這表現在不與疾病對抗,而是強調病者的內在經驗,贖回被擱置的陰性時間、人生時刻、親密關係,據此不應以癌症的病理反應與治療結果、來定義罹病者的人生失「常」。透過上述論點,我不將這兩部散文作品視為「療癒書寫」,而是帶有強大的「修復功能」。我將在第三節回顧賽菊寇(Eve Kosofsky Sedgwick)稱之為「修復式」(reparative)的閱讀視角,回應這兩本散文對於癌症、治療、身體、情感等面向提出

的修復式寫作,能夠將現代日常生活中被擱置的自我時間重新調撥,甚至朝向真正地與病共存的未來想像。

一、治癒的暴力:疾病的情感政治

> 國民健康署最新癌症年報中顯示,女性惡性腫瘤發生率排名第1位的是乳癌,而且已經多年連續蟬聯首位。國人由於生活型態、飲食習慣西化,近年來台灣乳癌發生率急遽上升,發生率高峰落在45~69歲婦女……平均比歐美早了大約10歲。……台灣0-1期早期乳癌發現率遠低於美國,原因主要為國內乳癌篩檢率太低導致較少早期發現乳癌。……妥善應用政府免費提供45-69歲乳房X光檢查,使乳癌無所遁形,不僅是醫師的職責也是身為女性的妳應該認識的課題。
>
> ——杜世興,《台灣女性乳癌白皮書》[14]

上方引言中的文字對於台灣四十歲以上的女性來說,想必一點也不陌生。衛福部國民健康署的「乳癌防治」也多著重強調乳癌是「女性癌症第一名」,並鼓勵定期檢查、以降

---

[14] 杜世興,《台灣女性乳癌白皮書:100個非知不可的醫學知識,關於妳的乳房掌上微型Google冊》(台北:時報出版,2022年),頁22。

低生命威脅[15]，而且是成年女性應有的「常識」。「乳癌」是「女性的」癌症[16]，而由台灣知名乳房外科醫師出版的乳癌衛教書籍，更冠上了「台灣女性」乳癌白皮書這樣的標題，將議題上升到全體女性國民的層次。然而與衛福部宣導不同在於，這本書在引言直接開出病因（「由於生活型態、飲食習慣西化」），並不斷以「歐美」作為標準（「比歐美早了大約10歲、發現率遠低於美國」），更強調女性自身的責任（「身為女性的妳應該……」）。從這樣普遍化的認知開始，乳癌在「防治」階段的論述生產，即展現韓國文化人類學者金恩靜（音譯Kim Eunjung，2017）提出的「治癒的暴力」（curative violence）。[17]

---

[15] 衛生福利部國民健康署，〈乳癌防治〉（來源：https://www.hpa.gov.tw/Pages/Detail.aspx?nodeid=614&pid=1124，2023年9月12日）。

[16] 值得進一步思考的是，在《乳房：一段自然與非自然的歷史》中，美國環境科學記者佛羅倫絲・威廉斯（Florence Williams）曾以男性罹患乳癌為章節主題，討論環境汙染造成美國海軍軍人罹患乳癌的問題。但在男性病者的經驗中，「身為男人，你根本對乳癌一無所知，我從沒想到男人會得乳癌。」（頁259）「你走進那些粉紅色的建築物和地方做乳房攝影和看診，你是個男人，所有的女人都眼睜睜看著你。我認識了這些女病患，她們的態度開放誠實的多，而且也比較容易表達情感。我們男人談的都是足球、吃喝、打屁和女人，因此這些女人對我真的很有幫助。我覺得自己解除了負擔。我要向前看，現在我的目標是要喚醒大家的意識。」（頁260）「大部分罹患乳癌的男病人，尤其是受過軍事文化薰陶的男人，都不想談這個病。」（頁261）參見：佛羅倫絲・威廉斯（Florence Williams）著，莊安祺譯，《乳房：一段自然與非自然的歷史》（新北：衛城出版，2014年），頁245-263。

[17] Kim, Eunjung. *Curative Violence: Rehabilitating Disability, Gender, and Sexuality in*

「治癒的暴力」指的是「治療」與「痊癒」被普遍認知為一種「好的」表現，而這會帶來象徵性與物質性的暴力。金恩靜借用了巴特勒（Judith Butler，2004）的「規範性暴力」（normative violence）概念[18]，提出「治癒的暴力」以強調：「治療實際上將殘疾的存在視為一個問題，並最終在治療過程中摧毀治療主體。」[19]巴特勒的「規範性暴力」揭示了權力運作的複雜面向，規範（norm）本身既是暴力的，也會使暴力正常化。因為當規範成為一種常態模式，且被理解為是自然的、客觀的、非歷史的和普遍的（而不是文化的、建構的和偶然的），就會使暴力合法化。從女性主義視角來看，「治癒的暴力」就表現在將優生學、母性和生殖生命政治結合在一起，且在消除遺傳性殘疾時，強加規範於女性身上，並將這樣的「強加」合理化、正當化。金恩靜正是在提醒，當我們毫不懷疑地接受、慾望「痊癒」，也經常是參與了、同時也是受害於醫療理性論述帶來的暴力。因為「治癒論述和意象在政治、道德、經濟和情感領域中發揮作用，超越了個人對醫療、對治癒的渴望。」[20]

Modern Korea (Durham, NC: Duke University Press, 2017).
[18] Butler, Judith. *Undoing gender* (New York: Routledge, 2004).
[19] 同註17，頁14。
[20] 同註17，頁7。

「治癒」概念帶來的暴力，平路與隱匿在兩部作品中討論「病因」時都已提及，也從朋友、家人、醫者、他人的態度中深刻體驗過。如平路在《間隙》中提及自己罹病後與友人對話的經驗，他在「告知近親發現腫瘤時，這位近親沒隔一秒，手機中立即反應是：我之前就告訴過你，你作息方式有問題。我早就跟你說過，不聽啊，這一回是嚴重的警告！」（《間隙》，頁221）這段話直指「罹病」是生活方式「有問題」，是個人行為導致的結果；對話者也言之鑿鑿「我之前就告訴過你」，似乎對於生活作息才是導致癌症的認知深信不疑。對於理解「病因」，這段日常談話中缺席的是「醫療觀點」，真正的病因「惡性腫瘤」也未被討論，而這正是我在上方提及的，從醫療論述發展至生活常規後形成的規範性暴力。

美國已故文化評論家蘇珊・桑塔格（Susan Sontag）在其經常被引用的疾病論著《疾病的隱喻》中亦曾以「神秘化」來描述這一規範性暴力。他寫道：

> 儘管疾病的神秘化是被放在新的背景中，但疾病（曾經是結核病，現在是癌症）本身喚起的卻是一種全然古老的恐懼。任何一種被視為神秘之物，並確實令人感到恐懼的疾病，即使事實上不具有傳染性，也會在道德上具

有傳染性。[21]

桑塔格在七〇年代的評論，連結的是上個世紀初廣泛出現、亦奪走其親生父親性命的致命傳染病結核病，到他寫作當下自己罹患乳癌的省思。結核病從絕症到可治癒的疾病，就如當時癌症的帶來的社會影響，留下的不只是醫療發展的進步，而是這些疾病一開始出現時即繼承了過往人類經驗中的恐懼，隨即被道德化為一種需排除的存在。

桑塔格進一步指陳：

> 「癌症」這個名稱，讓人感受到了貶抑或身敗名裂。只要某種特別的疾病被當作邪惡的、不可克服的壞事，而不是僅僅被當作疾病來對待，那大多數癌症患者一旦獲悉自己所患之病，就會感到在道德上低人一等。[22]

---

[21] 蘇珊・桑塔格（Susan Sontag）著，程巍譯，《疾病的隱喻》（台北：麥田出版，2012年），頁9。

[22] 同註21，頁9。台灣社會學者黃華彥（2021）曾結合桑塔格與多位社會學研究者的分析，將上述道德化的病者汙名指向幾種支配性的疾病解釋模型，並提出「生活方式的疾病模型」（the lifestyle model of disease）經常在「面對病人時，通常不會單純採用生物醫學的觀點，將其視作身體出現無法控制之生物性異常的人，反而跟傳統社會類似，將病人視作「罪人」。黃華彥進一步以美國黑人女性主義者Audre Lorde在1980年出版的乳癌回憶錄（*The Cancer Journals*）為分析對象，提出「有限性的疾病模型」（以及「社會學的疾病模型」）的分析。見：黃華彥，〈在「有限性」和「社會不平等」之間：Audre Lorde乳

同樣罹患乳癌的已故美國作家芭芭拉・艾倫瑞克（Barbara Ehrenreich，1941-2022）更直陳「為什麼癌症是我們對腐敗和『道德敗壞』等失控社會的隱喻，這是有原因的：我們自己也同樣失控」[23]。這個「失控的自己」則又連結到桑塔格論述核心：「癌症成為那些擁有極其可怕能量的東西的一個隱喻；這些能量最終將損害自然秩序」[24]。

從桑塔格寫作上段評論的時間再過了半世紀，平路依舊感受到「大多數狀況下，罹患重症的居於弱勢。病了，彷彿做錯什麼事，別人的指正，只能默默聽著。」（《間隙》，頁222）在日常對話中這些無心、卻又傷人心的言語，正是奠基在「治癒的暴力」：你有責任讓自己不生病，就算病了也要努力好起來。但我並非認為上段對話中的規範性建議是出自坊間似是而非的醫療認知，因為即使談話的場景不在日常人際關係，而是發生在醫生與病人之間，也經常出現非醫療理性的、訴諸病人個人情感的指示。如隱匿在作品中提及自己手術後遇到名醫嚴肅地對他說：「你，必須面對傷口，必須每天查

癌回憶錄中的疾病解釋〉，《國立臺灣科技大學人文社會學報》17卷2期（2021年6月），頁101-123。

[23] Ehrenreich, Barbara. "Welcome to Cancerland: A mammogram leads to a cult of pink kitsch," *Harper's Magazine* Vol. 303 (November 2001), p.44. 此文後來改寫為註28中的專書一章，我在此處的討論與引文皆基於這篇文章內容。

[24] 同註21，頁85。

看它,不能逃避。」後來隱匿轉院,換了一位親切的女醫生[25]並持續「面對」傷口;而這位醫師對傷口的復原建議則表示了:「你要關心你的傷口,給它灌輸正向的意念,甚至每天要溫柔地對它說話。」(《病從所願》,頁50)這些善意的建言,或將「傷口」人性化的修辭,都在不同程度上認同「治癒」的正向與不可避免。

誠然,對於任何經歷過殘疾、慢性病、急性病症、重大疾病的人來說,「被治癒」是一種強大的想望,因為每個人都想要感覺良好;而面對讓我們不適的系統,與之對抗,則會讓我們更加不適。但事實上就如金恩靜指出的:「規範意義上的健康和完整,對許多人來說是難以掌握的;反倒是這種治癒的渴望明確且通行無阻」[26]。對此,平路清楚明白的寫下:「正因為以為快樂是目的,才種下許多不快樂的源由。」(《間隙》,頁23)且更進一步批判思考到:

> 貼文中呈現的幸福快樂?修圖軟體所合成的幸福快樂?其實,都是別人眼中的幸福快樂。想想看,這個框架其實無趣、僵硬,也缺乏想像力,而這個媚俗的框架更

---

[25] 為避免行文造成讀者閱讀上認為是本人判斷,特此註明此處「親切的女醫生」為原文用詞。
[26] 同註17,頁33。

關係著我們社會怎麼定義孤單的人、失志的人、罹病的人，也關係著淪落於框架之外的人？為什麼害怕被貼上標籤，成為所謂的「異類」。（《間隙》，頁68）

這段文字十分有洞見地指出了，「患者」成為「異類」並非因為「疾病」本身，而是「框架」，而芭芭拉・艾倫瑞克則更直指這些框架的運作。

艾倫瑞克於2000年被診斷罹患乳癌後，隔年將其對於疾病的反思與觀察經歷寫成〈歡迎來到癌症樂園〉[27]一文，批判乳癌的「粉紅商機」，如乳癌基金會與製造致癌物的大企業生產出大量媚俗的粉紅商品（pink kitsch），來粉飾疾病發生的可能問題所在。〈歡迎來到癌症樂園〉之後被改寫進於2009年出版的《失控的正向思考》[28]首章，艾倫瑞克在專書章節中更進一步探討乳癌的文化建構與「常態化」與「正向」論述。這些粉紅商品與疾病宣導，將乳癌視為正常的生命週期症狀，網路專欄也不斷強調患者要開朗樂觀、積極面對這種疾病，似乎罹患乳癌是一件「OK的事情」。對艾倫瑞克來說，「不OK」的

---

[27] 同註23，頁43-53。
[28] 原文：Ehrenreich, Barbara. *Bright-sided: How the Relentless Promotion of Positive Thinking Has Undermined America* (New York: Metropolitan Books, 2009). 中文譯本：芭芭拉・艾倫瑞克（Barbara Ehrenreich）著、高紫文譯，《失控的正向思考：我們是否失去了悲觀的權利？》（新北：左岸文化，2012年）。

當然不是「罹患乳癌」這件事,而是圍繞這個疾病所生產出來的消費性以及過度正向的論述。

這一正向論述亦形成了以乳癌為主的「情緒政體」（emotional regime）[29]，讓「快樂」（甚至包括妄想和虛假的希望）在醫學上有公認的地位，佐以證據表明，憂鬱和社交孤立的人更容易死於疾病，包括癌症；同時而癌症的診斷本身可能會引發嚴重的憂鬱症[30]。桑塔格更早也注意到這一觀點的歷史普遍性，在前述著作中提及「蓋倫（西元二世紀人）認為『憂鬱的婦女』比『樂觀的婦女』」更容易患乳腺癌」；「英國外科醫生於1845年說：『悲傷和焦慮』是乳腺癌『最常見的病因』之一」[31]。艾倫瑞克據此點出，在乳癌文化的主流敘事中，人們很少看到「憤怒」，整體基調幾乎都是樂觀與溫情。

艾倫瑞克甚至提出了一個具爭議性的字眼「乳癌邪教」（breast-cancer cult）來抨擊上述現象，這些論述教導了乳癌倖存者即使在面對不可避免的身體變形（切除乳房），依然可以變得更漂亮、更性感、更有女人味，「使癌症正常化、美

---

[29] 意指以情感要求人們服從，並懲罰偏離規範者，使其遭受情緒上的磨難。我曾在別處詳細討論「情緒政體」的定義與內涵，參見：陳佩甄，《冷戰的感覺結構》（台北：政大出版社，2024年），頁207-208。

[30] 同註23，頁50。

[31] 同註21，頁66-67。

化,甚至反常地將之呈現為一種積極而令人羨慕的經歷」[32]。由此再回到前述平路對於「快樂」的省思,則更能貼近本節引用金恩靜對於「治癒」的質疑。平路自省「幸福快樂的標準,屬於這類罐頭程式。想想看,怎麼樣才是幸福快樂,哪有既定的標準?」(《間隙》,頁27-28)。

在此需要進一步強調的是,就如平路或金恩靜並不是在否定「快樂」與「治癒」,同樣的,艾倫瑞克並不反對「正向」或「乳癌」。這就如同我在標題啟用的「反療癒」中的「反」(counter)並非單向地反對、逆反、反抗,而是質疑文化生產中常見的支配性解釋、情緒政體及其建構,並進一步提出不同的想像。前述寫作者、評論者一同構築的反療癒抵抗,就在於不將「治癒」所允諾的「未來性」、「感受」、「進步」視為現在生活、社會規劃的準則。對於平路與隱匿的寫作來說,他們試圖「過的」(living)就是「現在」。而「現在」這個時間性(temporality)或許就是平路書名與書中的核心題旨:間隙。

---

[32] 同註23,頁50、53。

二、間隙狀態：疾病的「時間性」

> 因為你有的或者我有的，只是「間隙」。
> 任何時間點，任何情況下，並不確定下一刻會怎麼樣。唯一確定的是，手邊這僅有的「間隙」多麼寶貴。
> （《間隙》，頁93）

雖然「活在當下」是許多人都曾聽過、有過的念頭，但現代社會中的「線性時間觀」強力定義著人們對自己的生活與未來的想像：過去即是倒退未來則是進步，談戀愛接著結婚然後生小孩，生病就要想辦法治療並痊癒，就如上節討論「痊癒」的理所當然與未來性會帶來暴力。因此本文認為平路提出的「間隙」作為一種時間觀，正是打亂了線性邏輯，提出一種非線性、複數的時間性（temporalities）。在下方討論中，我將呈現平路和隱匿賦予疾病與生命的獨特「時間性」，以此提出「反療癒」的當下性與未來性。我將兩部作品中圍繞著疾病、作者生命經驗所「時間性」梳理為「暫停」、「重置」、「非線性」三種時序與內涵，並就作品本身的線索展開討論。

平路在2019年下半年經歷兩個癌症確診（肺腺癌與乳癌）、接受了兩次手術，隱匿則在2013年罹患乳癌、後經歷一

次復發;手術後的治療更是數年起跳,年度的、半年的術後追蹤檢查、每三個月的長期處方籤、每個月拿藥、每天吃藥,時間感就圍繞著疾病重新度量。但這些屬於疾病的「外在時間」,帶來的是兩位作者人生與身體內在時間的「暫停」,如平路寫道:

> 「時間斷裂開來,凜然於衝擊肉身的巨大力量。」這個「斷裂」從癌症患者身分確立後開始,「接著進入醫療程序,與正常運轉的世界……彷彿拉起一道簾幕。明天、下個月、明年、後年,不敢想下去。」(《間隙》,頁174)

平路此段描述的全然是受疾病牽動、由疾病支配的「外在時間」;雖然以科學理性的「醫療程序」為軸,但在患者感受中卻與「正常運轉的世界」區隔開來。

據此,可以進一步檢視我在上節討論「治癒的暴力」時質疑的,「正常化」與「規範性」之間的共謀關係。「暴力」在此是透過另立疾病的時間秩序來展現,並強迫患者進入這一時間秩序,同時以醫療理性使之正當化。而透過平路細緻的文字感受,我覺察到病者並非在「正常/疾病」兩個時間軸間二選一,而是更強調「暫停」的時間感與其不可預測、共量

的可能性。平路自問:「這樣的被迫中斷,莫非藏著珍貴的禮物?」(《間隙》,頁174)將帶有正負面感受的「被迫」與「禮物」組合在一起的提問,正是擾動了「正常/疾病」之間的二元對立關係。這種多重複雜(而非二元)的感受,在隱匿的書寫中亦有十分詩意的呈現:

> 因為病,我們群聚於此,像是進入一種永恆。在苦澀和痛楚中,一束光從窗口進來,穿過無盡的長廊,照亮了我們,燃燒了我們,讓我們突然想起,那些被拋棄在外的事物。此刻,它們的珍貴性變得可疑,連帶的也讓我們懷疑起此時此刻,呆坐在這裡的我,我,是真實的嗎?(《病從所願》,頁64)

兩位作者同時在描述被告知罹病時有的複雜感受時使用了「珍貴」一詞,但在我觀察中並非為了「正向」思考,而是因為暫停、中斷的特殊時間感,突顯了在「正常運轉」的生命過程中難以辨識的「當下性」。這一當下性非常貼近平路對「間隙」的描述:「當過去的思緒過去,而未來的思緒還沒有升起,中間有一個空檔時間,那是『間隙』。」(《間隙》,頁94)兩位作者進而更轉向不同思考資源,思索時間哲學。

如兩位作者在討論「罹癌原因」時都自覺地檢視起自己的性格：大學主修心理學的平路將自己命名為「fixation」；曾學習命理、星盤的隱匿則正視自己的「C型人格」；兩人也同樣提及自己外表纖弱而個性「固執／執著」。所以罹病倒是帶來了內在的觀想。隱匿將佛教的「業從所願」（心願夠強大得以改變累世業障）轉換進書名，在書中也經常引用尼采對於生病與健康此二元對立思維的批判（「生病是健康的契機」），更認為生病的癥結不是做「錯」了什麼，而是叔本華式的「自願」。平路在罹病前後都讓身心思考趨向禪思與靜坐，罹病後經常提到的是叔本華（Arthur Schopenhauer）對於（幸福快樂的）因果的哲思；佛禪、哲學對他來說是「暫停」的思維機制，帶來心靈的縫合與重整。

除了哲學式的內在檢視，「暫停」讓兩位作者進一步思索的共同主題則是「習慣」與「親緣」。隱匿自陳原本確實有著「重視精神、忽略肉體」的慣習，但卻可以在一夜之間改變「無奶不歡」的飲食習慣。平路也驚訝於丟開原本數十年的習慣可以這麼容易，「原來它不是我的部分，說改就可以改。」但這些改變與重置倒也不完全是為了「癒病」，而是對於鬆開「我執」的一種體悟。這些身體性的慣習，也帶來對於「關係」中的慣性與積習的省悟，但這同時也是「乳癌」經常被賦予的一種社會認知：會罹患乳癌，與「親密關係」的破損

有關。

就如上節提及「情緒」與疾病間的連結，隱匿也提及「德籍醫師指出，有幾種癌症和心理情緒密切相關。比如與甲狀腺癌相對應的情緒。是：個性急躁，常有力不從心之感。」（《病從所願》，頁164）而乳癌除了情緒政體的作用，也與女性身分發展而來的特定親密關係連結在一起：

> 至於乳癌呢，居然左右邊還有不同，那報導是這麼寫的：「左邊乳房：與親人（小孩、家庭、母親）的衝突。右邊乳房：與夥伴（配偶）或其他人的衝突。」——我是右邊。（《病從所願》，頁164）

平路也在作品中說道，

> 一位罹癌的朋友告訴我，他感覺到外界狐疑的眼光，還有人意有所指，悄悄問他的婚姻是否另有隱情。朋友聽過的講法是：罹患乳癌的女人，都是沒有丈夫愛的女人。（《間隙》，頁215）

但對於這些坊間流傳的、乳癌的成因之一可能來自親密關係的破損或缺憾，平路不同意「愛的缺失」之說，隱匿亦與「母

愛過剩」之言絕交，但他們依舊認為疾病與自身的歷史息息相關。兩人無獨有偶地都仔細回顧起人生遭遇與「伴侶」和「母親」的關係。我不可避免地注意到其中被突顯的「陰性時間」，那是來自於「乳癌」的陰性化特質（但請注意，男性一樣會罹患此癌症），更可在兩位作者經常提及引用的人物（也罹患過乳癌的蘇珊・桑塔格、西西、佐野洋子、樹木希林、塩田千春）中看到單一性別傾向。但兩位作者並非在「陰性化」（桑塔格式的批判）自身的疾病，而是贖回被懸置已久的陰性時間。

就如同我在上一節討論「反」療癒並非「反對」療癒本身，而是療癒成為意識型態後的權／暴力施展。我在此指的「陰性時間」，並非傳統二元對立結構「資本主義／自然」、「男人／女人」、「文明／原始」、「理性／感性」中的歸類，當然也非自外於這些歷史時間。因為以傳統二元對立結構型塑的乳癌文化的最佳案例，就是艾倫瑞克提到的一則「乳癌泰迪熊」的分類廣告。艾倫瑞克正是在乳房外科診間候診時讀到這則宣導廣告，上頭有一隻胸前縫著一條粉紅色緞帶的泰迪熊，被用來吸引鼓動（2000年左右）220萬正處於乳癌治療不同階段的美國女性、與他們焦慮的親屬，進入乳癌相關的所有產品市場。艾倫瑞克諷刺到：「但這種幼稚化的比喻有點難以解釋，而且泰迪熊並不是其唯一的表現形式。當然，被診斷出

患有前列腺癌的男性不會收到火柴盒汽車作為禮物」[33]。

「乳癌泰迪熊」正是結合了資本主義與純真、中性的、馴化的原始、有益的感性等揉和、卻未抵抗二元對立結構的一種陰性化的象徵。然而當我讀到平路透過疾病思索「喜歡的樣子」，並非以疾病中介自我的重新建立，或朝向回歸「正常」的主流時間，而是試圖在因疾病重新定義的時間中，重新看待創作與閱讀、親密關係、身體慣習、物質生活。就如隱匿終能在自己的傷口看見不可勝收之「美」，將第一次手術長長如問號的疤痕取名「小問」與之好好相處，復發後第二次手術則在問號旁邊加了「刪除線」。他也賦予全乳切除後的平坦甚至內凹的區塊新的意義，甚至讓那個區塊成了貓咪最愛窩著的地方，感受因自己的悲傷、共處的生命如何也連動共病。這些片段的「陰性」在於將正反融合涵納，而非自外於主流的時間（工作、家庭、再生產），更突顯的是生命中非線性與循環的時間。

這些充滿韌性的表現，就如美國酷兒女性主義與障礙研究者Alison Kafer（2021）[34]對於「殘疾時間」（crip time）所提出的理解：殘疾時間不是讓殘疾的身體和思想屈服於時間，而

---

[33] 同註23，頁44。
[34] Kafer, Alison. "After Crip, Crip Afters," *South Atlantic Quarterly* 120 (2) (April 2021), pp.415-434.

是相反。Kafer亦提出了拒絕面向未來的「治癒想像」（curative imaginary），那即是專注於理解殘疾時間可能意味著什麼。這也是金恩靜在思考治癒暴力後試圖指出的：要建設一個宜居且沒有暴力的未來，我們必須承認這種暴力，並為殘疾創造空間。兩位作者在書寫中創造出非線性的、陰性的、哲思的「間隙」，是罹病者的內在時間與歷史創造。但這樣的時間觀並不與外在世界為敵，或無視肉體與社會性。因此，我不將這兩部散文作品視為「療癒書寫」，而是帶有強大的修復功能，這一「修復性」更與酷兒、女性、情感等經驗產生聯繫。

三、朝向修復：重思疾病的隱喻

「我知道有些人最怕的就是得癌症，得開刀，還得面臨死亡的威脅。」我搖了好幾次頭。那些都不是我最害怕的。我害怕的是

每一件

威脅我所愛的人

的壞事；我更害怕的是

我再也無法知道

如何去喜歡和渴求

> 我周圍的世界
>
> ——賽菊寇,《與愛對話》[35]

已故美國酷兒理論家賽菊寇(Eve Kosofsky Sedgwick,1950-2009)在其心理諮商手記《與愛對話》(A Dialogue on Love, 1993)中,將乳癌疾病的敘事由醫療的身體延伸至心理領域。他在治療乳癌的過程中陷入憂鬱,因而開始看心理醫師,並將治療過程中的對話、私語、情感、思考、詩意寫成此書。而接在上方引言之後,心理治療師夏儂問他:「這就是你說的真正的憂鬱嗎?」賽菊寇回答道:「從某些方面來說,這個癌症診斷結果來的時機可是不能再好了。」[36]然而熟悉賽菊寇理論生涯的讀者不免會注意到此書出版的1993年,是美國八〇年代愛滋恐慌尚未平息的歷史時刻,賽菊寇更在那波瘟疫中失去許多親密友人。這些歷史事件與個人經驗在同一時期發生,也促使他將酷兒理論由身分認同政治(identity politics)轉向情感政治(affective politics),特別是「羞恥」的情感。

近年來十分重要的酷兒研究著作都回溯到賽菊蔻在八〇年代提出的「修復式閱讀」(reparative reading),並將之視為

---

[35] 譯文見伊芙・可索夫斯基・賽菊寇(Eve Kosofsky Sedgwick)著,陳佳伶譯,《與愛對話》(A Dialogue on Love)(台北:心靈工坊,2002年),頁34。
[36] 同註35,頁34。

一種批判上的引導,提出以回望過去(及歷史)來有效地理解當下[37]。確實這個「過去的歷史」對於賽菊蔻來說即是愛滋恐慌帶來的、對於罹病治療的各種資訊與陰謀論產生的「偏執妄想」(paranoia),也因此有眾多二十一世紀的酷兒理論家、研究者重訪賽菊蔻的論述背景。我則希望在此進一步將賽菊蔻的洞見延展到本文的主題,不侷限在指向特定性/別經驗的酷兒式批判閱讀(queer reading),而是從賽菊蔻稍早的桑塔格延續此處的討論,思索疾病與醫療的「偏執」如何強化了疾病的隱喻,在肺結核、癌症、愛滋病,到當代的乳癌以及2020年後全球社會對於新冠病毒(COVID-19)的討論中,我們總能觀察得到對於疾病的偏執應對與恐懼。

如平路與隱匿提及的,在確診罹患癌症後,我們聽聞的病因說法、治療方法、性別家庭,對乳房象徵性的偏執遠比疾病本身的症狀速度還快。隱匿回想,

> 確診後,我自然也和其他人一樣,會閱讀相關書籍和網路上的文章。我相信是因為有家族史⋯⋯我也相信攝取

---

[37] 如:Freeman, Elizabeth, *Time Binds: Queer Temporalities, Queer Histories* (Durham: Duke University Press, 2010). Love, Heather, *Feeling Backward: Loss and the Politics of Queer History* (Cambridge, Massachusetts: Harvard University Press, 2007). Halberstam, Judith, *In a Queer Time and Place: Transgender Bodies, Subcultural Lives* (New York: New York University Press, 2005).

>　　過量的牛奶會致癌……有一種說法癌症是代謝的問題，因此必須減糖以及運動。（《病從所願》，頁102-105）

他甚至在〈陰謀論〉一節回顧了自己從小到大對於自己的一些理解與經驗後說道：「我始終認為，在此之前的種種，彷彿是一場陰謀，為的是將我帶到淡水河與觀音山前，讓我再次度過命定的苦與樂」（《病從所願》，頁134）。或認同「很多人說乳癌患者的病因之一，在於和母親的關係不佳，如果關係修復好，病情也可獲得控制」（《病從所願》，頁185）。這些表述都將罹病後的各種思緒、焦慮與偏執聯繫起來。

但就如我在前兩節不斷重申的，《間隙》與《病從所願》在承認有治癒的暴力、疾病偏執的前提下，提供了更深層的思考與感受，近似於賽菊寇透過愛滋病論述的偏執歷史，提出了「修復式」（reparative）路徑來閱讀當下的危機。以酷兒研究為例，「修復性閱讀」並非是要另闢蹊徑、提出不同的批判模式，而是朝向以酷兒主體生命中經驗的情感、結盟和愛，來挑戰或取代回應常態性規範時出現的導正、拒絕、憤怒等經驗，以此重新形構批判方式，更重要的是，彌補酷兒主體日益受損的自主性。賽菊寇的《與愛對話》即見證了因癌症治療陷入憂鬱後，在心理治療系統裡他如何對於依賴、脆弱、慾望和死亡這些議題深化思考、正視其感受。這就如前述隱匿在

投身思考病因、治療與人生經歷的偏執閱讀後,更深化了這些舉動的意義:

> 在疾病之後反省過去種種,並在其中找到啟示與意義,這是人之常情,甚至可以說是天賦人權。就算最後證實,癌真的只是單純病因,與環境或性格無關,那也不妨礙我們在其中找尋意義。(《病從所願》,頁109)

此處隱匿提出一種「反制」偏執的做法,並非回歸醫療理性,也非否定自身情緒反應,而是如已故香港作家西西(張彥,1937-2022)在《哀悼乳房》[38]中時見過的除魅:

> 把疾病揭露,也是病人自我治療的一種方法。……把疾病公開描畫,不敢說是打破禁忌,不失為個人自救的努力。所謂「哀悼」,其實含有往者不諫,來者可追,而期望重生的意思。(《哀悼乳房》,頁3)

台灣文學研究者李癸雲即透過「外化失落」、「心理位移」兩組命題,分析西西文學創作與精神療癒間的關係[39]。

---

[38] 西西,《哀悼乳房》(台北:洪範書店,1992年)。
[39] 李癸雲,〈外化失落・心理位移——西西《哀悼乳房》疾病書寫的自

書寫乳癌經驗的作者們，似乎更進一步嘗試以「文學」抵抗「隱喻」。文學研究者陳燕遐即認為西西透過跨文類的寫作「一方面力圖破解疾病的隱喻，另一方面又以對患病經驗進行隱喻性的轉化作為自我治療，對隱喻進行了一次精彩的、淋漓盡致的操演」[40]。我也希冀進一步思索文學中介後的「疾病的隱喻」，應不再是呈現社會歷史性的建構，而是有如米切爾（David T. Mitchell）和史奈德（Sharon L. Snyder）在〈敘事的義肢與隱喻的物質性〉[41]一文中提及的，讓「隱喻的物質性」浮現。米切爾與史奈德指出，當（殘疾）身體為文本效果提供了一種穩固性（fixity）的錯覺，文學可能也將身體鑲嵌在系統性的象徵意義中，或被運用為一種刻劃人物特性的手法[42]。

　　以揭露抵抗「疾病的隱喻」，於我來說即是一種反療癒的實踐。因其追尋的路線並非僅是否認，而是轉化。如平路在閱讀《好走》這部作品後說到：

　　療性意義〉，《中國現代文學》41期（2022年6月），頁147-163。
[40] 陳燕遐，〈書寫疾病、解除喻también：《哀悼乳房》的自我治療〉，收入王家琪等編，《西西研究資料2》（香港：中華書局，2018年），頁376。
[41] 米切爾與史奈德（David T. Mitchell and Sharon L. Snyder）著，楊雅婷譯，〈敘事的義肢與隱喻的物質性〉（Narrative Prosthesis and Materiality of Metaphor），收錄於劉人鵬等編，《抱殘守缺：21世紀殘障研究讀本》（台北：蜃樓出版社，2015年）。
[42] 文中提及的例子包含：殘損身體的條件等同於君主政體的不動性，肥胖證實了專制暴君的貪婪，畸形再現了惡意的動機等。同註41，頁235、236。

> 以切近患者的語言來說，罹患過重症的人都盼望著有療癒的可能。至於什麼是「療癒」？什麼是英文裡的healing？《好走》由healing的字根找源頭，意思是恢復完整的過程。《好走》書中定義的療癒就是恢復每個人原有的完整性，「心智與心靈在圓滿漫溢的時刻復歸平衡的現象」。（《間隙》，頁189）

引文中所指的「恢復完整」，正如金恩靜提醒的，治癒並不意味著罹病的恥辱感消失、也不意味著殘疾的終結，而是將其轉變為其他需要不同治療方法的物質狀態[43]。賽菊寇的《與愛對話》即見證了，因癌症治療陷入憂鬱後，他在心理治療系統裡如何對於依賴、脆弱、慾望和死亡這些議題深化思考、正視其感受。如隱匿疾呼的：

> 疾病的意義應該由病人自身來思索與挖掘，那就像是對病情種種的重新整理，若由他人來強加於病人頭上，比如斷言是因為祖先造孽或者因為生育而罹病——那就是對病人的二次傷害，不僅是白目而已，更是極為卑劣的行為。（《病從所願》，頁110）

---

[43] 同註17，頁11。

前述所有作者、研究者都在提醒，辨識治癒的暴力、專注於偏執與修復的感受，我們就可以在危機之中重構出新的連結與關係。金恩靜在揭開治癒的暴力與虛假承諾時，直面治療的詞彙、精神和時間邏輯，以召喚多個視野，不僅是未來的，也是現在的。就如同平路對於「間隙」與當下的掌握，隱匿寫下〈時間之病〉：

> 平常的時候
> 我把每一天
> 都放在未來
> ……生病的時候
> 我知道每一天
> 都是今天（《病從所願》，頁109-110）

由這樣的時間性重構，兩部散文作品示範了文學具有的修復功能：不著力於對疾病的對抗，而是強調病者的內在經驗，贖回被擱置的陰性時間、人生時刻、以及親密關係。甚至是真正的，與病共存。

參考書目

一、專書

王家琪等編,《西西研究資料2》(香港:中華書局,2018年)。

平路,《間隙:寫給受折磨的你》(台北:時報出版,2020年)。

伊芙・可索夫斯基・賽菊寇(Eve Kosofsky Sedgwick)著,陳佳伶譯,《與愛對話》(A Dialogue on Love)(台北:心靈工坊,2002年)。

西西,《哀悼乳房》(台北:洪範書店,1992年)。

佛羅倫絲・威廉斯(Florence Williams)著,莊安祺譯,《乳房:一段自然與非自然的歷史》(新北:衛城出版,2014年)。

李欣倫,《戰後台灣疾病書寫研究》(台北:大安出版社,2004年)。

李欣倫主編,《寫字療疾:臺灣文學中的疾病與療癒》(台北:遠流,2023年)

杜世興,《台灣女性乳癌白皮書:100個非知不可的醫學知識,關於妳的乳房掌上微型Google冊》(台北:時報出版,2022年)。

芭芭拉・艾倫瑞克(Barbara Ehrenreich)著,高紫文譯,《失控的正向思考:我們是否失去了悲觀的權利?》(新北:左岸文化,2012年)。

周大觀,《我還有一隻腳》(台北:遠流出版,2001年)。

陳佩甄,《冷戰的感覺結構》(台北:政大出版社,2024年)。

黃美娥主編，《從《全臺詩》到全臺詩國際學術研討會論文集》（台南：國立臺灣文學館，2020年）。

劉人鵬等編，《抱殘守缺：21世紀殘障研究讀本》（台北：蜃樓出版社，2015年）。

隱匿，《病從所願：我知道病是怎麼來的》（新北：聯合文學，2022年）。

蘇珊‧桑塔格（Susan Sontag）著，程巍譯，《疾病的隱喻》（台北：麥田出版，2012年）。

Butler, Judith, *Undoing gender* (New York: Routledge, 2004).

Ehrenreich, Barbara, *Bright-sided: How the Relentless Promotion of Positive Thinking Has Undermined America* (New York: Metropolitan Books, 2009).

Freeman, Elizabeth, *Time Binds: Queer Temporalities, Queer Histories* (Durham: Duke University Press, 2010).

Halberstam, Judith, *In a Queer Time and Place: Transgender Bodies, Subcultural Lives* (New York: New York University Press, 2005).

Kim, Eunjung, *Curative Violence: Rehabilitating Disability, Gender, and Sexuality in Modern Korea* (Durham: Duke University Press, 2017).

Love, Heather, *Feeling Backward: Loss and the Politics of Queer History* (Cambridge, Massachusetts: Harvard University Press, 2007).

二、論文

（一）期刊論文

王幼華，〈自身疾病的書寫——齒病將如何〉，《聯大學報》7

卷2期（2010年12月），頁167-193。

李知灝，〈台灣古典詩的SARS疫情書寫〉，《臺灣文學學報》43期（2023年12月），頁1-27。

李癸雲，〈外化失落・心理位移——西西《哀悼乳房》疾病書寫的自療性意義〉，《中國現代文學》41期（2022年6月），頁147-163。

李淑薇，〈李欣倫疾病書寫的跨界研究〉，《世新中文研究集刊》9期（2013年7月），頁39-70。

紀慧君，〈受傷的醫者：罹癌醫師的疾病書寫研究〉，《中華傳播學刊》38期（2020年12月），頁179-214。

紀慧君，〈癌症病患的自我敘事分析〉，《南華社會科學論叢》9期（2021年1月），頁63-90。

唐毓麗，〈離島的現代性：從〈沒卵頭家〉的疾病／疾病書寫談現代性的矛盾〉，《逢甲人文社會學報》23期（2011年12月），頁49-72。

黃華彥，〈在「有限性」和「社會不平等」之間：Audre Lorde乳癌回憶錄中的疾病解釋〉，《國立臺灣科技大學人文社會學報》17卷2期（2021年6月），頁101-123。

盧柏儒，〈展演疾病的話語：論周大觀罹癌的書寫現象〉，《北市大語文學報》24期（2021年6月），頁105-127。

Ehrenreich, Barbara. "Welcome to Cancerland: A mammogram leads to a cult of pink kitsch," *Harper's Magazine* Vol. 303 (November 2001), pp.43-53.

Kafer, Alison. "After Crip, Crip Afters," *South Atlantic Quarterly* 120 (2) (April 2021), pp.415-434.

（二）學位論文

王幸華，〈日治時代疾病書寫研究：以短篇小說為主要分析範疇（1920-1945）〉（台中：東海大學中國文學研究所博士論文，2006年）。

林佩珊，〈詩體與病體：台灣現代詩疾病書寫研究（1990～）〉（台中：國立中興大學台灣文學研究所碩士論文，2010年）。

唐毓麗，〈罪與罰：臺灣戰後疾病書寫研究〉（台中：東海大學中國文學研究所博士論文，2006年）。

黃勝群，〈台灣護理散文研究：以趙可式、林月鳳、胡月娟、洪彩鑾為例〉（新竹：國立清華大學台灣文學研究所碩士論文，2018年）。

張錫恩（Chang, Hsi-En），〈疾病書寫：疾病、失能與關懷倫理〉（"Pathography: Disease, Disability, and Ethics of Care"），（新北：淡江大學英文學系博士論文，2022年）。

三、網路資源

陳佩甄，〈書評》疾病的「時間性」：《間隙》與《病從所願》的修復性書寫〉，（來源：https://www.openbook.org.tw/article/p-66076，2022年4月11日）。

衛生福利部國民健康署，〈乳癌防治〉（來源：https://www.hpa.gov.tw/Pages/Detail.aspx?nodeid=614&pid=1124，2023年9月12日）。

新冠疫情中的日本文學
──作為世界文學的一環

中川成美
日本立命館大學文學部日本文學專攻特任教授

木山元彰譯
國立政治大學台灣文學研究所博士生

摘要

  2020年1月，新冠病毒的感染危機突然出現在我們的生活空間當中，並迅速地擴散到全世界，所謂「非常時期」的狀態瞬間蔓延至各地。此次疫情常被比喻為是抗戰，事實上2022年2月爆發了真正的戰爭，俄羅斯入侵烏克蘭，更是讓整個世界加倍地陷入惶恐不安。過了三年，疫情並沒有止息。儘管有人說感染力已經弱化，可是實際上人們對於隱而不見的病毒感到恐慌、對於無法預期未來而感到不安，被拘束在一種懸空的狀態而動彈不得。受到疫情影響，文化方面，人與人之間的接觸

被認為應極力避免,也因此整體而言文化交流被迫減緩。另一方面,在虛擬空間出現大量累積而成的創作,多到幾乎快要勝過現實世界人際互動下產出的作品。以異樣姿態出現的瘟疫世界當中,新冠病毒本身彷彿成為一種擁有意識的有機體,支配著我們的生活圈。與此同時,內在的虛擬實境亦逐漸膨脹起來,一直以來「眼見為憑」的社會,看似有被虛擬世界從根本上顛覆的趨勢。

　　人們逐漸喪失現實感之時爆發的烏克蘭侵略,正是全球新冠疫情的一種表現。虛擬實境化為真正的戰爭,反倒卻因為缺乏現實的依據,而令我們難以招架。以日本的情況為例,眾人是在保有東日本大震災慘痛記憶的情況下,突然同步進入了疫情狀態。面對如此難以接受的處境,不得不令人錯覺現實的這十年彷彿就是一場虛擬實境。日本未能從震災復甦卻強行舉辦奧運,整個賽事在充滿不可思議的喪失現實感中進行,可謂是疫情帶來的一大諷刺。

　　本文將從桐野夏生、小山田浩子、村田沙耶香等作家的作品探討,她們如何以文學對抗上述不斷迷航、彷彿處在虛妄中的日本現實世界。同時,也要討論從震災走到疫情的過程中被喚起的對世界文學的研究方法,並探究其具體構思的可能性。

後世的歷史大概會將2020年記作:「不可思議而不合理的日常」波及全球的一年吧。畢竟新冠病毒的登場,大大的改變了我們對於生活空間的認知。習以為常的日常行為遭到扭曲而變形,明明有諸多仔細一想是「不合理的」事情在發生,可是伴隨制度化,越來越多人不去質疑這種不合理的依據何在。於是缺乏批判意識的新「日本人」主體就誕生了。

　　2011年3月11日發生的東日本大震災,乃至伴隨而來的福島核能發電廠事故,距今超過十年,明明目前很難說是達到了完全復興(重建)的程度,可是卻一直有股暴虐的力量想要把這震災忘卻掉,並且把某種缺乏中心的無力感蔓延到日本各處。在這樣的情況下,未知的傳染病忽然出現,迅速地把我們陷進空虛的狂熱之中。禁止外出、限制出境、強制佩戴口罩、關閉職場與學校、以及以餐飲業為首嚴厲的營業限制等,這些東西都讓我們的日常發生質變。然而,在「免於感染」的大道理面前,我們既沒有辦法與之抗辯;對於肉眼看不見的病毒將如何侵襲我們,實際上也幾乎不具備任何知識。每天電視節目裡充斥著傳染病防治對策與政府的解說,負責解說的學者和官員天天上鏡頭,就彷彿是「通告藝人」一般的存在。

　　如今,過了三年的時間,疫情仍未止息。儘管有人說感染力已經弱化,可是實際上人們對於隱而不見的病毒感到恐慌、對於無法預期未來而感到不安,被拘束在一種懸空的狀態

而動彈不得。受到疫情影響，文化方面，人與人之間的接觸被認為應極力避免，整體的狀況則使文化交流被迫減緩。另一方面，在虛擬空間出現大量累積而成的創作，多到幾乎快要勝過現實世界人際互動下產出的作品。以異樣姿態出現的瘟疫世界當中，新冠病毒本身彷彿成為一種擁有意識的有機體，支配著我們的生活圈。與此同時，內在的虛擬實境亦逐漸膨脹起來，一直以來「眼見為憑」的社會，看似有被虛擬世界從根本上顛覆的趨勢。

在這樣進退失據的狀態下所發生的各種「不合理」，值得我們深思。譬如，為什麼在2020年初全世界陷入那樣的混亂；又為什麼我們就這樣遵從了因此而生的規範呢？我想，現在是一個可以概觀檢討這些問題的時候。當然，現在也不能斷定不會有更厲害的病毒出現；或者隱藏在疫情背後的福島核事故輻射問題其實也可能影響著我們。再加上，疫情期間發生的烏克蘭侵略乃至俄烏戰爭爆發至今過了一年，整個世界共振的崩壞預兆與危機感，便如這般不斷地擴散。

我們究竟是要往何處前進呢？在這般不穩定的微妙平衡之中，我們可以做的恐怕就只有不斷重複提問這個問題。不過，有時文學已事先對於混沌，給出了答案。「現在，我們的目標是什麼呢？」——藉著設定這個問題，我想試著思考一下「不可思議且不合理的日常」這件事情。

文學時常猶如預知夢一般，能夠預測未來。在想像力中所編織的故事，卻往往會與現實中的未來連接上，並且照映出事件的本質。2007年，星野智幸所發表的《無間道》描寫未知的病毒席捲日本，可是卻因政府無法開發疫苗而終致鼓勵大家去自殺的故事。這個作品所書寫的正是一個國家放棄給予國民最低程度民生保證的過程。在東日本大震災及疫情都尚未發生的時候便書寫而成的這篇小說，顯示了自然災害帶給人民嚴重災難時，毫無對策而拋棄責任的國家，它殘酷的一面。

　東日本大震災後出現的世界，是就連文學的想像力也始料未及的「異質空間」。地震、海嘯、核能事故接連發生，導致人們無言以對。我從來沒有如此強烈的感受過「敘述」所帶來的的無慈悲性。即使如此，作家們還是去挑戰了言語（敘述）的極限。多和田葉子的〈不死之島〉（2012）描繪了因輻射反倒離死亡更遙遠的日本人們；到2014年的《獻燈使》則成為了劃時代的震災後文學：一方面描寫因為核汙染而被世界孤立的日本，一方面也書寫成為「棄民」的日本人相互建立網絡，藉此自力更生的樣貌。津島佑子在其遺作《慶祝半衰期》（2016）裡面書寫日本人內部因地區及受災程度而分裂，逐漸被疏離的過程，並將之描寫為以國家活動的形式掩蓋事實的一段歷史。桐野夏生的《日沒》（2020）所書寫的主題正是當國家與個人之間的紐帶開始產生破綻時，突如其來的國家暴

力。雖然這是疫情前完成的作品，但出版時適逢禁止外出、禁止會面的時刻，所以特別令人感覺到小說的內容不一定是完全虛構，而是有其真實性。主人翁Mattsu夢井是一名作家，在完全搞不清楚自己犯了什麼罪的情況下，就因為自己寫的小說被指控為「反國家」，而遭到「總務省文化局・文化文藝倫理向上委員會」的監禁。主人翁這樣的經驗，令讀者意識到這絕非只是虛構的角色。這波疫情，可以說是東日本大震災以後的違和感逐漸具體化的主要推力吧。

當然，防疫是國家的主要政策，防止傳染病蔓延到世界各地也是國際關係的基本政策。但是，經過東日本大震災與疫情洗禮的作家們所創作的各種故事，確實將我們正在經歷的「不可思議且不合理的日常」逐漸地明朗化。簡言之，這十多年來日本人的親身經驗所編織的光景，一方面是幾近絕望的，令人難以喘息的現實；一方面造成這個狀態的根源卻又是如此的曖昧。

疫情發生以降，《文藝》這本文藝雜誌一直積極地嘗試處理這樣的情況。在2020年5月號的特輯「亞洲作家如何面對新冠疫情？」藉由將視點轉換至亞洲，試圖將過往集中於日本國內的疫情相對化。其中閻連科的文章〈疫劫之下，無力、無助和無奈的文學〉可說是疫情下劃時代的作品，相當有啟發性。

> 產生偉大文學的時代已經過去了。除非天才才可以得到
> 上天之眷顧，寫出逆世橫生、驚天動地的偉大作品來。
> 至少在中國，產生偉大作品的時代已經悄然結束了，
> 如今的現實和情勢，是我說的難以產生偉大作品的時代
> 吧。世界文學已經有了十九和二十世紀二百年一整體的
> 光耀與輝煌，人類歷史已經對起文學了。餘落作家該做
> 的事，就是盡力要把配角演出光彩來。[1]

該文充滿了閻連科論及文學終焉的悲哀，並且呈現疫情當前，無能為力的作家焦慮的樣貌。但是，如果仔細閱讀便可以發現其對於令人窒息的國家防疫政策的批判。他小心再小心書寫的，正是對於文學失去與國家權力對峙的力量之下，作家的喟歎。在結尾處，閻連科如是說：

> 可怕的不是文學在歷史中的角色更替和邊緣，而是作家
> 明知它無力、無助和被邊緣，還為這無力、無助鼓着
> 掌，為無力、無助的寫作大聲地喊着「好！好！好！」
> 將文學最後的尊嚴和體面剝下來，看着文學倒下死去

---

[1] 原文轉引自《端傳媒》。閻連科，〈疫劫之下，無力、無助和無奈的文學〉，（來源：https://theinitium.com/article/20200312-mainland-yanlianke-helpless-literature，2020年3月12日）。

後,以為自己是拯救文學的作家和楷模。[2]

　　對於如此沉痛地結尾,我們實在是難以言語。即便文學已經是垂死狀態,國家總還是以「總動員」為名利用文學,以貫徹國家意志。當文學淪為道具,文學當然不再是文學。

　　在這一期特輯裡,還有韓國、泰國、中國、台灣等作家分別分享各自的情況。在此,可以看到共通之處:那就是疫情底下亞洲各國都發生政治及制度上的矛盾。陸秋槎(中國)書寫因為武漢封城造成無政府式的混亂,以及市民被迫自力救濟的窘境;李瀧(韓國)則是痛擊禁止出境的過程及爭奪口罩之亂下的韓國社會;吳明益(台灣)的作品則是道出因為台灣不是WHO會員國,而被拒絕提供疫情資訊的荒謬;Uthis Haemamool(泰國)拆穿的是泰國政府對自家國民實行嚴格隔離,卻為了招攬觀光客而對外國人入境檢疫放寬的矛盾。上述看到的各種狀況,在每個國家或多或少都有過類似的事情發生,但是經由各地點作家之眼所呈現的景象,可以說一方面令人感到文學的無力,一方面卻又讓人發現文學另闢新途徑的可能性。

　　接著,雜誌《文藝》在下一期2020年8月出版的「秋季號」再度企劃特輯:名為「非常時期的日常」。將伊藤正幸、

---

[2] 同註1。

柳美里、多和田葉子、小山田浩子、目取真俊、村田沙耶香、關口涼子、水村美苗、松浦壽輝等23名日本作家四月至五月間的行程，以逐日記錄的形式刊載。在這裡可以看到的共通點是，這些作家面臨計畫被打亂、不得不減少外出的情況下，一方面享受著假期般的日子，一方面又在某種不安的情緒中度過的模樣。此外，例如線上工作的出現等，也可以窺見數位科技大大地介入生活空間的樣貌。小山田浩子在5月3日也就是黃金週期間，發現自己有37度多的微燒。遲遲不退燒的情況下，她5月6日打電話到諮詢中心詢問，卻得到不知所措的曖昧指示。7日到了附近的內科診所掛號，依舊未能獲得任何處置方針，就此折返回家。丈夫則是請假一天，觀望她的情況。

　　這個景象當時可以說是發生在日本各地。儘管醫院將感到不安而前來諮詢者與一般掛號病患採取分流措施，可是因為根本沒有藥物，所以也就無法採取任何進一步的診療。小山田便將這般難以言喻的，不穩定而浮游的日常轉寫為文學作品。

> 就算沒辦法帶去海水浴，至少也想帶他（小孩）去大一點的游泳池。再怎麼樣，本來也應該要回鄉下阿公阿嬤家一遊，這樣就可以去溪裡玩水。可是今年沒去成，去年也是。最後，我甚至沒法帶他去冷氣清涼的購物中心遊樂場；就連家裡附近的扭蛋機，在嚴陣監視下，只讓

他的手指碰觸最低限度。（小山田浩子，〈往海邊〉，《文學界》2021年12月號）

小山田描寫的是過去習以為常的各種行為，通通都被限制的情形。過去無意識的日常行為，現在都必須要加入註釋。小山田在下文指出了身體無意識地去呼應諸如「為避免感染應保持社交距離」、「消毒手指」等標語之不可思議：

> 疫情下人們行動被限制，某種程度也可以說是將人際關係分了等級。譬如非立即必要的對象（原：不要不急），就不該見面等。（中略）在這過程中，我們開始對他人揣測距離、分門別類、並且找藉口。我覺得每個人都試圖在跟身外之人、事、物測出各別的適切距離。這樣的分類，分到最小單位就會是同居家人，如果再更細分的話就是夫妻或是夫妻＋孩子的組合。（中略）在思考到今日社會「家族」這個單位時，我越發感覺到或許所謂普遍的東西、乃至過去被認為是不變的事物，可能其實完全不是這麼回事。（小山田浩子，〈從近距離的狹隘視點書寫普遍的世界〉，《抒情文藝》2022年12月號）

由此可見，在「傳染病」這個絕對價值面前，「家庭」這個普遍價值反而被相對化了。日常生活的變質，也波及到了身體：金原瞳在〈I Don't Smell〉（《文學MOOK 言葉與…》4期，2021年10月）當中透過確診的女性主人翁，描寫失去嗅覺之後，身體的認識產生變化的模樣。

> 病毒奪走人們的嗅覺，可能是為了不要讓我們聞到腐爛無比的世界所發出的惡臭。現在我就跟這個世界一樣，是無味、透明的。彷彿沒有魚、沒有石頭、也沒有任何藻類，僅僅只是裝滿水的水槽。完全無法感受到像是韻味、深度、行間、背景等的存在。我從放在玄關的紙箱裡隨意抓了一個雜炊的調理包。以熱水煮好後，用湯匙舀了一口，完全沒有味道。只是在咀嚼黏稠而溫暖的東西，這個行為讓人感到空虛，但我必須持續以這種進食行為補給能量以防止死亡，就更自覺到現在的自己是多麼空虛。（中略）語言與身體完全被分割開來，我彷彿成為某種殖民地：內包著這相互悖離的兩者。病毒把我的味覺與嗅覺，甚至實體都奪走了。我本來希望自己在這種透明的狀態中，可以寫好文章。我甚至覺得，只要我還是透明的，我什麼都能撐過去。雖然說病毒帶來了這個透明感，然而話說回來，如果我沒有確診的話，

> 根本就用不著寫這樣的文章。被病毒耍得團團轉的我，雖然顯得滑稽，然而在透明的水槽當中所發生的一切，即便不懷珍愛之情，至少憎惡之火終究也是燒不起來的。[3]

經由疫情重新被認知、被布置的身體，令患者們體感到行動不自如的身體是怎麼回事。金原所揭露的是，被病毒這個他者所占領的身體，已經不再是過去那樣隨心所欲的了。防止不速之客：也就是病毒侵襲身體，成為日常生活的首要任務。

如同開頭所述，文學有時會預言未來。村田沙耶香的小說〈丸之內魔法少女奇幻娜〉（《野生時代》2013年7月號）彷彿預示了日後監視路人有沒有戴口罩或是行動合不合宜的「口罩警察」、「自肅警察」等監視系統。主人翁是受盡男性社會霸權委屈的35歲OL，在她腦內活化的「懲罰他者」之夢想，由一名現實生活的男性接手後，開始爆衝。2015年星野智幸的《呪文》則敘述為了振興即將凋零的商店街，以正義之名組成自警團的青年們。在仇恨言論甚囂塵上的時期書寫而成的

---

[3] 雜誌中譯參照以下資訊：好書好日，〈文學ムック「ことばと」創刊号、すでに7千部 「たべるのがおそい」後継 言葉の先、考え羽ばたく〉，（來源：https://book.asahi.com/article/13373218，2020年5月18日）。

這篇小說，呈現了爾後疫情期間「自肅警察」的意識根本如何形成的經過。對於他人的道德監控，往往都是從小的地方開始，進而逐漸膨脹起來。發現不對勁的時候，已然身處尾大不掉的情況。這種情緒的根源往往是以「疑懼變化」作為槓桿，並以「奪回日常」為目標不斷挺進，於是最終爆發大災難。文學作品所揭露出的這個結構，在疫情期間卻成為了現實。那麼，人們恣意封殺他者、奔向不合理的欲望，這種令人感到絕望的社會狀況，又是如何形成的呢？

2021年，日本政府一方面向國民發出「感染擴大危機」的例行警告，一方面卻又強行舉辦奧運：這可以說是疫情期間具象徵性的現象。畢竟，在東日本大震災之後舉辦奧運這件事情本身就是值得商榷的。標榜「震災復興」而舉辦的東京奧運，可謂是有意將受災民眾暴露於外的一場國際活動。遭遇了新冠疫情這個意外，延期舉行的奧運，遂製造出了只能以「喪失現實」來形容的「不可思議且不合理的日常」。本文介紹的文學作品描寫的正是對於這般愚昧的現象所感到的危機感與恐慌感。如閻連科所言，我們不應該一邊依靠著文學的無力與無助，一邊肯定眼前所發生各種不合理，拍手叫「好！」，是時候與這種狀態訣別了。上述這些試圖叩問最本質的各種問題的作品之問世；作品之中有些經歷了震災、福島核電廠事故、疫情爆發等大事件之後又獲得了新生命等，我認

為這便是文學的可能性所在。我相信,這些作品值得與全世界的讀者共有,應會以「世界文學」的角度重新被認識。

參考書目

一、網路資源

閻連科,〈疫劫之下,無力、無助和無奈的文學〉,(來源:https://theinitium.com/article/20200312-mainland-yanlianke-helpless-literature,2020年3月12日)。

好書好日,〈文学ムック「ことばと」創刊号、すでに7千部 「たべるのがおそい」後継　言葉の先、考え羽ばたく〉,(來源:https://book.asahi.com/article/13373218,2020年5月18日)。

「口述證言」與「記憶感應」：
金息和孫洪奎的疾病敘事

高明徹

韓國光云大學韓國語文學系教授

林筱慈譯

韓國成均館大學東亞學術院博士

摘要

　　本文聚焦於分析21世紀韓國年輕世代作家金息（1974-）和孫洪奎（1975-）小說裡的疾病敘事。

　　金息的長篇小說《最後一個人》（2016）——之後的作品主要處理的是太平洋戰爭時期，殖民地朝鮮女性成為日本帝國慰安婦並淪為日本軍人的性奴、慘遭踐踏卻束手無策、難以言述的受難史。金息以獨特的「口述歷史敘事」小說手法，隱約地再現慰安婦的身心疾病及其相關的社會病理症狀。近代小說往往以「文字—文本」為中心，故難以達成的政治倫理，在他

筆下得以盡到責任。作者「口述─對話」的過程，參與了當事人充滿曲折的生涯史。作者與當事人之間產生親密的感應的同時，也接觸到當事人極度私人且特別的受難經驗，於是作者透過「過程─文學」一一地凝視個人經驗裡所蘊含的時代困境。因此，我們不僅要關注小說裡慰安婦淪為性奴隸的受難模樣，也必須注意到小說以「過程─真實」的再現感應力來抗衡所謂的社會病理症狀──「個別的・社會的・國家的沉默與封印」。這是「口述證言敘事」所具有的再現感知力。也是「文字─文本」所無法達成的部份。他的小說嚴厲地批判歷史理性層面完全不願努力去理解慰安婦身心疾病所蘊含的殖民歷史的疾病。不僅如此，他的小說也是一種對於這個時代依舊與日本殖民勢力共謀而無法徹底清算日本殖民主義的怨恨（ressentiment）與情感（affect）。

　　孫洪奎作品裡的「疾病」是整體敘事的中心，成為凝聚小說中各個要素的向心力。此外，他作品並不著重於近代小說的再現功能──探究患有社會病理症狀的世界。這是因為在孫洪奎的作品裡，「疾病」扮演的是社會病理症狀的隱喻與其他敘事功能。作者以隱喻的方式──「首爾＝中陰身」，說明首爾已經是患有致死疾病的大都市。以這樣的隱喻方式，來說明首爾已被近代都市的成長主義至上神話給蒙蔽雙眼，在制度與生命權力的統治底下，逐漸吸收、同化周邊地區的首爾中心主

義及其他的都市殖民主義底下,「把其他世界召喚到這個世界來的耀眼地獄」(《首爾》,頁279)。在如此顯現化的情況底下,難以輕易地翻過啟示錄般的現實。那樣的時候,「就算世界滅亡,人類的悲傷也會如生長在荒野上的雜草一般,留在這個地球上。(《首爾》,頁110)孫洪奎並不全面否認啟示錄,但卻凝視從啟示錄夾縫裡一點一點地蔓延出來的人類淒慘的悲傷。這是相當具有魅力的敘事手法。我們應該要留意的是,在那樣的旅程當中,「記憶」及其相關的敘事維持了人類存在的尊嚴,也是孫洪奎小說的核心、實現政治倫理的省察功能。「記憶」是人類存在的權限,而與「記憶」相關的敘事感應力也倍增。

一、韓國文學如何回應「疾病──社會病理症候」

　　2020年初COVID-19開始肆虐全球的時候,我正在podcast[1]上主持一個有關身心障礙文學的節目。雖然身心障礙人士因身心障礙而在日常生活有許多不便之處,然而他們正用屬於自己的語言,展開文學創作活動。在podcast的節目中,我與他們身心障礙人士直接面對面,並且談論他們的生活與文學。身心障礙人士的身體情況各有不同。有些誘發身體障礙的病理原因已有相關研究發現,有些則不然。他們的身體障礙有些是屬於與生俱來的先天性障礙,而有些則是因為突然發生意外或是因為某些不知名的病因而導致的後天性障礙。身心障礙者文學即是以這樣的障礙與生活為基礎所發展而來的。我在主持podcast的過程中,開始有機會去省察那些過去被我所忽略的病理學症狀

---

[1] 韓國身心障礙者文化藝術院於2020年2月10日(第1季)開始製播以身心障礙文學與非身心障礙文學家及其作品為主題的podcast節目,名為「A(able)的全部(簡稱:A全)」。「A全」標榜培養非障礙人士對於障礙及其文學的感受度。節目目的在於介紹身心障礙文學家及其文學,並藉此打破一般人對身心障礙人士的偏見。身心障礙文學podcast「A(able)的全部」第三季現正播出中。《ablenews》,(來源:http://www.ablenews.co.kr/news/articleView.html?idxno=87213,2020年2月25日)。

及其相關文學。

　　更重要的是，由於COVID-19的大流行，導致社會病理威脅升級，於是從事文學創作的身心障礙人士的社會活動範圍也隨之縮小。我們不能只是因為身心障礙人士本身具有的疾病，就向他們要求（比正常人）更加嚴格的社交距離規範。我們必須注意到的是，將人分為身心障礙者與非身心障礙者的過程中，國民國家的生命權力（biopouvoir）[2]在其中扮演重要的角色。當國家為了維護國民健康與安全而實行相關的防疫政策底下，像身心障礙者這種患有身心疾病的社會弱勢族群，反而受到更嚴重的社會歧視。就連非身心障礙人士都難以忍受的社交距離政策，身心障礙人士所不得不承受的社交距離政策更加嚴苛。他們其實是在「嚴重傳染性疾病防疫政策」的名目底下，被社會所隔離、驅逐、排斥在外。身心障礙人士也因此感受到極度的痛苦與疏離感。

　　事實上，韓國文學持續地回應上面所說的「陷入社會病理的危險社會」。韓國文學「以社會臨床學的觀點出發，暗自比喻著社會病理、歷史的潛在傷痕以及不安的個人與社會條

---

[2] 傅柯（Michael Foucault）於十八世紀開始即具有「生命權力」的問題意識。「他認為生命權力是一連串的重要現象，生命權力是一個將生物學的基本要素——「人種」拉入政治、政治策略以及權力策略內部的機制總體。」米歇爾・傅柯（Michael Foucault）著，Autrement譯，《安全・領土・人口：法蘭西公學院課程1977-78》，（首爾：NanJang，2011年），頁17。

件」。[3]韓國文學深沉且炙熱地探索著該時代的歷史真實與該時代的人物活尊嚴與價值以及人類存在的根本性問題。

即使在近代轉換期、進入日本殖民主義時期以後,韓國文學依舊談論社會的急遽變化、殖民主義底下的苦痛以及隨之而來的各種精神異常症狀。另外,韓國文學也處理了營養不良與結核病等其他疾病以及殖民統治者暴力鎮壓所引起的生理傷痕。解放以後,處理韓國戰爭(後)所帶來的精神崩潰與肉體損傷的韓國小說也受到矚目。不僅如此,六〇年代以後,韓國文學也處理了反抗國家主導的經濟發展、追求民主主義的社會改革運動,例如4.19革命(1960)與5.18光州民主化運動(1980)以及6.10民主化抗爭(1987)過程裡,軍政府獨裁體制暴力鎮壓(強制逮捕、審問、拷問、殺害等)所引起的身體傷害與精神疾病。這類相關的韓國文學表現傑出且累積一定的文學成就。

本文配合此次學術研討會的主題──疾病與文學,將討二十一世紀韓國小說裡值得矚目且具有一定文學成就的兩位作家──金息(1974-)與孫洪奎(1975-)的作品。

---

[3] 李在銑,《現代韓國小說史》(首爾:民音社,1991年),頁201。

二、金息：針對殖民主義歷史病痛的慰安婦「口述證言敘事」

金息長篇小說《最後一個人》（2016）之後的一系列作品主要處理的是淪為日本帝國性奴的慰安婦[4]及其「口述證言敘事」等內容。例如，中長篇小說《是否曾期待軍人成為天使？》（2017）、《流動的信》（2018）、《崇高在窺探我》（2018）、《聆聽的時間》（2021）等。金息的這些作品聚焦於日本帝國慰安婦難以言述的受難史——遭受日本軍人的性暴力，卻只能束手無策地被踐踏等。

> 只要身體存在，就有無法抹去的記憶
> 她記得自己身體第一次裂開的瞬間嗎？
> 第一次的強姦，第二次、第三次、第四次、第五

---

[4] 時至今日，日本政府依舊未針對日本軍慰安婦被害者，負起戰爭罪以及反人道犯罪的法律責任。第二次世界大戰以後，在美國主導的冷戰秩序底下，舊金山和約體制出現，於是所謂的「65年體制（1965年韓日簽訂協定條約）」也跟著形成。目前，日本政府即根據1965年所簽訂的韓日基本條約（韓日請求權協定），強烈地狡辯認為：日本政府、軍人與企業等加害者已經負起法律倫理責任並已賠償相關損失。有關「65年體制」與慰安婦的相關內容可以參考白泰雄，〈日本帝國下反人道犯罪受害者與1965年韓日請求權協定〉，收入金泳鎬等編，《跨越舊金山和約體制》（首爾：Medici，2022）。

次……

淋病、梅毒、鴉片中毒[5]

少女們偶爾還會產下死嬰。

由於過度使用過錳酸鉀,以及大量注射606號藥劑,胎兒根本無法存活。

(中略)

「是個男的。掏出來時,臉和半邊身體都是爛的……」[6]

我十三歲。……

從無法活下來的地方,活下來了。

我沒看過他們殺死女人們。

但我看過女人們自殺。

用刀刺進自己的身體……

狠毒的女人們無法再次活下來。只有得過且過的女人們活了下來。

活下來,變成了殘廢。

---

[5] 金息,《聆聽的時間》(首爾:文化實驗室,2021年),頁82。以下引用直接於內文末標示書名及頁碼。

[6] 金息,《最後一個人》(首爾:現代文學,2016年),頁82-83。以下引用直接於內文末標示書名及頁碼。

我沒有想過要死。

也沒有下過決心想要死。[7]

　　太平洋戰爭時期，朝鮮女性被強徵成為挺身隊並被送往戰場上的慰安所，從此過著比蟑螂還不如[8]的性奴隸生活。朝鮮女性受盡一切反文明、反人道的折磨。對她們來說，慰安所就是一個充滿野蠻、暴力與瘋狂的地獄。然而，她們卻無法忘記那段在地獄時候的生活，並用自己的「身體」清楚地記憶著那一切。她們所經歷的受難史是一段前所未聞且絕對非觀念與抽象的總和，也絕不是形而上的東西。因為淋病、梅毒、鴉片中毒與606號藥劑[9]、人工流產、子宮切除、自殘、自殺、精神

---

[7] 金息，《是否曾期待過軍人變成為天使？》（首爾：現代文學，2018年），頁27。

[8] 進行口述史證言的慰安婦老奶奶唱著以下歌詞內容來敘述自己的處境。「我的身體與受傷的心無法得到安慰……連蟑螂都不如的我，希望可以得到寬恕。連蟑螂都不如的我……」金息，《崇高在窺探我》（首爾：現代文學，2018年），頁56-57。

[9] 十五世紀末開始，在開發梅毒治療藥物的過程裡，歐洲的化學家、微生物學家等組成聯合研究團隊，合成了數百個有機砷化物並以此製造疫苗。其中堪用的是第606號有機砷化合物，也就是所謂的「砷凡納明」（英語的salvation〔救濟〕與asenic〔砷〕），於是，被稱為「606藥劑」的砷凡納明就誕生了。1909年秋天，砷凡納明被發明並視為治療梅毒的藥物。「砷凡納明」於1910年開始，作為性病藥物於臨床上使用，並開始在慰安婦身上使用該藥物。然而，由於「砷凡納明」會造成不孕等其他副作用，故現今已不再被使用。〈慰安婦受害者老奶奶的鮮明恐怖記憶：「606藥劑」（專業用語）〉，（來源：https://www.sisunnews.co.kr/news/articleView.html?idxno=41378，2016年8月28日）。

異常症狀等各類身心疾病是具體刻在她們身上一輩子的歷史疾病。因此,在她們身體裡裡外外所深藏的疾病既是作為慰安婦永遠無法治癒的傷痕,也明確地透露出這是日本帝國主義的歷史加害行為所造成的疾病與傷痕。朝鮮人慰安婦以身心疾病強烈地告訴我們,日本帝國殖民主義的桎梏是現在進行式的歷史課題。

在這裡我們要注意,金息的小說中重現的慰安婦苦難史,正如作家所得到的幫助一樣,是基於各種慰安婦的證言記錄。因此,金息的小說再現及其所具有的影響力與以往的口述證言錄差不多。然而,我們特別需要注意的是金息不再以「文字─文本」為中心,而是透過「口述─對話」的過程,參與了當事人充滿曲折的生涯史並與當事人產生親密的感應,然後得以接觸到當事人極度私人且特別的受難經驗。於是,作者可以透過「作為過程的文學」──一地凝視個人經驗裡所蘊含的時代困境。正這是金息與其他口述證言錄的不同之處。金息式的「口述證言敘事」手法與過往近代小說以「文字─文本」為中心的敘事手法不同,並且具有它一定的價值成就。我們不僅要關注金息小說裡慰安婦淪為性奴隸的受難模樣,也必須注意到小說以「過程中的真實」的再現感應力來抗衡所謂的社會病理症狀──「個別的・社會的・國家的沉默與封印」。金息筆下的「口述證言敘事」及其再現感應力圍繞在「我們要活著回

故鄉」、「我們永遠都不要忘記」,並激發著強烈的求生意志——不管怎樣都要活下去、得到作為人類價值的證明。在這裡我想強調慰安婦金學順(1924-1997)第一次證言(1991年8月14日)的價值以及金息《最後一個人》的文學史意義——針對金學順證言所進行的「口述證言敘事的再現」。

> 她在蠟燭前,摸索著紙漿面具上封閉的嘴。
> 她拔出指甲剪上的小刀,把刀尖移向紙漿面具的封閉嘴部。
> 刀尖發出「嘶——」的聲音。
> 她一劃又一劃。大概劃了五十次吧,終於在封閉的嘴部劃出了一個洞。
>
> 她繼續劃著,一次又一次地劃,頑強地將洞口一點點擴大。當洞口大到足以讓舌頭進出時,她停了下來。然後將紙漿面具拿到臉上。
>
> 我想再當一次女人……一定要再當一次女人。
> (《最後一個人》,頁240)

受到慰安婦金學順公開證言的鼓舞,曾經是慰安婦的女

人們開始訴說自己的情況。此外,「國家正在為慰安婦受害者做申報登記」(《最後一個人》,頁144)。小說裡的她聽到這些消息有下定決心要說出「我也是受害者」的證言(《最後一個人》,頁236)。在韓國社會,待過中國、東南亞與南洋群島等地慰安所的女人們,用盡全力隱藏自己的過去,到了老年以後,決定說出那段恥辱的經驗,卻須受到家族親戚、社會大眾的歧視,所以慰安婦往往忌諱於說出自己的過往。然而,我們必須注意的是小說中「從慰安所逃出時帶著梅毒菌」(《最後一個人》,頁146)的她下定決心站出來證言的這件事。這意味著她決定用盡餘生來對抗慰安婦所帶有的生理疾患以及社會病理症狀,而非屈服於它們。這是一種存在主義的決心。

　　可想而知的是小說裡的人物要做出這種存在主義的決心,其實並不容易。「聆聽的時間」裡,盡可能地閱讀慰安婦那深沉的苦難以及圍繞於苦痛的所有歲月。小說裡的人物「我」以作家的身分錄下曾是慰安婦的「黃姓老奶奶」的證言後,身體開始發燒。向黃老奶奶進行的口述訪問,很難有新的進度。這是因為黃老奶奶那沒有間距的人際關係以及必須盡全力才能耐著性子傾聽她的話語。黃老奶奶的話語「就像死掉的魚一樣,一個一個各自漂浮,口中的單字無法依照文意排列,所以惴惴不安。」「無法組合出主詞、受詞、修飾語、術

語」（《聆聽的時間》，頁24）。此外，很多的時候，黃老奶奶根本不說話、保持一貫的沉默。我們來看看以下有關黃老奶奶的證言。

> 胸前的刀……大鏡子一個……那天晚上……北方……是怎麼來到了這裡？……唱歌吧，跳舞吧……是怎麼來到了這裡？……惠美子姊姊……十七歲……八千子……清子……是怎麼來到了這裡？……はやくはやく（快點快點）……是怎麼來到了這裡？……紫色的洋裝……滿洲……摘木棉花……台灣……算命說我會死……唱歌吧，跳舞吧……想念……大鏡子一個……請不要回信……十二歲……いちにさんし（一二三四）……唱歌吧，跳舞吧……蔚藍天空裡的飛機……我的心離開了……新加坡……仰光……秀子、昭子、澄子、雅子、時子、梅子、小綠……胸前的刀……從南方來了好多軍人……（《聆聽的時間》，頁47-48）

即使是好不容易聽到的證言，正如其在詞語與詞語之間、表達與表達之間的省略號——也就是沉默的停頓——所顯示的那樣，在需要彙集某些事案信息這一點上，該證言作為證據並無效力。然而，諷刺的是，正是因為這樣，黃老奶奶的證言具

有非常珍貴的「口述」證言的價值。就「文字─文本」的錄音記錄來看，「黃老奶奶」的證言表現方式，完全不具有任何的意義，反而類似一種充滿暗號、讓人毫無頭緒的文章。但是，五十年以來，「她作為躲藏起來的被害者」（《聆聽的時間》，頁49）──黃老奶奶在慰安所裡得到淋病、梅毒、鴉片中毒等疾病，爾後因為精神異常、癡呆而被家人與社會徹底隔離在外，在只有自己一個人的靜默時間裡，過著靜止的生活。因此，「我」的證言收集作業與既有的作業方式完全不同，應該要深入鑽研「口述證言」的本質。我們必須聆聽錄音帶裡約有十分多鐘長的沉默「嘶……嘶……」（《聆聽的時間》，頁139）。在那段沉默裡充滿著「她的表情、肢體動作、歎息、眼神、臉色、視線、瞳孔的顫動、猶豫、眼淚……因為這都是她說不出來的那些話。」（《聆聽的時間》，頁9-10）「我」真正必須注入心血聆聽的是這些帶有沉默的「口述證言」[10]。這是「口述證言敘事」所具有的再現感

---

[10] 最近我開始關注「口述證言敘事」所具有的口語演示再現方式。「口述證言敘事」屬於「口語演示再現」的一種。「口語演示再現」是一種非常有力的敘事策略，足以再現慰安婦那前所未聞、難以用言語敘述的受害者生活方面。因此，我關注濟州4‧3事件受害女性本身的語言（這裡所說的語言不僅包括一般的口語表現，也包含了喃喃自語、表情、肢體動作、歎息、沉默等多樣且非一般的語言表現。）所直接呈現的演示。我發現濟州島女性在口述證言的過程中，凝視自身的受難史、重構自身的存在，並更進一步地告訴自己那是一段不可抗力的受難史，然後建構足以治癒過往傷痕的自我尊嚴。請參考高明徹，

應力。也是「文字─文本」所無法達成的部分。他的小說嚴厲地批判歷史理性層面完全不願努力去理解慰安婦身心疾病所蘊含的殖民歷史的疾病。不僅如此,他的小說也是一種對於這個時代依舊與日本殖民勢力共謀而無法徹底清算日本殖民主義的怨恨(ressentiment)與情動(affect)[11]。

在這裡我們要關注的是,金息筆下的慰安婦「口述證言敘述」裡容易被忽略的部分。那就是在她們證言的過程裡,超越國家與民族的界線,連結了其他跟她們一樣,在戰爭中受到性暴力、生存價值受到毀損的亞洲女性。韓國慰安婦奶奶吉元玉(1928-)對越戰的受害女性傳達的訊息:「你們已經被壓得夠低了,現在只能站起來了。」[12]此外,吉元玉遇到在伊斯蘭國家裡,成為性奴隸受害者的伊拉克少數民族女性後,向她分享了證言所具有的力量,「很痛,對吧?我懂你的痛⋯⋯。再痛苦,也要說出來。」[13]如上所述,金息的「口

〈後殖民冷戰時期的東亞底層:「4‧3事件證言敘事」〉,《耽羅文化》67期(2021年)。
[11] 在《聆聽的時間》裡的最後一部分出現如下的證言方式。小說透過刪節號與句子間的沉默來說明慰安婦被當成性愛玩具、淪為性奴隸並且失去人的尊嚴所產生的怨恨(ressentiment)。「拿走我全部的身體⋯⋯因此⋯⋯我沒有身體⋯⋯因為都被拿走了⋯⋯就算死也沒辦法⋯⋯因為我身體沒了⋯⋯流血了⋯⋯因為血從眼裡流出來了⋯⋯那裡⋯⋯窟洞裡⋯⋯即使閉眼,血依舊在流⋯⋯」。同註5,頁163-164。
[12] 同註7,頁58。
[13] 同註7,頁87。

述證言敘事」裡弱者的傷痕與痛苦超越了近代以「文字―文本」為中心的再現敘事及其具有的生命權利統治界線,並擁有超越國際主義、彼此相互連結的感應力。

三、孫洪奎:疾病的隱喻與「記憶的敘事感應力」

孫洪奎作品裡有關疾病的小說再現方式與金息筆下的慰安婦「口述證言敘事」有顯著的不同。孫洪奎作品裡的疾病駕馭了整體敘事或是位於敘事的深層位置。它就像是地震震央一般,我們不知道它何時會產生地震震波、造成地表破裂、發揮嚴重的破壞力、威力。因此,孫洪奎作品裡,雖然存在著疾病的病理原因,但是作者的敘述卻不聚焦於探究與該病因直接相關的疾病。這是因為孫洪奎作品裡的疾病是一種社會病理症狀,並與隱喻扮演不一樣的功能。但是,我們也不能說他筆下的疾病完全與「疾病的隱喻」[14]無關。但是,本文想要再次強調的是:孫洪奎作品裡的疾病位於敘事的中心點,它是一股離心力,凝聚形成作品的所有要素,且它並不著重於過往近代小說的敘事功能――探究患有社會病理症狀的世界。

---

[14] 蘇珊・桑塔格(Susan Sontag)著,李在源譯,《疾病的隱喻》(首爾:ewhobook,2002年)。

「口述證言」與「記憶感應」：金息和孫洪奎的疾病敘事

　　首先，我們先分析孫洪奎的長篇小說《首爾》（2014）。如同「首爾是一種中陰身」[15]的這句話，我們可以知道這本小說是一種討論末世論的啟示錄或災難的敘述[16]。事實上，一般處理世界末日的敘事都會處理造成世界末日的原因與其他相關事項，因此近代小說可以扮演我們無法否認、摒棄的角色──省思與啟蒙。

　　然而，《首爾》卻與那樣的敘事方式完全不同。在《首爾》裡並未提到首爾為何被轟炸機攻擊並變成一片廢墟，也沒說明為什麼人們無法安全地在街道上散步並且充滿著極度的恐懼與警戒心。不僅如此，小說裡也沒有提到為什麼人們必須受到不知道什麼時候會出沒的怪漢與野獸的攻擊，然後有生命危險。更重要的是，小說裡也未說明匿名登場的各人物們（少年與他弟弟、女人、少女、爺爺）徘徊在首爾街頭的原因，是因為首爾不再適合生存，所以他們必須離開首爾，然後急切地尋找其他可以確保生存與安全的安全地帶嗎？以及在這個過程裡，盡心盡力照顧患了不明原因疾病的弟弟的「他」在追求的價值是什麼？小說並未出現有關上述各種疑問的頭緒。但相對

---

[15] 孫洪奎，《首爾》（首爾：創批，2014年），頁17。以下引用直接於內文末標示書名及頁碼。
[16] 有關孫洪奎《首爾》的代表性論述請參考Kim, Young-Sam，〈毫無救援的災難敘事與厭惡的情緒〉，《現代小說研究》78期（2020年）；Moon, Hyong-Jun，〈超越啟示錄的啟示錄〉，《子音與母音》2014年冬季號（2014年）。

地,在小說裡,就像登場人物患有無法治癒的疾病、慢慢地變成中陰身並逐漸接近死亡一般,在「首爾=中陰身」隱喻方式底下,小說其實正在批判那也無法治癒的(也許會死的)首爾。這就像是近代小說所具有的政治論理批判的寫作手法。

> 「有誰知道今日我們所目擊的東西代表什麼意義?好像看到了那些總在我們身邊徘徊,而我們卻看不到的那些幽靈們來這個城市上班的感覺。」
> 「曾經有一段時間,那些幽靈就是我們自己吧?」
> 「在那裡……我無法說我不在……」
> 「那在這裡的我們是什麼?」
> 「他們終究是看不到的那些幽靈。」
> 「這個城市會記住我們嗎?」
> 「會的。而且總有一天我們會跟他們一樣再次出沒在這裡。」(《首爾》,頁235)

徘徊在白天的首爾街頭、受到怪漢們致命地襲擊,然後好不容易才擺脫危機的小說人物們告訴了我們「怪漢=幽靈」的隱喻認知。然而,在這樣的隱喻認知裡要注意的是「我們」與怪漢做區分並形成「他者—幽靈」的同時,就「怪漢」的立場來看,「我們」也被視為「他者—幽靈」。若此,在成為廢墟的

首爾裡,將所有存在區分成「我們」/怪漢(他者)沒有意義的。所有的存在都是「他者―幽靈」。在這裡重要的不是要不要以政治倫理的角度來判斷幽靈的存在,而是首爾這個巨大都市是否記得這些幽靈的存在。雖然,小說裡首爾充滿著無法理解的疾病、恐怖、廢墟、滅絕與死亡的風景,但作者卻透過「充滿活力的廢墟」(《首爾》,頁191)的隱喻認知來顛覆首爾的所有東西。這反映出作者對首爾的批判――「對世界上的所有事情毫無關心,但又因為無法完全置身事外,所以一邊狼吞虎嚥地處理這世界交代的所有事情,一邊又只能毫無熱情地」過日子的人們就是那充滿「殭屍」的首爾(《首爾》,頁233)。因此,我們必須注意以下敘述――「少年有時候在想:這個已經成為廢墟的首爾是否就是那個很久以前在自己內心裡已經設計、建設好的城市?」(《首爾》,頁21)也就是說,作者認為因疾病猖獗、怪漢與禽獸不斷襲擊、轟炸機到處肆意攻擊而變成廢墟的首爾,其實是小說裡少年內心的一種作為隱喻的「反面烏托邦(Dystopia)」。作者以隱喻的方式――「首爾=中陰身」,說明首爾已經是患有致死疾病的大都市。他以「首爾=中陰身」的隱喻方式,來說明首爾已被近代都市的成長主義至上神話給蒙蔽雙眼,並在首爾中心主義與都市殖民主義底下,透過制度與生命權力,逐漸吸收、同化周邊地區的,「把其他世界召喚到這個世界來的耀眼

地獄」(《首爾》,頁279)。這是一種難以超越、有如啟示錄般的赤裸裸的現實。但「就算世界滅亡,人類的悲傷也會如生長在荒野上的雜草一般,留在這個地球上」(《首爾》,頁110),孫洪奎並不全面否認啟示錄,但卻凝視從啟示錄夾縫裡一點一點地蔓延出來的人類淒慘的悲傷。這其中充滿著孫洪奎筆下的敘事感應力[17]。

然而,我們必須注意的是孫洪奎將首爾隱喻成生重病、即將死亡的認知裡,小說各人物的記憶扮演相當重要的角色。對孫洪奎來說,就算在反面烏托邦裡,「記憶」過去的事物是一件沒有意義的事情、一種鄙陋的生活,但其實「記憶」與人存在的尊嚴是不可分割的。不僅如此,「記憶」可以治癒個人的傷痕、苦痛以及恢復與他人關係。「記憶」是一種人類的權能。而孫洪奎筆下與「記憶」相關的敘事則由小說人物的譫妄與失智症狀所再現而成的。

---

[17] 孫洪奎的反面烏托邦的想像力——將首爾理解成「疾病的隱諭認知」裡,有作者想要強調的部分。作者在這樣的「疾病的隱諭認知」底下,並未強調人類滅絕與世界末日,而是相信人們夢想中的首爾潛在力——人們相信此時此地被隱喻為「巨大都市——首爾」的反面烏托邦,在日後終將充滿活力,他終將是足以讓人們幸福生活的「首爾」。「就像在小說的最後出現新的時代、新的篇章,廢墟之後的下一個時代,將有足以讓人們居住的地方。在那裡,人們將更加自由、更加幸福。我也想在那裡生活。因為是不屬於我的世界,所以更加地想念。因此,如果透過這本小說可以讓人大家知道:那股讓首爾變成廢墟的力量是絲毫無法撼動首爾的夢,那麼一切就足夠了。如果人那樣的夢想,還是正確的話。」(《首爾》,頁282)

「口述證言」與「記憶感應」：金息和孫洪奎的疾病敘事

在〈撿拾眼淚的庭院〉（2022）與〈預言者〉（2016）這兩篇短篇小說裡，可以看到上面所說的孫洪奎小說敘事方式。事實上，我們可以看到作者透過這些作品，發揮對「記憶」敘事的極致探究。然而，諷刺的是作者依舊必須要很努力地探究有關喪失記憶、記憶不存在者的「記憶」敘事再現。這是因為記憶所具有的美學力量——「記憶就像是流向過往的水流，它越是流向遙遠的地方越像到達海的深處，又深又遼闊。」[18]不論腦神經醫學與腦科學如何地發達，也無法充分地說明與記憶相關的臨床病理現象和醫學機制。作者的敘事是一種人文學科的「記憶」探究，而它絕對不能被詆毀成非科學的。因此我們必須凝視以下內容。

> 隨著歲月的流逝，那些悲傷、委屈或是悲慘的事情就會稀釋，它再也無法折磨我們了。但是，沒有記憶是可以被完美抹去的。別說是抹去了，記憶不會有所損傷，它會藏在身體裡的某個深處。所謂失去記憶的人……連自己失去記憶的事實都不記得了，所以他們被困在一個無法向其他人訴說、只有自己一個人的記憶裡，並感受著痛苦。他們連那折磨自己的記憶是不是自己都不知道並

---

[18] 孫洪奎，〈預言者〉，收入《你無法過去》（首爾：創批，2020年），頁19。

> 充滿著困惑。失去記憶的姑姑越是閱讀記憶越是痛苦。
> （《首爾》，頁233）

小說裡，姑姑因為一場事故而失去了年紀尚輕的女兒。現在的她因為抗憂鬱藥與安眠藥的過度服用以及藥物中毒而出現越來越嚴重譫妄與失智症狀。在這裡，作者關注的不是完全消失的記憶，而是潛藏在身體深處的東西。而逐漸失去記憶的他們被困在位於深淵的記憶裡，並且因為譫妄或是失智症狀而受到各種生命權力的統治。如果是那樣的話，蜷縮於人類身體深處的記憶就此被封印起來了嗎？與此相關的精神分析學、生命科學的論述就先暫且擱下。有趣的是短篇小說〈預言者〉裡，出現失智症狀的老人「只預言已經過去的事情」[19]，因此他「覺得反覆回憶其他村民已經忘記的事情，感覺還不錯」[20]。而其他人難以相信的過往記憶被召喚成為老人的記憶。如此一般，記憶的魔術力量不會屈服於精神異常症狀（伴隨著記憶喪失、記憶不存在）的壓迫。如同金息筆下的慰安婦「口述證言敘事」的小說再現是支撐著整個記憶的魔法力量，孫洪奎筆下與人類威嚴息息相關的「記憶」則執行人類的權能。

---

[19] 同註18，頁26。
[20] 同註18，頁27。

「口述證言」與「記憶感應」：金息和孫洪奎的疾病敘事 <<

這樣的人類權能增加了孫洪奎特有的敘事再現感應力的深度。就像短篇小說〈蔚藍的括號〉（2007）的結尾裡，為了生存與生活而不知道自己已經慢性農藥中毒且最終被送到急診室的老婦人，在她與女兒斷斷續續的對話裡，出現了她一生辛苦的記憶片段。

雖然女兒小心翼翼地轉動著輪椅，但他仍舊感到恐懼。就像是搭在小船上，卻遇到暴風雨的心情。昨夜也是那麼地暈眩。而且突然呼吸急迫、失去意識。他也許是怕女兒有所察覺，所以勉強地繼續說話。雖然上一次上去……遇到你哥哥的時候已經說過了，但是……我對你們沒有任何的期待。你們只要跟其他人一樣活著就好……。我不會叫你們要賺很多錢，……也不會要你們贏過比其他人。只是……希望你們不要被其他人指指點點。我期待的就只有這樣而已。……如果可以不要挨餓……可以活得像個人……。他感覺到女兒的手觸碰著自己的額頭。媽媽，你沒事吧？出了冷汗。可能是風太冷了。要進去了嗎？他努力的舉起手並指向天上的雲。孩子啊，那個啊……那個是不是很像爆米花啊？……每當孤單、肚子餓的時候……只要那樣想的話……就能堅持下去了。也許這是最後一次了。終究是要枯萎了。到

227

了這個年紀還不承認那裡其實也包括自己的話，還真有點不好意思。[21]

預知生命將盡的老人向女兒說的話，雖然是已經向兒子說過的內容，但是他其實告訴了女兒過去以來支撐著自己活著的真相。那不是什麼很特別或是很珍貴的東西。只要可以「活得像個人」，就已經是很大的滿足了。在韓國近代史的桎梏裡，再以沒有什麼政治倫理的紀律比這個更難守護的了。如果用其他方式來說明「活得像個人」，就是人存在的尊嚴沒有受到毀損並過著自然而然的生活。孫洪奎筆下有關「記憶」的敘事即展現出這種活得像個人的自然生活基礎。

四、期待深入探究COVID-19敘事的出現

本文聚焦於二十一世紀韓國年輕世代作家中金息與孫洪奎作品裡有關疾病的敘事內容。就像「疾病是由文明所造成的，而疾病又造就文明」[22]這句話所說的，兩位作家筆下與疾病相關的敘事與近代文明世界息息相關。朝鮮女性因為太平洋

---

[21] 孫洪奎，〈蔚藍的括號〉，《奉變曰：》（首爾：創批，2008），頁216-217。
[22] 黃尚翼編，《透過文明與疾病看待人類的歷史》（首爾：hanulim，1998年），頁20。

戰爭、日本帝國的戰時動員體制而被犧牲。對她們來說，日本軍慰安所就是一個地獄、一個充滿各種踐踏、摧毀身心的疾病溫床。金息以金息式「口述證言敘事」的小說再現方式，探究慰安婦的身心疾病及其相關的社會病理症狀，並且盡到小說的社會倫理責任。而這樣的小說社會倫理責任是以「文字─文本」為中心的近代文學所難以完全接近的部分。而我們要注意的是孫洪奎的敘事內容並不著重於對疾病敘事的探究，但是他筆下有關疾病的隱喻認知──「首爾＝中陰身」的啟示錄卻自然而然地形成政治倫理批判。不僅如此，在那樣的過程裡，作為維持人類尊嚴的核心──與「記憶」相關的敘事探究是孫洪奎小說所進行的一種政治倫理省察。在孫洪奎的小說裡「記憶」是人類存在的權能，而與「記憶」相關的敘事感應力也倍增。

　　最後，本文試著思考從金息、孫洪奎作品裡有關疾病的敘事到我們終究會遇到的COVID-19相關敘事。如同這篇文章開頭所說的，二十一世紀的嚴重流行性疾病仍是現在進行式，而它所伴隨的社會病理症候遠超過COVID-19所具有的病理性危險，並且嚴重地威脅著世界上弱勢族群的生存與幸福。也許是我孤陋寡聞，但是目前韓國文壇似乎尚未正式出現有關嚴重影響韓國社會的COVID-19小說。詩與小說不同，詩可以對世界的痛苦展開較為靈敏的文學對應。基於這樣，也許

仍需要多一點時間才會出現足以全面網羅二十一世紀嚴重流行性疾病及其相關臨床病理學、社會病理、政治倫理事件的敘事內容。正因如此，如果說從2020年開始即具有快速傳染力，直到現在也如感冒病毒一般、難以消停的COVID-19病毒必須與人類並存的話，那我們就不可以忽略「口述證言敘事」與「記憶」相關的小說再現及其所具有的敘事探究能力。因為無論各種尖端媒體的再現技術如何的發達，我們終究不可以低估近代小說所具有的敘事感應力——足以建構磨練人類存在威嚴的語言魔術力量。

參考書目

一、專書

米歇爾・傅柯（Michael Foucault）著，Autrement譯，《安全・領土・人口：法蘭西公學院課程1977-78》（首爾：NanJang，2011年）。
李在銑，《現代韓國小說史》（首爾：民音社，1991年）。
金泳鎬等編，《跨越舊金山和約體制》（首爾：Medici，2022）。
金息，《是否曾期待過軍人變成為天使？》（首爾：現代文學，2018年）。
金息，《聆聽的時間》（首爾：文化實驗室，2021年）。
金息，《最後一個人》（首爾：現代文學，2016年）。
孫洪奎，《你無法過去》（首爾：創批，2020年）。
孫洪奎，《奉燮曰：》（首爾：創批，2008）。
孫洪奎，《首爾》（首爾：創批，2014年）。
黃尚翼編，《透過文明與疾病看待人類的歷史》（首爾：hanulim，1998年）。

二、論文

高明徹，〈後殖民冷戰時期的東亞底層：「4・3事件證言敘事」〉，《耽羅文化》67期（2021年）。
Kim, Young-Sam，〈毫無救援的災難敘事與厭惡的情緒〉，《現代

小說研究》78期（2020年）。

Moon, Hyong-Jun，〈超越啟示錄的啟示錄〉，《子音與母音》2014年冬季號（2014年）。

三、網路資源

《ablenews》，（來源：http://www.ablenews.co.kr/news/articleView.html?idxno=87213，2020年2月25日）。

〈慰安婦受害者老奶奶的鮮明恐怖記憶：「606藥劑」（專業用語）〉，（來源：https://www.sisunnews.co.kr/news/articleView.html?idxno=41378，2016年8月28日）。

疾病與文學——台日韓作家座談會：
身體、話語與疾病想像

主持人：周芬伶（東海大學中國文學系榮譽教授／知名作家）
與談人：孫洪奎（知名作家）
　　　　中島京子（知名作家）
　　　　周芬伶（東海大學中國文學系榮譽教授／知名作家）
　　　　駱以軍（知名作家）

口　譯：詹慕如（資深口譯員）
　　　　林文玉（中國文化大學韓國語文學系助理教授）

逐字稿：李貽安（國立政治大學台灣文學研究所碩士生）

周芬伶： 很高興今天來到政大，見到許多日本、韓國寫作的朋友。主持其實有點艱難，第一有翻譯的問題，早上來的時候，發現翻譯非常需要時間，所以我做為一個主持人，我想把多一點的時間讓給中島小姐、孫先生跟駱先生，我們就講少一點，讓翻譯能夠讓他們可以暢

所欲言。我自己先對對談做一個簡單介紹。因為我有收到主辦單位給我的翻譯作品，中島小姐、孫先生他們寫作開始的時間都是在世紀初，也就是二〇〇幾年的時候。中島小姐的《東京小屋的回憶》非常受到矚目，引起讀者喜愛，被翻拍成電影，入圍柏林影展。這個小說我有看，等一下可以分享一下，如果有時間，我再講一下我的想法。我在想，我們對彼此作品做一個感想，這樣的對談比較好。如果要對談的話，花的時間必然就會非常多。因為都是寫作者，我們可以各自用自己的寫作經驗來說明，我們在處理這種疾病題材的時候，用什麼方法，以及當時是什麼樣的情境，怎麼讓現實跟幻想做結合。然後第二部分就可以談有關於翻譯的問題。

我對於韓國文學或日本文學都非常有興趣，又是鄰近的國家，在文化上也有很強大的共感。但是我在課堂上要教韓國文學或日本文學的時候，我發現翻譯都會晚差不多十年左右，比如中島小姐的作品，《東京小屋的回憶》是2010年的作品，可是在台灣，讀者要去做研究的還是非常的不容易。孫先生一樣也是崛起於世紀初，他的作品就比較沒有被翻譯到台灣，但是他的作品很重要，就是在韓國，幾乎所有的

重要場合都得過一遍。然後有關於疾病,剛剛說對城市、像首爾的描寫,他把首爾比喻成在疫病中的首爾,就很像一個「中陰身」一樣,它不是死亡,也不是喪失,而是一個中陰身,一個彌留的狀態,我覺得這個比喻是很妙的。然後他當兵的時候,也學到「滅寂」的一個經驗,這個滅寂對於這種心理的創傷,還有肉體的創傷是有很大的後遺症的。我讀了覺得很值得台灣重視,在一個我們共同面臨的,這個世界、全球的大疫當中,去關注人怎麼樣繼續活下去,以及這場大疫之後,後代的人會怎麼看我們。經過百年後,人們怎麼看我們所經歷這麼痛苦的三年,人們會怎麼講?會不會淡淡的?我會講,你說,那不過就是上世紀的事了,那不過就是三年的時間,但是這是一個非常實在的、很有實感的三年。我們的生活都改變了,所有包括對於遠方、然後異國的幻想幻滅了。因為大家都在疫病,大家都在封城,因為疫病、封城,讓所有人都一樣,都像喪屍一樣,然後整個城市呢?爾如空城。你會想要到那裡去,去接收他們的痛苦嗎?所以這也是一個我內心非常掙扎的問題。就是說,我們在受苦中,我們能感受到遠方的痛苦嗎?在這樣一個世界共同的一種痛苦當中,做為

一個初學者,怎麼寫出這一種好像大家都知道的一件事,要把它特殊化,這件事情必然是困難的。我們現在請中島小姐先講。

中島京子:各位大家好,我是中島京子,今天非常開心能夠在這邊見到大家。其實我明天早上有一個演講,在這個演講的時段,剛好不會用剛剛周老師提到的新冠疫情主題跟大家分享,新冠疫情跟文學可能有的關係。不過在接下來這段時間,我比較想要跟大家分享的是,我之前的另外一個作品《漫長的告別》,這個作品好像還沒有翻譯成中譯版。我會用這本書來分享,我對於疾病跟文學的看法。《漫長的告別》這個書名其實是從英文來的,就是The Long Goodbye,是在美國稱呼阿茲海默症,就是得了失智症的人,他們用這樣子的一句話來形容這些人。剛剛講到在英文裡面用The Long Goodbye稱呼這些失智症的人,是因為得了失智症的人,其實是慢慢、慢慢的失去了他的記憶,然後跟活在自己身邊的人的距離越來越遠,最後走向死亡。我自己的父親也曾經被診斷為阿茲海默症,經過了十年的時間之後過世,我就把這段經歷寫成了一本小說,就是《漫長的告別》。我不曉得各位

對於失智症,或者是阿茲海默症,聽到這個名詞、這樣的病名的時候,大家會有什麼樣的感覺。我父親離世已經十年,加上他被診斷為阿茲海默症,是再十年之前的事情。也就是說,我第一次知道、接觸到這個疾病,是二十年前的事情。二十年前,大家一聽到失智症、阿茲海默症,會覺得這個人完蛋了。他是不是因此就可能不能夠過正常人的生活,不再是一個正常、完整的人了?我們現在中文叫失智,日文叫「認知症」,但是大概二十年前我們可能都叫他「癡呆症」,日文也是一樣叫癡呆症。所以大家會有一個偏見,覺得得了這個病之後,他整個人就是呆呆、傻傻的。

我知道我父親的病,一開始是非常的震驚,也非常的難過。但我並沒有跟我父親住在一起,我住在東京,父親住在埼玉縣,我跟他有一段距離,但我發現,每一次我回去看他的時候,好像這個患者的狀況,並沒有我原先所想像的,完全是充滿了很難過、很悲傷的狀況。當中有時候也會發生一些讓我覺得還蠻有趣、蠻可愛的事情。因為我父親得病之後,很快就忘了我是誰。他也叫不出我的名字,但是他莫名的知道「這是一個跟我可能很親近的人」,他

大概對我的感覺是這樣。有一天我開車載我父親，我父親坐在前座、我的隔壁，然後我們開始聊一些以前的事情，因為我發現他聊起往事都會特別的有精神。我們聊了很多，我父親的兄弟姊妹，我的姑姑、叔叔伯伯的事情。他聊得非常開心，然後他興致一來，突然轉頭看向我，就說「那你是誰的女兒」。我那時候非常的吃驚，差點就踩煞車。那時候心裡並沒有很難過的心情，我只是想瞪著他，然後想你胡說八道什麼，我是你女兒。所以在我父親還能夠講話的時候，其實我們有過不少這種很有趣的對話經驗。

在他還能夠走動的時候，有一次，我們也是心想，如果能夠出國旅行的話，大概是父親最後的一次機會。再加上因為我的姊姊跟法國人結婚，她住在法國，所以我就決定帶著父母親一起到法國去找姊姊。我們去法國的時候，我父親整個人非常開心，狀態非常好，我們也是一樣。坐在車上，車子經過巴黎市區的時候，看到塞納河流過。我父親看著塞納河，因為我父親是埼玉縣人，埼玉縣跟東京之間，有一條很大的荒川，於是我父親就很開心的跟孫子介紹，「你看那一條美麗的河，就是我們的荒川。」在

我父親得病的這十年,其實我們在生活中發生了不少這種有趣的事情。

　　因為今天時間有限,可能不能跟大家分享太多。我最後再跟大家分享一個小小的事件,我們今天這個座談的主題是疾病、語言跟記憶,所以我特別把父親的這件事情跟大家分享。就是我父親到疾病的後期,他的語言能力逐漸退化,一開始可能比方說他拿著這個寶特瓶,但是他說不出它真正的名字,他可能說這是學校之類的。或者是說,他可能會講出一些聽起來像是單字,但其實完全沒有任何意義的字,就是他語言能力逐漸的崩毀。有一次,在我父親這樣一個語言狀況的情形下,我跟他通電話。那天我非常的累,我在工作上遇到了一些不順心的事情,整個人的狀況非常不好。我跟父親通電話的時候,心想反正你現在可能也聽不懂我在講什麼,我就隨便跟你抱怨,我就盡情在電話這一頭,抱怨自己的生活。結果我講完之後,父親開始安慰我。事實上他完全沒有一個字是正常的,我完全聽不懂他到底在講什麼,是一些支離破碎的單字。可是,我可以從他的一些語調,或者是他傳達出來的情感,我非常清楚的知道,他試圖安慰我。

我剛講到,在過去可能二十年前的日本,大家會覺得一個人得了失智症之後,這個人就完了、就毀了,可是我完全不這麼覺得。當然一個人得失智症之後,他會有失去的東西。可是我覺得,他還是有保留在這個人身上的一些情感。我很想要把這些情感記錄下來,所以我寫了《漫長的告別》這本書。就像早上星野先生也有提到,他說其實我們不想用一條非常明顯的界線來區分所謂「健康的人」跟「不健康的人」。在這當中,當然過程中也會有一些覺得很難過的事情,但是我們要用一個接納的心態來接受這一切。今天剛好有這個機會跟大家分享一下,我跟我父親的故事。

周芬伶:中島小姐的人跟她的作品我覺得很一致,因為我看她的作品的時候,就覺得她是一個個性很好、然後溫柔敦厚、生活憂鬱,但是充滿批判力的人,也是一個活潑的人。因為在《東京小屋的回憶》裡面,雖然沒有什麼疾病的書寫,但她藉一個從鄉下來的女傭,在一個富裕的人家當幫傭,有點像是石黑一雄的《長夜》,從很長的一段時間,然後把昭和時代的一種上流社會生活顯現出來。這中間又經過了戰亂,最後這

個小屋被毀了,就寫這樣的經過。但裡面藏有一個伏筆,就是有一個畫家,他跟這個家庭裡面的美麗的太太有一段曖昧之情,他們在分開的時候,這個畫家要上戰場的時候,這位太太很想要對他表白,要給他一個紙條,可是這個女傭把它收起來,因為她覺得在戰爭中不能做這件事情,不能做偷偷摸摸的事情,而且她很崇拜她的太太。我覺得她是在幫助她,可是一直到很久很久以後成為文獻,等到這個畫家的作品出來,他有一段對於那個事情的評論。所以,它不是懷舊型的文章,因為很多是出於階級跟社會的變遷,還有戰爭對於日本人的一種毀壞,我覺得這個層次非常豐富。我們接下來,是不是請孫先生講一下,你的作品《首爾》的「中陰身」,大家為什麼會把《首爾》比喻成「中陰身」,還有就是你在個作品裡面描寫到「滅寂」的這樣子的一個情節。

孫洪奎:謝謝大家。我是從首爾來,寫小說的。我很榮幸,能夠在這個有意義的場合,跟大家見面。我覺得人呢,不是年齡增長的人,而是堆積一些故事的人。這是我第一次來台灣,我覺得,這一次是我跟台灣的第一個故事開始,然後在這樣的場合,我跟大家的第一

個故事也開始。我相信今天我跟大家的這個故事,在後來某一天,當我很累、有苦惱的時候,可以成為一個很重要的故事,然後讓我可以重新振作。主持人剛才向我提出一個我很難回答的一個問題。在其他場合,如果我接到這個問題,我也是會像這樣回答。我寫這一篇小說,已經非常的辛苦,非常的累、快累死了。如果突然問我說你為什麼寫這個小說,我要怎麼回答呢?老實說,我對我的小說說出來的話,其實大多數的人都很失望。大家都以為小說裡面,是有一個什麼了不起的大事情。說出來之後,每個人都覺得,原來是這樣。所以如果讓我談論我的小說,我覺得我會露餡。

我寫這個小說,其實是一個契機。我的朋友裡面,有一個是國選律師。所謂的國選律師,就是國家幫你安排的。有一些很窮困的人,或者是第三階層的人,沒有辦法自己花錢請律師的時候,國家會幫忙安排的律師。我這個朋友每當遇到一些案件,他覺得這個是作為一個寫小說的朋友會感興趣的主題,都會主動打電話跟我講。這是我寫小說的契機,其實這故事並不是這麼輕鬆的故事。

這個朋友本來是要幫一個少年犯辯護,因為他聽

到這個少年犯的一些故事,就跟我分享。在小說裡面,其實我也是這樣說:有一對很小的兄弟,有一天父親帶著這對兄弟,到公寓的頂樓。這對兄弟不知道為什麼爸爸帶他們到屋頂,所以高興地上去了。可是,其實爸爸帶著兄弟上去的原因,其實是想要把這對兄弟從屋頂丟下去。原因是他有債務,韓幣三百萬。這個爸爸勒著這對兄弟的脖子,想要把他丟下去的那個瞬間,突然間電話響了。他的姑姑,就是這個爸爸的姊姊、或是妹妹,突然間打電話來說,抽到一百萬。他爸爸本來是想把兄弟丟下去,可是因為抽到一百萬,所以他又帶著這對兄弟下來。我聽到這個故事,在二十一世紀的韓國,竟然會發生這樣的事情。我覺得完全沒有辦法想像,只不過是一百萬,這麼一點點錢,可是其實很多人都是因為錢的關係會活不下去。

我們可能因為一萬韓幣死亡,或是因為一億,或是一百億而死亡,所以這樣的想法讓我覺得,我們活在這個世界,是什麼會讓我們活下來?或者是什麼會讓我們死亡?這件事情非常觸動我,所以成為寫這個小說的一個原因。如果再說下去,我真的會露餡,所以我大概就講到這裡。

那主持人說的「中陰身」的這個概念，其實是跟佛教的概念比較相關。我其實本身不是佛教徒，是從小時候開始，因為我的耳朵很大，所以有很多人常常說我像佛，可是當然不是因為這樣才有跟佛教有關。這個「中陰身」就是人死了之後，在輪迴之前這個階段的過程，就好像殭屍的概念。雖然死了，可是不是真正的死亡，雖然活著，可是不是真正的活著的狀態。雖然都在呼吸、活著，難道可以說，這樣就算是活著了嗎？就是像這樣子，「呼吸就是活著」這樣的一個象徵意義。我把這個帶入到「中陰身」。我的話就到此為止，謝謝大家。

周芬伶：謝謝孫先生。他的個性好像跟中島不太一樣，不過大家看到小說家在聊作品的時候，其實是很個性化、很生活化的，那就會露出自己的本性。這樣的內斂、這麼嚴肅的去思考問題，相信他的小說也是非常縝密的，會走向這樣的一條路線。有關於小說的縝密性以及嚴肅性，我們就要問，駱以軍你的作品嚴肅、內斂嗎？

駱以軍：中島女士和孫先生，你們好，歡迎你們。我剛剛很感

動,聽到中島女士講她父親的阿茲海默症,跟我父親完全是一樣的狀況,而且也是十年。當時我們非常無知,那個時候,我大概三十歲左右。我跟妳倒過來,我跟我太太住鄉下。我、媽媽、哥哥姊姊,我們家人都不知道其實那就是痴呆症,我們缺乏那種醫療的知識。我當時因為想要創作,也沒有收入,又意外生了小孩,對未來是很恐懼的。可是我爸爸每天會打電話,跟我講很多,就像剛剛中島女士說的,他會對過去的事情非常的清楚,然後他會講很多,誰對不起他,他的結拜兄弟,誰對不起他。後來我就在電話裡很不耐煩的罵他,說「你講的這些人根本早在幾年前就死了」,就是又回到很像孫先生講的中陰身的感覺。

我覺得我有一種恐懼,就是在我小孩的眼中,現在的我是不是其實已經開始有老年痴呆症。我在家裡講話的時候,常常被我小孩喝斥怒罵。我也有產生這種狀況,就是我覺得我有一種疾病,這種疾病是,後來有一個很會算命的小女生算西洋星盤,說我是一種很特別的星盤,我的主星全部在第八宮,跟錢、事業都沒有關係,全部在死亡。第八宮管的是冥王星,我這個人生,在這個世界上,照星盤說我就是天生要寫

小說的。我是一個天生的小說家，我生命最重要的主題，全部在死亡、性、暴力、第八宮。我就問她，如果我當時沒有寫小說，我會變成一個什麼。她說你會是在林森北路的泊車小弟，然後某一次幫派大哥衝撞，就被砍死。我的腦袋，好像缺乏我跟他人的分野，也就是我就剛剛孫先生講的，用這個佛教來講。

　　我的老師楊澤，後來跟我比較熟，他就了解我，說我對於他人的感受，感知心非常強。其實剛才芬伶在講，我覺得我自己不會長壽。我覺得這幾年光在電視上看到疫情發生，一開始，在義大利死亡、在歐洲死亡，然後再到美國，有一段時間是印度。我覺得我內心的那個痛苦，我會告訴自己，我不能只是像一個在網路前面消費這些痛苦的人，我要趨近於那個真實。可是那個痛苦的痛苦太大了，包括像土耳其地震、像烏克蘭戰爭的痛苦。可是事實上，過了一個禮拜，新聞又沒報導。可是當時你在那個痛苦，也是活在一個極大的地獄裡面。我怕，我這種性格就剛剛中島女士講的，我就會很想講我爸的事，然後我聽孫先生講的，我就會很想講那個地獄的事，我感知心太強了。

我有準備一個小抄，我還是照念一下。我今天在這個場合，我非常的溫暖、快樂，也遇到一些尊敬的老師。遇到芬伶姊、遇到我學姊，然後遇到陳芳明老師，很開心。遇到何致和、遇到紀大偉是我同輩的，我們同輩也到這個年紀了。可是我覺得我講這種感覺的時候，其實同輩會很難了解。我覺得甚至孫先生也會很難了解。我們這種東亞的文學孩子，其實很多時候是在什麼都不知道的時候，我們的內在就在學習遠超過我們的那些。我們透過一些，不知道是什麼人，可能是像陳芳明老師這樣的人。我們在我們什麼都還不知道的時候，也沒有那樣的家庭背景，就硬讀了一些，在二十歲的時候讀了，比如說川端康成、夏目漱石、三島由紀夫的小說。這裡面都有很強的一種，遠超過我們在這個島國經歷經驗的，過於巨大的，同時也教給我們文明，也教給我們更深層的疾病的變形。

　　我年輕的時候是很像一個野蠻人，青春期是小流氓，就是爛學校、被退學，所以是小流氓，但很好玩。我們台灣連小流氓要跟別人對決、打架，一票人要打架，弄出的姿勢姿態，都是從日本的動漫學。那種日本動漫裡的年代，黑道拿的木頭、武士刀、雙節

棍跟腳踏車的鏈鎖，打扮的都很像。我身邊那幾個是台西的，就會很好笑，會覺得你們這些是呆瓜，反正就是這種。我大學二十歲的時候開始，變得像芬伶姊講的，很嚴肅面對文學這件事。可是我很害羞，或是我念的學校很差，我沒有去正式的上文學史、文學理論或哲學課。但是當時，我有一本書是海德格的《存在與時間》，我今天專門想提一下這件事情。就是這本書現在從書架拿下來看，會發覺我二十歲是真的完全看不懂它在寫什麼，可是想把整本書生吞活剝的吃下去。我每一頁的每一行都畫很深的線，旁邊都密密麻麻，寫了一大堆疑問，可是每一個字我都看不懂。它裡面提到一個概念，我當時花很長時間，一直在看這本書，但是我大概只看了三分之一，就故障、看不懂。它裡面提到一個概念叫「此在」，其實就是現在在講話的這個，我的這個此在，可能英文是大寫的Being。我有問我小孩，是哲學系的，他說他們叫做Das Sein，就是有點像我們台灣話講的「喇賽」。

這個「此在」，其實我無法用我的作品來解釋，可是恰好可以用今天的主持人周芬伶的小說。我很希望有一天政大邀我來一場演講，談周芬伶的

《花東婦好》，這個完全可以解釋。我想講，但今天不可能有時間講清楚。她說「此在」是像無數的碎瓷片、玻璃碎片，然後很自然的混攪在我們每一個個人生命史的每一種時間樣態中。就是有點像現在講，簡化一點會講的是網路資訊海量。可是在我二十出頭的時候，世界並沒有網路，所以只能盡可能的，就是從那個時候能拿到的川端康成、馬奎斯、張愛玲、昆德拉的小說，甚至《紅樓夢》這些，像去回放、或是投影我自己的家族關係，並沒有的這種。或是說我在小流氓的這種遭遇，可能會從三島由紀夫的《金閣寺》去投影。我真實跟我的小流氓打架的時候，肉體的感覺。這其實是一種不斷的學習、一種反過來的學習。

我很長的時間，二十多歲一直到現在，可能我的書寫都是在練習著一種，我的同輩會笑，我說我叫做「微血管學派」。但是對我而言，能夠把這些破碎的時光中，也許是某些家族關係、愛情關係，或是後來碰到所謂的身分認同。我想今天范銘如學姊應該也有講，鍾文音照顧她母親的這個病的小說。

我覺得這幾年讀到一些非常讓我很感動的小說，其實都是這樣，混攪、很台灣的，很多是前現代

的,很多是我們這個生命裡已經是柔腸寸斷的、不完整的人跟人之間的小劇場。我能夠把它繼續的編製出來,我覺得這是一個寫小說非常誠實、而且非常幸福的事情。最近我看了YouTube上面的一種哲學的頻道,就是很簡單的一個YouTuber,他把很多很難的哲學變很簡單。後來我才發覺,我弄了二三十年,其實我根本讀錯海德格。我一直在讀這個「此在」,就是一直懵懵懂懂在這個時間之中的碎片,但是他說的其實我根本還沒讀,我就丟掉。後半本海德格講得很重要,他說「此在」其實是一種沉淪。「此在」會被你身邊的人,比如說我現在生病了,我不知不覺就會被我媽叫去唸佛經,然後我姊就會唸我,或是我岳父岳母在吵架,然後「此在」其實會掉在這種所謂的「所有的尋常人」的這個沉淪。「此在」是一種沉淪狀態,它說必須要到你故障的時候,就是一個槌子,你其實是在無意識的時候會拿它來釘釘子,必須這個錘子的頭掉了,你才會去思考它的物理性是為什麼。其實,反而很奇妙的是,我二三十年的書寫是在一種,我一直覺得其實我是一個很好的人,或是一個很正派的人,可是所有我同輩都說我是一個變態的人。可是我為什麼那麼變態,不是我變態,是因為我

是一個東亞的文學小孩，我用文學、用小說在探索我生命中的所謂的這些碎片。

　　我後來再讀周芬伶的《花東婦好》，那個母系家族整個瘋掉，可是每一個女性有不同瘋狂的方式，那種瘋狂都是在朝向一個，當時的歷史並沒有給予這個島嶼，可能的文明的夢想，可是他們想要去嚮往那個夢想。我覺得這個土地上很多的事，那個時候發生在太平洋戰爭末期的霍亂，戰火跟霍亂同時發生很慘，跟我們過去這三年經歷的一樣。可是她可以用這種碎片、跟個人的生病，跟所謂的前現代的家族裡面，我們前面大家在討論的性別的認同、歷史的感受，然後過早被剝奪掉。這一百年來，我們作為東亞過早被剝奪掉未來的、幸福的，或者是文明的，先被預知掉、先被別人抽取掉的，那些都留在我們的父母、我們的身邊，當然還有外省，一九四九年跑來台灣，這中間可能同時是疾病的受害者，可能是造成疾病的病原體。我先講到這邊，謝謝。

周芬伶：我想，我們在這個空間，一定是有某一種緣分。台灣人或是日本人、韓國人，我相信都會相信緣分這樣的事情。我跟駱以軍本來是仇人，因為他早期就把我寫

得很怪,所以我受到滿多的歧視,就是如果跟賴香吟一起出現,就會有人說賴香吟是良女,然後我是惡女這樣子,那其實也沒什麼。因為我們必須要寫小說,對於這種道德或者是倫理的看法,反而就跟別人比較不一樣,可能是比較有病。我們是怎麼樣和好的呢?原因是寫作,因為對寫作的理解。就是像他所說的,他沒有那種人我的界線,然後他有他感,所以他的對別人發生的事情,他馬上吸收,他馬上可以寫出來。我有一個學生很迷他,但是完全學不來的這個,因為他沒有那一種「人我不分」的感覺,完全失去界線的,我們講說失去那個人我的界線。我是可以體會這種失去人我界線的感覺,就是當我在寫作的時候,完全如入無人之境,然後也因為這樣,也是一樣會得罪滿多自己身邊的人,就是他們會變成我寫作的某一種題材,感覺好像在消費他們一樣。但事實上寫作者並不是這樣,在寫的時候,你是控制不住的,就是那一種感覺來的時候,像土石流一樣整個崩塌而來。你要做的,就是用文字把它接住,所以重要的就是要接住它,而且要接得很好。你那時候只會想到這個,你不會想到,我接住它之後會發生什麼事情?這個是寫作者沒有辦法想的。所以有時候我們在台南的

街上碰到，我們就像黑幫一樣，他把我堵在路口，因為有一次，我寫一篇文章把駱以軍寫進去了，然後他堵在我面前，說妳為什麼要寫我，我就看著他，你寫我三篇，我寫你一行，這個太不對等了吧。

後來他出《西夏旅館》的時候，我滿折服於這本小說。以前我覺得駱以軍的作品，只能寫短，不能寫長，因為他的東西比較碎片化的。但《西夏旅館》卻是一個非常大的架構，而且是後人類的書，然後也是混雜的東西。它裡面包含的一種後歷史、後哲學的概念，我覺得是很渾然一體的。所以那一次我們就做了一個和好的擁抱。以下的議題，再來就是說，我們既然是作家的交流，然後這個研討會，目的也是希望能夠多國的互相交流，所以想要了解一下，就是有關於作品的翻譯。我覺得（翻譯）都是遲到了，所以我們沒有辦法去處理鄰近國家此時此刻的文學，更何況是歐美此時此刻的文學，到我們手邊的時候，已經是二十年前、三十年前、四十年前、五十年前的作品。這種遲到的文學，永遠都是我做研究的時候感覺非常焦慮的一個問題。另外，我也想要知道，就是問孫先生跟中島小姐，不曉得在韓國或者在日本，對於台灣的文學是怎麼想像的？比如說有理解嗎？翻譯能夠

及時的去理解到此時此刻的台灣嗎？中島小姐要不要先講。

中島京子：日本雖然同樣也是在東亞的一個國家，但是其實我覺得，介紹當代的其他東亞國家的文學進到日本，這件事情是做得還滿慢的。差不多在十年前，我覺得市面上，如果要去看一些當代其他亞洲地方的文學作品，是不容易找到的。可是到了現在，我覺得已經有很大的改變了，慢慢的可以找到一些其他的國家的作品，尤其是韓國的，最近其實韓國的文學作品在日本非常的流行。幾年前曾經有《82年生的金智英》這本書在台灣，在日本也非常的流行。這本書在日本，因為它也喚起了日本女性對於自己的社會地位、家庭地位的一些反思，所以自此對於這個韓國文學作品的就更加的關注。我自己的感覺是，自從韓國像這樣的一些特別的暢銷書，帶起了這個風潮之後，亞洲的文學作品開始比較普遍的介紹到日本。這幾年來，包括台灣這邊的文學作品，也有比較持續的一直在日本出現。現在，除了我剛剛講到這種譯介到日本來的作品之外，另外也有一些是，生活在日本的台灣作家，也有幾位都陸續的在產出作品。整個加乘起來，我覺得

其實這幾年在日本認識台灣的文學作品,算是處於一個比較熱絡的狀態了。

孫洪奎:我的一個習慣是,我到一個國家之前,會先去找這個國家的文學作品來看。非常遺憾,我只看到三本台灣的小說。其實在韓國,就算是去大學圖書館的海外文學作品的一個欄位,要找到台灣作家的作品其實是非常的少。如果做個比較的話,台灣作家如果有十本的話,日本作家可能有一萬本。因為剛才我們說,在大學的圖書館,如果是台灣作家,只有這樣一小層的話,日本作家可能是一整櫃,然後到背面也全部都是,所以比較容易可以接觸到日本作家的作品,其實兩個差距滿大的。除非是專攻台灣文學的學者,因為翻譯的書真的是太少了,所以對於一般作者來講,其實連接觸或者是認識的機會都已經非常的少。雖然我自詡為閱讀的量,其實很多,就閱讀很多的書,可是對於台灣的文學作品的接觸和了解真的是太少了,所以實在是沒有辦法跟大家說,我對台灣的文學有什麼一點點的認識,或者是了解。

雖然作品很少,可是就個人的私心或想法上,因為就一個小說家的觀察,台灣跟韓國一樣,都是那一

種分裂，兩個國家就是，韓國是南北韓，台灣是台灣跟大陸之間的一個對立關係，所以感覺上有一個親近感，然後其實有很大的關係。對於這個台灣文學的一些瞭解的部分，因為我不是專家，所以可能沒有辦法再多說什麼。我非常希望多一些台灣作家的作品可以翻譯到韓國，讓我有很多可以接觸的機會，然後可以有一些跟大家交流的機會越來越增加，這個是我現在非常希望的一個部分。這個是有關剛才主持人說的翻譯跟台灣文學作品的了解的部分，謝謝大家。

周芬伶：謝謝。看來我們台灣要加油了，就是說我們的步調真的比韓國慢很多。翻譯這種事情，應該也不是都是從民間開始，應該官方也要負一點責任，因為這是一個文學的輸出。我們的文化政策，真的我覺得並沒有⋯⋯，就是把文學放在比較後面。一直就是，大家瞭解台灣，就只會做晶片，連我們中文系的，現在也改去做晶片，我說你薯片都做不好做晶片。我們接下來可以談一談，自己的作品被翻譯的感覺。我的作品有一個被翻譯成法文、有一個翻譯成日文、有一個被翻譯成英文。翻譯成日文的那個選擇，非常奇怪。法文選的都是想要了解台灣的政治，所以它是政治小

說。英文的是同一篇，就是談三一八事件，就是大撤退之夜。但是〈浪子駭雲〉這個作品，其實是我不敢拿給人家看的作品，或者說我自己羞於見人，可是它就是一個疾病書寫。

　　剛才駱以軍講到生病跟收藏的關係，我們大約同時期差不多，我就是很喜歡收藏。但因為疾病的關係，越來越戀物，也從戀物裡面去紓解精神壓力吧。所以〈浪子駭雲〉就是寫精神疾病的，所有人都是得了某種精神疾病，尤其是自己不自覺的、家族遺傳的，而且兒童的精神疾病。大概就是說，我跟我弟弟都是同胞生，但是他混黑道、我混白道。他在黑道上面就是老大，然後我就是在學術圈，所以我們互不相往來。可是有一次，我在網路上有一個網站，然後我會像作家的樣子，去回答讀者的一些問題。中間就一個酸民進來，拼命的酸我、拼命的刺我，然後弄得我很煩，就也給他很激烈的回覆。過了幾天，他又回覆了，留言上面說，其實我是你的弟弟。就是黑道白道的，終於有了交集。我弟弟剛剛從監獄出來，因為吸毒。以前吸毒要是被關，關出來其實人生就毀了。但是也因為他好像撕破你的面具一樣，就是說你裝得人模人樣，其實你跟他是一樣的。像《歌劇魅

影》那樣,每個人都是奇形怪狀的,所以我們都有精神疾病,這可能是一個家族的遺傳。

我弟很小的時候,我非常的愛他,因為他就是一個小天才。他五歲拉小提琴,在花園裡頭,我看到那個背影,都覺得想要流淚。一個五歲的小孩怎麼能夠這樣自律,這麼早起來,拉一個完整的曲子。可是這樣的人,在某一個時間點,他突然就掉下來了,不知不覺的就掉下來了,那可能是基於一種兒童的精神疾病。我覺得是一個遺傳性的精神疾病,但沒有人告訴他要怎麼做,所以他成績越來越差,最後去混黑道。我應該有這個遺傳性的疾病,但是我用看書、然後寫作,來度我自己、來救我自己,所以我沒有寫作不行,寫對我來講,就是一個治療。你不曉得你從小其實就有這個毛病,你有社交的障礙,你有學習的障礙,然後你有很多很多的trouble,都是因為你有這種遺傳性的疾病。也是那個時間點,那是一個真實的故事,然後就寫下這個作品,那個時候,我還不是太會寫小說,所以它現在被翻成了日文,我覺得滿丟臉,所以我不想要提了。可以請中島也談一下妳的作品被翻譯,以及妳的心情。

中島京子：我自己的作品當中，翻譯的比較多的，應該是剛剛周老師也有提到《東京小屋的回憶》這本書。這本書講的是第二次世界大戰前後的一些故事，剛剛老師有稍微提到，在東京的一個小小的房子裡面，就在這邊的一個太太與跟她的女傭之間發生的一些故事。我在寫這個故事的時候，我的初衷完全是出於，因為我很想要了解這個時代，所以我自己去做一些挖掘，然後把它寫成了這個故事，我一點都沒有想到說這個故事將來會被翻譯。當然，直到現在，我在寫我的任何的作品的時候，也沒有抱著可能會被翻譯的一個前提來寫。當初《東京小屋的回憶》這本書，第一個有翻譯本的，應該是韓文版先出，然後是簡中中國大陸的版本，再來是台灣的版本。當初我的編輯告訴我，這本書確定要出翻譯版的時候，其實我內心比較多的是困惑。因為這本書我們剛剛講到，它有翻成韓文版、簡中版，跟台灣的繁中版。台灣跟韓國在第二次世界大戰，是日本的殖民地，中國在我寫這個故事背景，是日本要去入侵的一個國家。我們描寫的是，在這樣的時代背景之下，在東京一個非常平凡的家裡發生的事情。所以可能會出現，今天我們打贏了、太好了。想說這些書被翻譯到這些國家，他們的讀者讀起來不

知道會有什麼感覺，我心裡其實有一點歉疚。所以我記得當初知道書要出版的時候，我其實是非常緊張的，我還特地寫了信給我在這些國家的作家朋友們，告訴他們，我寫的這些事情，都是確實發生過的，當時在戰爭下也確實都有發生這些事情，但這並不表示我支持日本，發起這個戰爭。但是我也非常的開心，後來這些書在各個國家出版翻譯的時候，並沒有發生我原本所擔心的這個現象，讀者也都是很自然的接受了這個書。

孫洪奎：關於作品翻譯，我沒有什麼可以說的，其實在韓國也沒有很暢銷的一本書，所以被翻譯的也是非常的少。其實我有沒有翻譯的作品，我自己也有一點忘記了。去年有被翻譯成日文的作品，可是我想應該這邊在座的人，沒有人會知道。我有作品被翻譯，就是《伊斯蘭肉販》這本書。雖然翻譯作品，我永遠都是會有那種開放的可能性，這個作品有可能會翻譯成作品。剛才提到的《首爾》這本書，其實出版已經是十年前的事情，可是現在才有出版社來提說想要翻譯這本書。我當然希望我的作品可以快速的被翻譯，然後快速的介紹給世界各國的一些讀者朋友。雖然已經過

了很久的時間，可是慢慢才被大家翻譯，或者是才慢慢被介紹，然後才會有這樣被討論的一個機會。雖然這種機會的要花很久的時間才會來到，可是作為一個作家，我覺得一篇一篇認真的寫下來，只有這樣做，才是作為一個作家，應該有的一個本分。我希望在座的各位學者或者是作家們，希望大家關心我的作品，然後希望大家多幫忙介紹。我就先謝謝大家了。

周芬伶：有很多作品其實被翻得太慢了，我想孫先生的作品是很令人期待的，2010年的作品到現在，台灣還沒有翻出來，我覺得台灣要加油。駱以軍已經很多，你要不要分享一下？

駱以軍：我現在只有一本被翻成英文，而且那本我自己也覺得怪怪的，就是《遠方》。那本可能很好翻譯，我的書最大的問題就是不好翻譯，其實我幾乎十年前就充滿一種——剛剛孫先生講我很有感覺——我十年前就很有這種感覺，會覺得我的華麗的、深邃的作品一定會被傳達到世界各地，結果後來一直沒有發生。有那種我也搞不清楚，有前輩找去飯局，有德國的老先生，

是德國最好的漢學家，大概十年前吧，想翻譯台灣的小說，就找我，好像覺得我是一個該被介紹的。中間也有法國的，吳坤墉跟法國那邊比較都有吧。我覺得將來慢慢會有，因為我覺得這個可能也是，台灣在過去十年、二十年，其實世界不這麼重視。

現在真的是福兮禍所倚吧？台海的局勢，台灣突然變成世界很多人想像另一個層面。我覺得剛剛跟芬伶講的一樣，想從文學上來看看台灣。問題是台灣太多種品項了，你要挑選誰呢？你到底讀怎樣的小說，是讀白先勇的小說比較理解台灣，還是讀舞鶴的小說？讀吳明益嗎？還是該讀童偉格？其實我覺得這個挑選系統都很微妙。但是就創作者，我覺得剛才聽孫先生講，我很喜歡這個人，就是我覺得創作者，其實我有這個心情，有一種很感恩，這是我這十年來碰到年輕的創作者，我都很真誠的跟他們講，你能在台灣當一個寫小說的人，是非常幸福的事。這世界上怎麼會有這樣的一個國度，你寫的小說只賣一千本，可是你卻是一個很重要的小說家，太奇怪了。這個我大概十年前跟在座的星野先生有聊過，他那個時候就很痛苦跟我講說，好像在日本，你要出一本小說，出版社規定，我忘了有沒有記錯，不能超過六萬字。就是

出版在日本這樣一個國家,很專業的大市場的規訓之下,一個小說不能亂寫。但我們隨便我啊。還有我遇到香港,隨便就二、三十萬字,出版社也乖乖買單,然後好像還覺得你很不錯。其實根本沒有人碰到翻譯的環節。

另外講一個有趣的事。大概也是十年前,大家知道,我常去一個咖啡館寫稿,然後就有一個,比我年輕的時候,還要宅、很瘦的,然後我覺得就是有亞斯柏格症,後來我才知道他超優秀的一個小男孩,是不是小男孩,現在也不曉得。他就來跟我說,他想要翻譯我的《西夏旅館》,我當時其實也搞不太清楚,我根本是一個野蠻人,我不知道這個狀況。我覺得好像王德威那邊會很喜歡,我提過幾次,我就很害怕王德威他們會來,有一天要翻譯我的,會先翻《西夏旅館》。我就跟他講說,我也沒有錢付給你。這個人叫辜炳達,然後他就說要翻譯我的《西夏旅館》,我說我也沒有錢給你,然後他好像有去申請國藝會,其實錢也很少,只有十萬塊,現在翻譯了上半本。可是後來我才知道他的大學是世界排名第三的,什麼倫敦什麼州立大學啊,他後來翻譯我的小說,還在英國得了一個翻譯獎,還變成什麼為國爭光。問題是他非常害

羞，他爸爸媽媽都是台南那種非常像老師的本省家庭，非常有教養。他的婚禮，竟然還找我去當證婚人，太奇怪。我變得很胖，我還穿我結婚的新郎的外套，就繃得很緊。我人模人樣的當他的證婚人，但我現在講有一幕，就是他翻譯的，《西夏旅館》裡頭，有那種什麼殺妻者，就寫得非常的殘虐，我現在也不會寫這樣。我自己都不會想再看我自己寫的，文字非常的繁複、句子非常的長，他可能要用很特殊的英語去翻，甚至裡頭要有一些母語要用古英語。他的英語非常好，他的博論在英國是做喬伊斯的。

我記得有一次，那是一個很冷的寒冬的下午，我們兩個坐在咖啡館，因為我要抽菸，我坐在咖啡館外面抽菸，然後他拿平板電腦，朗讀他翻譯的《西夏旅館》。他把它翻譯成Tangut Inn，西夏原來是黨項，所以他叫Tangut Inn，然後他開始朗讀，他翻譯的，我寫的小說。可是我英文是個白痴，我英文聯考考三分，所以我就聽一個很厲害的人，用很厲害的英文念，我寫的小說。可是我不知道他講他寫什麼，然後他很害羞。所以他念完以後，他就一臉很害羞，我只好鼓掌。就只有我跟他，我是作者，他是翻譯者，在一個寒冬的咖啡館外面。這個是後來慢慢，我覺得應

該要五六年後，現在也有版權公司來幫忙，我也是有堅持，說我的譯者，就要辛炳達。

吳佩珍：周老師好，還有各位作家好。其實周老師剛剛談到她的翻譯，為什麼翻譯那麼奇怪的〈浪子駭雲〉。身為主編之一，我必須出來洗白。其實這個案子，是一個三年的翻譯計畫，那時候我們推出三本論文集的時候，考慮到世代、性別，還有篇幅的長短，還有題材。其實周老師您的〈浪子駭雲〉，經過大家一致推崇，這個就印證了一句話，作品脫了作家的手，或許它不是作家的最愛，可是它可能是讀者的最愛。這個作品是收在中篇集，這對日本的讀者而言，比較稀罕。就是說，最近日本的這樣一個篇幅的閱讀、這個故事的敘事結構，它其實是沒有的、很少的，在戰前可能有，所以其實也是在講怎麼行銷。我們台灣作家其實大概會用這樣的篇幅去鋪陳，然後您的世代，我們在選的時候，我覺得是一個非常有代表性的。而且星野老師，我們都會寄書，他說很好看。為什麼會這樣子，所以就是說作者或許不盡滿意，不過讀者是很滿意的。謝謝大家。

周芬伶：就是個取暖會嘛。但是翻譯真的是很重要，就是交流。其實翻譯也有可能易讀的東西最容易被翻譯，就是雅俗共賞的那一種，比較通俗的那一種，因為比較容易被翻譯。駱以軍就是沒有什麼敘事線，但是他的文字很強，那個真的很難翻，所以很多一流的作品都沒有辦法翻的。像《紅樓夢》就很難翻，因為很多意識流、潛意識的東西，沒有辦法翻。這是為什麼我們讀到，就是說我們輸出去的東西或是流進來的東西，可能都會有一些遺漏。但是還是謝謝。其他人有問題嗎？

紀大偉：我想大家都很想問一件事，就是中島老師對於松隆子演的《東京小屋的回憶》滿意嗎？因為大家都會比較電影和原著小說。我自己是比較喜歡小說，但是中島老師可能有不同的見解。謝謝。

中島京子：剛剛老師問的這個問題非常的危險。我當初是收到導演山田洋次先生，親筆寫了一封信給我，說他想要翻拍我這個電影。山田導演現在已經九十多歲了，當初在拍電影的時候，他都已經八十好幾了。這樣一個在電影界傳奇的人物，親自寫了一封信，他

說,「我覺得只有我可以把你這個電影很好的傳達出來」,我可以說不要嗎?所以我是帶著一個非常惶恐的心情,就是也是很高興,能夠讓他把我的作品翻拍成電影。身為一個小說家,當然都非常愛自己的作品,有人願意把這個作品翻成電影,前提當然是非常高興的。可是我曾經聽另外一個作家這樣形容,他說當你的作品要被翻拍成其他的影視的時候,就好像在嫁女兒一樣,你會很捨不得的,看著它離開,可是你又很希望它獲得幸福,就會很想要跟對方講,你一定要讓我女兒幸福,你千萬不可以家暴,我會帶著這樣的一個心情來看自己的作品被翻拍。所以山田導演,我覺得他把我的作品讀得非常的透徹,他把這個電影變成他自己一個很好的作品,所以我覺得我這個女兒應該是嫁到一個不錯的好人家了。

周芬伶:還有嗎?還可以問個問題我們就結束,好嗎?

陳佩甄:謝謝老師。我想要問的,當然是跟創作有關。因為今天的主題是疾病文學,我覺得疾病跟文學,同時間是非常私密、個人的,但也是公共化的。所以我滿好奇,就是三位加芬伶老師,四位創作者在寫作上,對

特定議題,會不會帶著某一種非常私密性、或是公共性的意識在創作。特別孫老師的題目,感覺都滿社會性的,駱以軍的東西就是你自己建構的語言國度。所以我滿好奇,想要聽聽看這個公共跟個人,或是公共跟私密之間,你們是怎麼樣去意識這個問題,或是沒有也是沒關係。

孫洪奎: 感覺這可能是最根本的一些問答。最個人的事情,其實是最有創意的事情。把個人的東西表現得最好的,可能就把這個普遍的人性表現得最好的一種方式。個人的、或者是公共的,雖然在概念上可以分開,可是我們的生活上其實沒有辦法把這個二者分開的那麼清楚。因為寫小說這件事情,雖然是很個人的,可是又是很公開的一個公共的事項。我覺得寫小說就是把人怎麼樣像人一樣,這個刻劃出來,我覺得是最重要的一個部分。謝謝。

中島京子: 以我自己來說,我多半是從自己個人比較關注、或是感興趣的一些題材,比方說像剛剛提到的,我對於昭和時代的東京非常的有興趣,或者是我對於自己的父親,他得了失智症之後,他的生活我覺得很有

趣。我很想要把這些東西寫下來,於是我會去進行一些調查,或者是進行一些觀察,但是我們既然把它寫成小說,就是希望有人來讀。所以說,我希望有人讀了這些東西之後,可以對於我有興趣的東西產生一些共鳴、有一些共感。像剛剛孫老師也講,這個個人和公共之間,我們或許沒有辦法把它畫出一條很明顯的界線,可是以我自己來講,我的出發點,會是我自己所關注的一些事情。

駱以軍：我大概也就是這兩個禮拜,從我小孩那邊聽到,有一個現在很熱的話題就是Chat GPT,就是人工智能。然後我的朋友,就會故意用那個問,昨日的你跟今日的你是同一個人嗎?他回答得好的不得了。然後一個寫詩的朋友寄給我看,它用人類跟星空宇宙寫一首詩,也是寫得不得了。他說你們完蛋了,你們要失業,我寫小說要失業。但是,我內心覺得,我就是深深的相信永遠不可能。Alpha GO可以把韓國最好的圍棋手打敗,但是我覺得AI即使再發展一千年,都寫不出,至少二十世紀的這些小說。

我們所承接的這些小說,其實我覺得它最難用這個。比如說我自己這幾年身體很不好,我有跑台大醫

院,很像卡夫卡的那個經驗,有糖尿病友,甚至醫生說我會猝死。我也有遇到一個老師,有民間或是心臟的問題。可是這件事對我來講,其實我不會有任何病識感。我覺得,我只是跟千千萬萬生老病死,在醫院看到那些輪椅推著的老人家、外傭在照顧的這些老人,其實是一樣的,我們就很乖。在這個系統裡,我不會產生一個文學上面的抽離。但是我覺得,比如說我自己也有過憂鬱症的這個病識過程,我覺得我對於這種所謂被困在一種失能的,或者是世界的光度變得比較暗、一種說不出來的艱難,這種就是病識感,或者是說某些柔軟的感情的故障。它不是人類去模仿AI寫出,比如說卡夫卡的《城堡》,他寫出這樣的東西,然後現在很多科幻電影都是這樣,《黑鏡》還有《愛死機器人》,其實都是卡夫卡創造出來的這種病識感。就是某些柔軟的人類感情被剝奪掉了,或是殘缺掉了,它形成了一種觀看這樣的小說,形成的內心的恐懼。

　　孫先生的東西我沒有讀過,但是我猜會有這種這種相似的恐懼感。我剛剛在講說像這種憂鬱症的文體,其實我自己不會。我覺得周芬伶會,或者我們年輕的時候讀的夏目漱石的那個心境,或是從此以

後，你說其實是一個很深層的，關於剛剛中島女士有提到日本戰後的一個心靈，上面的一個一個負愧感。或是說不是對於他國的負愧，是對人類文明內在的一個很複雜這個心境，就是一個病識感，這樣的文學會深深的感動到我二十多歲。我跟他的歷史完全不同，可是我感受到，或是說石黑一雄的《浮世畫家》，其實他的人都是瘋狂的。我覺得周芬伶是我認識這些台灣小說家，最會寫這種你瘋掉了，可是你根本看不出來，外人根本看不出來。有一種很會寫，比如說我覺得大陸的作家很會，我們不太會。比如說莫言寫這種人，整個土地上的人都瘋狂了、群魔，他們用他們的方式寫在他們那邊發生的病。但是我覺得在台灣的另外一種文體，像當時我們同世代的黃國峻、袁哲生的小說，或童偉格的小說，其實都是有很強的一種很特別的病識感，而這個病識感其實是需要很深刻的小說技術和小說教養才能把它展現出來。

周芬伶： 今天聽到我很喜歡的一句話，就是孫先生講的，越是私人的，越是厲害的，厲害的越是激烈的，所以私人的公共也許不是我們想的那樣，截然二分的。還有就是其實寫疾病並不難，誰都有病，所以看不出他有

病，他不寫疾病。但是呢？你就覺得這個人有病，那個文學最厲害了。比如像《追憶似水年華》，他已經是有病嗎？沒有病，怎麼可能寫出這樣的東西，還寫那麼長。《紅樓夢》也是，如果沒有病，為什麼會寫一個人哭，可以一直哭，哭到死為止，這個是病到我們說病入膏肓了，就是完全看不出來的樣子。很謝謝大家，我今天也是收穫良多。我們就到此做個結束。

座談會後合照（照片左至右：駱以軍、林文玉、孫洪奎、中島京子、周芬伶、詹慕如）

疾病與文學——台日韓作家座談會：
社會、疾病與群／己距離

主持人：何致和（中國文化大學中文系文藝創作組助理教授／
知名作家）

與談人：星野智幸（知名作家）
　　　　金息（知名作家）
　　　　張亦絢（知名作家）
　　　　何致和（中國文化大學中文系文藝創作組助理教授／
知名作家）

口　譯：詹慕如（資深口譯員）
　　　　林文玉（中國文化大學韓國語文學系助理教授）

逐字稿：李貽安（國立政治大學台灣文學研究所碩士生）

何致和：首先，我要來介紹一下今天與會的幾位貴賓。首先，我要介紹的是來自韓國的小說家金息老師，金息老師大學念的是大田大學的「社會福祉系」，在台灣

叫做「社會福利系」。她將自己的專業跟文學做密切的結合，她也非常關心社會議題，關心那些受苦受難的弱勢群體。她可以把這些人的心理描寫到非常深刻的程度，所以很早就在文壇上嶄露頭角，不到二十三歲就得了新人獎，還有現代文學獎。當然，她有好多的小說在韓國獲得很多獎項、許多的好評。可是在台灣，我們目前只能夠讀到一本，就是2021年時報出版的《最後一個人》。昨天她在研討會有發表過這個作品一部分的內容，當然我們昨天也有提到，她描述那些婦女說出來的事情，讓人家聽得非常的驚心動魄。我想像這樣的一個書寫，她大量的採用當事人、還有目擊者的證詞，然後把它融入到這個虛構小說的方式，就讓我想到了有一位美國小說家桑德斯，他的著作《林肯在中陰》也是用這樣的一個方式來書寫。不過，桑德斯的書是2017年出版，可是金息老師的《最後一個人》2016年就出版了，所以她走得比桑德斯還要再前面一點。有興趣的人，我非常希望大家把這部作品列入自己的閱讀清單，也請大家密切關注金息老師即將在時報出版的新書《女人與她們進化的天敵》，這是她第二本中文譯本的作品。

接下來，我想要介紹的是來自日本的小說家星野

智幸老師。如大家所見,星野老師他是個型男,雖然我不服氣,我還是不得不承認他的魅力。當然,這個魅力不只是外表上的,我想大家昨天應該也都發現,星野老師滿幽默的。比如說他注意到台灣很喜歡貼磁磚,讓大家有那種賓至如歸,好像回到日本澡堂的感覺。我覺得他更厲害的一點就是,星野老師的創意還有想像力是非常了不起的。因為我不懂日文,所以我只看了他的一本作品,就是2014年由新雨出版翻譯的《俺俺》。這本小說有拍成電影,有很帥的日本明星主演,我就不說他叫什麼名字了。我覺得這本小說讓我非常佩服的地方就在於,我覺得星野老師突破了這個敘事者。敘事者「我」基本上應該是一個單數,這種單數的傳統他把它打破了,或者是說他在這本小說裡面,他不斷的複製了「我」的身分,結果就突破了「我」的這個概念,突破了這個限制跟框架,形成一本很厲害的小說。當然看了也非常地燒腦,這是很有創意的書,我也很推薦大家閱讀。當然一定要先看紙本的原文,不要想說有電影,就先去看電影。先看文本,然後再去對照電影的概念。

最後要介紹的就是我們在地的作家張亦絢老師。當然我想亦絢不用我多介紹,因為我想在座認識

她的人一定遠遠超過認識我的人。所以我想這個主辦單位應該是搞錯了，這一場座談會，應該是由亦絢來主持，讓她來介紹才對。因為光是比較作品的產量，年紀輕輕的亦絢，就已經出版了五本小說、六本散文集、一本劇本、一篇論文，然後還拍短片、紀錄片等，還當編劇。我沒有辦法想像，為什麼每個人一天都是二十四個小時，可是她可以做那麼多事。而且什麼都能寫，沒有什麼了不起，厲害的是，她什麼都寫得好，而且好到不斷得獎的好。如果不相信我說的，可以去看她最近的作品，就是2021年出版的《感情百物》，她真的什麼都能寫。昨天駱以軍來的時候說，他自己的他感之心，他與他人的這個感受之心特別強烈，沒有他人跟我的分別。我想亦絢的物感之心，她對這些小事物周遭的這些物件的指數，她也是非常爆表的。她可以寫下生活中許多小的事情，包括衛生紙、或者是OK繃等那些小事情，她寫非常有溫度、有感情的文字，寫了一百種。我不曉得這是不是前無古人的一種創舉，非常厲害。以上就是今天的作家介紹，希望大家多給他們一些關注。

我們就開始今天討論的提綱。今年的台日韓作家研討會，題目訂在「疾病與文學」，我覺得這個題

目非常的好。當然沒有人想要生病,大家都討厭疾病,視疾病為仇敵,永遠不想跟它發生關係。但是坦白說,疾病也並不是完全沒有好處,它至少可以讓許多人接近文學。很多人因為生病結果變成了作家,比如說普魯斯特,我們知道他病了半輩子,所以寫出《追憶似水年華》。比如說英國寫《時光機器》的作家威爾斯,他也是因為生病讀了不少書就變成了作家。又例如義大利的作家莫拉維亞,他也是因為生病所以跟寫作、文學產生了關聯。也有本來就是作家,可是因為生了病,所以寫出了很了不起的作品,比如說黃春明,他在化療的時候,就寫下人生的第一部的長篇小說。又比如三〇年代的作家蕭紅,她在生病的時候寫下代表作《呼蘭河傳》。再比如香港的西西,她生病了,所以寫了《哀悼乳房》。那些都是非常了不起的作品。所以我想疾病與文學應該向來有密切的關係,這是我昨天來參加第一天的會議之後得到的心得。

我們知道愛情向來是文學的一個很重要的探討議題,可是我今天想,我們作家書寫疾病的次數,可能會超過愛情。我昨天回去以後,翻一下我出版過的五本小說。我想說這五本小說,並不是每一本小說都

有愛情，可是每一本小說都有病。我寫過中風、失智、心肌梗塞、高血壓、中耳炎、妥瑞氏症、憂鬱症、退化性關節炎，所以我赫然發現，我好像沒有寫過幾個健康的人。擴大來看，我們都說小說可以反映社會現實。很奇怪的是，就我自己的閱讀經驗，我發現好像大部分小說反映出來的都是病態的社會、生病的世界。所以我想今天第一個問題，就是想要請教在座的幾位作家，不曉得你們有沒有這樣的感受。希望來談一下，你覺得疾病跟文學有什麼樣的關係。我想我們就先請星野老師回答這個問題。當然可能在座的幾位老師，如果你們覺得我的這個議題，沒什麼好說的話，你們也可以講自己想要講的任何的心得跟見解，我們完全開放。謝謝。

星野智幸：我是一個很膽小的人，我小時候又非常的體弱多病。在我上小學之前念幼兒園這段時間，常常因為感冒發燒，沒有去學校，也會因為這樣被我媽媽罵。所以，對我來講，感冒是一件讓我很害怕的事情。我害怕的不是感冒或者是生病，而是我生病了會被罵這件事情。每一次感冒，我並不是因為感冒的這些症狀難受，而是我會覺得很懊悔，我怎麼又感冒了呢？這樣

子的心情讓我非常難受。久而久之,我就慢慢搞不清楚,到底這個問題是在感冒這種疾病本身,還是在我對於得了感冒的事情的恐懼。這樣的狀況,我自己把它取了一個名字,叫做「疾病恐懼症」。

我昨天也跟各位分享過,在日本的近現代文學當中,有很多描述結核病的作品。很多文學家深怕自己是一個健康的人,想盡辦法要得結核病,覺得這樣才可以寫出好的作品。身為一個剛剛講到,我覺得我自己是罹患了「疾病恐懼症」的一個人,我在閱讀這麼多的文學家,以這樣的觀點所寫出來的作品,幾乎可以說是日本文學當中的一種傳統。我覺得,生病這件事情,當然會對我們的身體健康帶來一些損害,但得病這件事情帶來的影響是,我們沒有辦法在社會上被視為一個正常健康的人。我覺得不管是病菌或者是病毒,除了會給人帶來真正身體上的苦痛之外,這個社會上還有另外一股力量,就是去區分所謂的正常人跟病人、患者。這樣的一條界線,或者是一種標籤,在社會上,我覺得是存在的,有一股無形的力量。

我也在思考,如果有一個人,他是生下來就具有某些殘疾,或者是疾病的話,到底可不可以被視為一種病人呢?因為對他來講,這已經是他的日常了。以

我自己來看，對於文學跟疾病的關係，我希望透過我的作品，把這個社會、這個世界上如何將一個人視為病人，這樣的背後隱藏的機制，能夠透過我的文字，把它顯現出來。因為剛剛講到，社會上可能無形之間，把所謂的正常人跟病人拉了一條界線，做了一個分類，但是如果你被歸類在正常的標準這一邊，可能沒有辦法去意識到有這一條線的存在，所以我希望能夠透過我的作品，讓大家不是用腦筋去思考，而是透過這個故事的描述，讓你可以去感覺到、可以去體驗，為什麼會有這樣的一個現象？為什麼會有這樣的一個機制？

當然可能不只是疾病，包括我自己也很關注的性別問題都是這樣。我們知道，社會上有很多所謂的主流跟非主流的觀點，我們的社會如何形塑這些看法，或者是形塑這些環境？我希望能夠透過自己的文學作品，把這個背後的機制呈現出來。如果說我寫小說有什麼樣的目的？我希望能夠透過我的小說，把剛剛所講的這種主流跟非主流的結構，希望能夠讓它失效，讓它沒有作用，呈現出一個不一樣的，也許是生活方式或是社會型態。剛剛特別強調，我希望去除的是這個結構性的主流跟非主流的區別，因為在個人跟

個人之間,一定會存在一些權力關係,會有權力關係的流動,所以強勢跟弱勢的對比,這是絕對會存在的。既然一定會存在,我真正想要打破的是,結構上被迫形成的主流跟非主流的差別,或者是強勢跟弱勢的差別。一旦它被破除,我相信可以形成一個讓所有的人都能夠更適合生存的社會。

　　我也非常感謝,剛剛何老師特別介紹了我的作品。我確實是在疫情之前,就已經關注到像這樣的權力問題,只是疫情之後,在這樣的環境,這種問題似乎更被突顯。身為一個膽小的人,我有時候膽小到一個極致,就會想要看,最糟會怎麼樣。比方說我很想要看如果這個世界毀滅了會怎麼樣,所以我個人非常喜歡看反烏托邦(Dystopia)的文學作品,或者是僵屍電影這一類的東西。過去,大家常常會說我的小說被歸類成反烏托邦式的一個創作,可是自從疫情發生之後,再也沒有人這樣講了。所以未來該往哪個方向寫,在何老師問第二個問題之前,我會好好想一想。

何致和:謝謝星野老師。剛剛星野老師提到日本很多作家,想要寫出好的作品,就希望自己先得結核病,我覺得這

就是很典型的「為賦新詞強說愁」的進階版。我也聽過，以前寫作的時候，有人說如果寫不出東西的話，就先去跳樓，要是跳樓沒死，被救活的話，至少有這個死亡的經驗可以書寫。或者也不只在這一個領域，有些藝術家可能會要去嗑藥、吸毒，其實不需要這麼做。如果在座的各位有這種想法，我不會勸大家不要往這個方向去嘗試，因為當你有這樣的念頭，其實你基本上已經生病了。對不起，我做了一個錯誤的示範。因為剛剛星野老師說不要去區分正常人跟非正常人的界線，所以聽完的星野老師的分享，我覺得有了新的發現。我發現他不只是幽默，還很有創意，而且他還超有愛心，非常關懷這個社會，還是個暖男。接下來，我們請金息老師。

金　息：雖然我的職業是小說家，可是我其實是在做社會福利工作，我曾經在殘障的居住設施裡面，當社工人員。也許跟我在大學修課的專業有關，我的視線一直是向著這些有殘疾的人。我從兩年前開始，在做的一個工作就是，去探訪一些視覺障礙人、所謂的盲人，我跟他們見面，然後採訪他們，把這個小說化。

我們以為所謂的盲人，就是視覺障礙的人，都

只有一種。可是我當時同時跟四位視障人士進行訪談,其中有一位是全盲,連一點光線都看不到的人,他在一出生時就完全沒有看過光線。第二位本來是弱視的人,他本來可以看到些微的光,還有些微物體的形象,可是慢慢失去了視力,然後變成全盲。還有一位其實是弱視,他可以自己坐公車,然後出門,或者是用非常厚的眼鏡,慢慢看就會看到文字。另外一位就是全盲,再加上因為有重症的障礙,如果沒有輪椅,他就完全沒有辦法出門,沒有辦法移動。我同時對四位做訪談的時候,共同提出的題目是:「你們現在看到什麼?你們現在想要看到什麼?」這兩個問題是我對這些看不到的盲人提問的,他們的回答其實各自都不一樣。第一位全盲的視障人士,他一出生完全都沒有看過光,可是他是一個非常好動、活潑的人。他當然從來沒有看過樹,可是他說,他想去有很多樹的地方,他喜歡在樹下,想看到的是花。另外一位全盲、一定需要坐輪椅的身障人士,小時候是媽媽背著她去上學,長大之後就坐輪椅活動。她是一位女大生,唯一想做的事情就是坐在電視前面,她非常討厭去有樹木的地方。

　　談訪這些弱視的視障人士時,有一件事情讓我

非常驚訝。其中一位對我說，他覺得遭受了差別待遇，因為一般人覺得所謂失明的、視覺障礙者，是全盲、什麼都看不到的，可是他其實可以看到微小的光，還能看到一點字。雖然有別於全盲人士，他是還看得到的。可是他覺得比起這些全盲的人，他反而沒有受到保護，也沒有得到理解。全盲人士該有的權利他完全沒有，跟全盲人士聊天說話的時候，他反而覺得自己是被孤立在外的。

我在探訪這些不同程度的視覺障礙者，寫這個小說的時候，我覺得作為一個小說家，其實不應該把疾病，尤其是剛才我說的，視覺障礙者視作是同一、單一的例子。作為小說家，我覺得應該要把這些疾病細分化，然後非常清晰地看出它們的差別，這個痛苦的差別。小說家就是要很深入地來看清這些不同程度的差別，我覺得小說家就是可以把這件事情做得最好的人。

我對於慰安婦奶奶們的一些探訪也是如此。就算慰安婦奶奶們有同樣的經驗，可是根據她們的個性不同，或者是家人、身邊的人對她的態度或視線，根據不同的程度，因為別人的了解不同，導致她心裡的創傷就會不同，表現出來的樣貌也完全不一樣。我覺得

雖然都是不同的疾病，可是因為家人不同的照顧方式，還有他者或是社會的一些視線和理解，因為外部環境的一些不同和改變，讓這些有障礙的人或有疾病的人的痛苦，在質的方面就是完全不一樣，他們內心的感覺或態度也都是全然不同的。我覺得小說家就是把這樣的不同展現給他人。

這跟主持人問的題目其實不太相關，但我特別想跟大家分享一個故事。在探訪這些全盲的人時，因為他們是一出生，就完全都沒有看過，所以他們其實是沒有看過臉、自己的先生、家人、媽媽和小孩，對於這些自己最親近的人，他們的臉其實從來都沒有看過。我其實很好奇，他們是怎麼做夢，所以我就問，你們是怎麼做夢的呢？這個全盲的人跟我說：「昨天晚上妳的聲音來到我的夢中了。」我覺得這一句話，是這個全盲的人寫得最美好的一首詩。我的報告到這裡為止，謝謝。

何致和： 謝謝老師。她很客氣說，分享內容跟我剛剛的提問沒有太大的關係，但事實上超有關係的，因為她剛剛已經把她寫在書裡的這些故事，把小說家的創作密技洩露出來了。我覺得金息老師果然很厲害，因為她可以

非常細膩地關注到人的內在還有感受上的差異,而不是只有在外部的表象。

我也常常跟一些喜歡創作的學生說,你們寫作時都很容易掉入刻板印象跟成見。比如說,大家喜歡描寫醫院,可是我發現很多人寫醫院的時候,比如主角失去意識,不曉得自己是誰、在什麼地方,然後醒過來,他們會怎麼寫醫院的場景?可能會寫說,一張眼看到是白色的天花板、白色的窗簾,然後白色的床單,有穿著白色護士服的人進來,還有不斷聞到消毒水的味道。如果大家去過醫院,就會發現醫院早就不是這個樣子,哪裡還有護士真的會穿Hello Kitty的粉紅色服裝。所以,剛剛金息老師已經告訴我們,她為什麼會成為一個成功的小說家,因為她對人的感受特別的細,真正關懷人的需要,還有真實的樣貌。我們接下來,請亦絢老師。

張亦絢:各位老師、同學,大家好。很高興今天可以在這裡跟大家分享這個主題。從昨天的第一場研討會開始,包括提問的時候,或者像剛剛星野老師都有提到,就是劃分界線的問題,或者是該不該動搖那個界線的問題。我從昨天到今天一直在想這個問題,因為我會覺

得,當我們在談論這個主題的時候,都彷彿我們是一個非病人,然後在討論病人,我覺得這個是我們都不太希望的。

界線這個東西,我想到兩個看法。一個是我認為可能有界線,可是這個界線可能是一個虛線,而不應該成為鐵鍊般的,不能跨越的東西,因為有的時候確實需要有界線。今天有一個人突然心臟病,我不能說,因為我要站在病人那邊,所以他心臟病發,我要說我也是病人,然後耽誤了他的救治。這是一個不應該出現的問題,所以有的時候,那個劃分其實有它實際的功能。

從另一方面,我覺得把生病或者是障礙者想成可以區分的狀況,其實是一種失憶。它不是對過去失憶,它可能是對未來失去記憶。因為誰都有可能在未來生病或有一個意外,會需要身心障礙的知識,或需要疾病的文化來支持他。我想這個就是發言位置,即使貌似沒有生病,可是我認為,沒有生病的人跟生病的人,其實是一個類似分身的關係,隨時都可能可以替換。我講一個比較好笑的,剛剛講到,有些人會想要故意生病以便可以文學創作。我有一次跟一個創作的朋友聊天,我們屬於很養生的,就是會討論到底怎

麼樣可以過更健康一點的生活，我們覺得，如果我們真的要過非常健康的生活，就要戒除創作。因為沒有什麼比創作，在健康上是更有風險的事。所以如果要創作，首先就要有一種不怕病、不怕受傷的準備。

我想跟大家分享的另外一個東西，去年我去柏林駐村，所以參觀了柏林的同志、或者是叫酷兒博物館。在這個行程，因為有這個研討會，我本來是想這是了解酷兒歷史的一個機會，但到了現場，展出的主題其實是身心障礙。酷兒有一個很重要的例子，在納粹的時候，有屠殺同志的這段歷史，可是其實有一些同志，同時具有同志跟身心障礙者雙重身分，我後來才知道。我那時候看到展覽，想說這是一個連線，就是把那段歷史補回來。我後來查了一些資料，才知道有這些狀況，就是同時是酷兒，也同時是身心障礙者。作品其實非常多，有舞蹈、攝影、各式各樣錄影的作品，其實很值得細說。但是今天可能時間不夠，所以我把比較重要的感想跟大家分享。

現場有一個錄影作品，它提到曾經有過一個調查，父母對身心障礙者的態度。那個調查顯示了一個東西，就是殺死障礙者不OK，並不是很多人認為應該要殺死障礙者，可是當提問的問題，變成如果是父

母不知情時殺死呢?結果OK的比例變得非常高。這裡當然顯示了一個身心障礙者在社會裡所面臨的一種威脅,跟社會大眾在道德上的一個曖昧,我在這裡就不細說這個部分。我覺得很特別的一點,就是這段陳述是從一個本身是身心障礙的人說出來的,所以我們會注意到的不只是這個事實,還有這個事實是怎麼樣影響這個當事人。我注意到一個最新的發展,就是障礙者開始變成身分政治的一環,從有歷史,並且建立歷史的這種角度去深化相關經驗。像這樣的展覽,就不是我們想的,什麼手足畫家,就是說障礙者去展現才華或什麼,而是身心障礙者主動去建立有關身心障礙的歷史。

這其實是一個恢復記憶的過程,這些記憶過去並不是不存在,只是它沒有被恢復,所以這也是對歷史的更正,歷史不足的部分。我要講一點點關於我自己的部分,剛剛聽說星野老師身體不好,我其實也是經常生病。可是生的病都沒有什麼了不起,會造成父母的氣憤,又不足以產生憐愛,類似像這樣。所以從小,就有是父母累贅的那種焦慮感。可是在同樣的時期,我讀到一篇對於病童的研究,他說臥病的兒童其實比一般兒童對社會型態有更高的認知,因為他會跟

更多的成人互動，所以會更早獲得某一些社會化或社交能力。我讀這篇的時候，年紀還很小，可能是國小一二年級。這時候我產生了一個信念，我雖然常常生病，可是我對社會更有歸屬感，然後我更在乎跟社會互動。我不曉得有沒有誤解那個調查的真義，可是這個非常像謬誤的東西說，其實我本來覺得生病是負面的，後來就覺得很不錯，原來疾病有很積極的那一面。剛剛是從一個小孩子、比較天真的這個角度在說，可是如果認真想，其實疾病在有受到適當的處置的時候，說真的也是一種社會參與跟社會互動。

剛剛金息老師提起她談到某人部分，等一下我先講另外一個東西好了，因為我覺得可能這樣比較好。我有一個很漂亮的姑姑，她有輕微的斜視，我從小跟她說話的時候，她會這樣跟我說，「我是在跟妳說話，頭不用搖來搖去」，所以我對斜視有一點了解。有一次，我請一個工人來我家修理東西，他有很嚴重的斜視，我很直覺的反應覺得會害怕，好像他看起來比較邪惡。可是因為我有跟我姑姑相處的經驗，所以我就會知道，單憑這種表面視覺去感覺一個人，其實是有問題的。為什麼要講這個？就是我覺得共同生活經驗是很重要的。你越是有一些相關的共同

生活經驗，其實比較能夠舉一反三，知道一個合理的態度是什麼。講到共同生活，其實有時候沒有那麼容易，因為每個人都還是有他的生活區域。如果像金息老師，在這方面是專門，當然就會有很多的相關經驗。

這裡我就想講文學或藝術介入的重要性。我想講的是蘇菲・卡爾，她做過一系列關於盲人的作品。一般大家認為她是攝影師，但她自己也承認她根本不會攝影，她其實很少把攝影拍得很特別，或說看得出來她的攝影能力很高，完全都不是這樣的。她做這個關於盲人的作品，有很多不同的系列，我其實沒有看過所有，我看過的是在龐畢度中心的展覽，展品中首先會看到盲人，拍攝盲人的作品，然後有一個錄音的設備，聽他們說相關的話。我記得那時候好像有一個提問「什麼是你記得的美麗圖像？」那裡有很多的描述。其實我那時候去玩這樣的一個作品，非常的震撼，因為就會知道，視覺是看不到東西的。就算我有眼睛，但我其實看不到東西。因為跟我聽他們說話相比之下，我就知道，我有眼睛但我也看不見。

這個經驗讓我很敬佩卡爾做這個作品，因為我覺得她啟發了一個東西，就是必須否定單一知覺，才能

獲得更深、更廣的理解。她因為了解攝影，所以在攝影這塊做出來作品，其實表現的是，任何的障礙或疾病，其實不是感受的喪失，而是有不一樣的感受方式。我覺得這可能也是，為什麼創作者會對疾病那麼感興趣的其中一個原因。因為基本上，如果把以感受為中心去想，確實只是一個感受的一個多變跟多角度。所以事實上，這個藝術家沒有做什麼，真正生產出來的素材，比如說那些錄音或什麼，基本上都是盲人們提供給她的。可是有這個想法，並且把兩個並置，我覺得這就是藝術家跟文學的介入方式，可以彌補一般人不見得有各種機會去深化跟疾病跟障礙者的關係。這部分，我覺得跟金息老師的作品《最後一個人》非常有對照的功能。因為我覺得卡爾的作品如果說有趣的話，不只是作品呈現的最後狀態，而是在更上游的時候，她決定什麼東西應該進入攝影這個區域，它的藝術性在那個時候對社會關係的這個思考就出現了。

其實文學史一直有一個，我覺得是不太好的傳統，就是認為文學性跟社會性，會是介入的，或者是彼此削弱的。我其實不太贊成這樣的想法，所以看到金息老師的作品，我覺得她一方面保留了慰安婦受難

者的證言,但另一方面,她也是在上游就思考了,社會關係的重建和串連。我覺得文學性是在作品出來之前,最上游覺得什麼東西應該要進入文學的時候,其實是非常關鍵的。因為慰安婦的經歷是一而再、再而三的社會性,所以這個社會性的回歸,也就是反抗,就非常重要。

何致和:我了解亦絢老師的感受,我猜她昨天回去之後也想了很多。亦絢老師不只是著作等身,她也去過很多國家遊歷,帶來了她的德國經驗跟法國經驗。剛剛幾位老師都各自表述了疾病跟文學的關係,也說了一些故事,果然見識非常不凡,分享了許多我想都沒有想到的事情。當然我昨天後續也想了很多,想到很晚,除了檢討自己的作品之外,我又在想,為什麼大家這麼愛書寫疾病,或者是說這麼熱愛去閱讀這些病態的文學。我想到的結果是,有沒有可能這跟我們人類的求生本能有關係?因為在面對疾病時,我想大家不喜歡疾病,為什麼不喜歡呢?因為疾病可以說包含了絕大部分讓人不舒服的各種感受、各種情緒。比如說看到疾病的時候,你會恐懼、會悲傷,你會焦慮、會緊張,你會自我否定、會覺得孤獨,你的信仰可能會懷

疑,甚至你的人生價值觀可能整個分崩離析。這些都是不舒服的情緒,而且我們很容易就會陷入讓人不舒服的心理狀況。

為什麼會有這種傾向?心理學家告訴我們,這是因為我們的潛意識用這種方式來提醒我們要避開危險,所以它會不斷讓你去想到一些不開心的事情。所以人的本能,像人類行為學家也分析過,為什麼人類喜歡聽故事,為什麼還在不是童年的階段,就喜歡聽床邊故事,這也是跟生存本能、生存競爭有關係。因為我們可以從別人的經驗,從這些虛構的故事之中,得到很多經驗,學會怎麼樣避免危險,還有保護自己。

接下來,我想還是要再扣著今天座談會的主題,社會疾病與群己關係。剛剛我們談了疾病,我想「距離」也是非常值得發人深省的一個重要的關鍵字。剛剛聽了幾位老師的分享,這幾位老師其實早已經意識到了。譬如說昨天中島老師,就以她的親身經驗,父親失智的經驗,省視了日本的自我拘束的文化。金息老師的慰安婦,我覺得也很像在凝視著一種疾病,所造成的傷痛。我看金息老師作品的時候,她在描寫慰安婦,就像是在寫一個很兇惡的病症作用在

女子身上,那個痛苦的過程,看到非常坐立難安。我想不管是慰安婦也好,或者是這個世界上所有強迫婦女賣淫的狀況,那都是人類,或是這個世界生了病才會有的情況,但是這裡面也存在著距離的問題。剛剛亦絢老師也說了這個界線,她覺得這個界線、這個距離應該是虛線的,我們跟疾病的距離,那個關係不是絕對的。我想這也可以讓我們思考之前一部電影《我們與惡的距離》,多思考我們與疾病的距離。我想疾病跟距離有一定的影響關係,這個大家應該都不會陌生,因為從這幾年的疫情開始,我們就被要求要保持社交距離。這個距離,我想當然這是在COVID-19的情況,可是並不是所有的疾病都會讓人家產生距離。

　　我覺得距離跟疾病本身的形象有密切的關係,所以我們對不同的病症會塑造出不同的形象。我想講到這邊的時候,金息老師可能會不同意,因為這樣是在給疾病貼標籤、有刻板化的嫌疑。那確實是有點刻板化,可是也不能否認,就是這些刻板的形象,在文學作品之中,有時候也會起到重要的作用。就好像這些平常人物並不是一無是處,甚至有時候研究起來還滿有趣的。在座有很多年輕的學者,我想形象學的部分

研究起來非常的有意思。譬如像心臟病，你們覺得心臟病會是什麼樣的形象？我講我個人的想法，我覺得心臟病好像經常被賦予美人的形象。比如說，西施有先天性的心臟病，我發現很多文學作品中的美女都是得心臟病。例如我剛看完一部韓劇叫做《王后傘下》，戲劇裡面的世子妃，她叫尹清荷，就有先天性心臟病。所以不是所有的疾病都會造成距離，如果有一個美女在街上，突然心臟病發作，我是很樂意上去打破那個社交距離，去拉她一把。如果心臟病有美人的形象，那如果講到性病，可能就是色狼的形象。至於憂鬱症，好像有藝術家的形象。幻想症則可能是天才的形象。剛剛亦絢老師說斜視，她沒有講完。

張亦絢：沒有，我等一下想講話。

何致和：等一下亦絢老師可以發表分享。所以我要問的問題就是COVID-19對我們來說，它是什麼樣的形象？如果疾病的形象，會決定了群體的距離遠近、還有空間的大小。我想請問在座的老師，除了COVID-19對你們來說是什麼樣的形象之外，經過這三年的疫情，你們的想法觀念對創作上的、文學上的態度，有沒有重新

思考什麼事情？或者是對你們未來的文學道路，有沒有產生什麼樣的影響跟改變？當然你們也可以不用回答這個問題，就分享你們想要分享的事情。

張亦絢：今天來這裡之前，其實我想了很多。COVID-19之後，台灣出了一本童書叫做《病毒不是故意的？！》。我想當然病毒不是故意的，所以疾病的這個問題，或者剛剛談到刻板印象的問題，我認為不管是疾病當中有隱喻或刻板印象，這都是非常嚴重的問題。這個非常嚴重的問題在於，我認為桑塔格講到的「疾病的隱喻」，延伸來講，並不是鼓勵大家去找出疾病的各種隱喻，應該是認識到隱喻，可能遮蔽了對疾病的真正了解，以及病人真正的詮釋權，這是我看待桑塔格這個關於隱喻的部分。

刻板印象為什麼嚴重？我前不久也重讀了金息老師書中引用的《滅頂與生還》。Levi講集中營的狀況，他做見證的時候，其實很大的問題是聽的人心中有一個刻板印象。有時候是不需要有人給他，他就有的，就是他自然而然想像出來的東西，而那其實會阻止真正去了解經驗過的人跟真實的狀態。我之前也讀過一些其他關於慰安婦的研究或相關報導，可是我讀

金息老師《最後一個人》的時候，我認為她最了不起的地方，其實是破除了我可能有的一些刻板印象。也就是說，我的刻板印象是應該非常慘烈，但應該沒有那麼慘，這個小說其實是更具體跟細節的，讓我了解慰安婦的狀況。我來之前本來想，我不太知道我跟疾病的關係是什麼，因為我其實沒有什麼作品直接寫過疾病，頂多是我可能鼓勵大家要去閱讀，有一些可以幫助了解躁鬱症的書，類似這樣。我想，是這樣的原因嗎？那今天會要我談躁鬱症嗎？可是我開始準備這個研討會，並且讀了金息老師的作品以後，我有一個很大的轉變。我一直以來的文學形象，是跟非戰時的暴力倖存者的處境跟經驗，連得非常的緊密。不管是我自己的作品，或者是希望我介紹的作品，經常都是跟性暴力受害有關。如果問我這跟疾病，或者跟健康有沒有關係，其實是非常有關係。因為我們都知道，復健跟重返社會其實是很重要的。可是我在這個研討會之前，從來沒有把它連在一起，一直分割地看。這一次透過閱讀金息老師的書，還有星野老師的作品，我覺得他們兩個其實不太一樣。但是有共同碰觸到一個東西，都是關於「不是人」的這個問題，用不同的角度處理不是人的問題，就是「非人」。

何致和：本來希望亦絢老師待會有時間的話，再多講一點。我想我完全同意亦絢老師的看法，我也知道蘇珊‧桑塔格的《疾病的隱喻》，她想要打破跟破除的事情，畢竟那很嚴肅。我本來想要把氣氛炒得很輕鬆、愉快一點，所以才想來談談愉快的這個形象學。沒關係，我們接下來請星野老師談一下，想談什麼都可以。

星野智幸：最後亦絢老師提到「非人」這個關鍵字，我現在剛好在日本的報社寫一個連載，這個連載的標題剛好就是「不是人」。我們一般講不是人，可能日文跟中文的意思很像，會指這個人非常的冷酷、無情。但是我想講的不只是這樣，而是人有時候不如你想像的，是這樣的一個人的狀態。我昨天演講的時候，雖然有對日本的「自肅文化」做一些批判，但是身為一個小說家，其實最擅長做自肅跟隔離這樣的行為。在日本疫情蔓延的時候，開始呼籲大家要保持社交距離，盡量待在家裡，然後遠距的工作等等。在我看來，這個就不需要忍耐，因為這就是我平常的日常，我本來就是過著這樣的生活。我有時候會聽到一些朋友抱怨，現在都得待在家裡，不像以前有工作跟下班之後可以切換，覺得這個日子好難受。我就會在心裡偷偷笑他們

——這一些遠距的外行人。

剛剛何老師有問，如果疾病有一個形象，我們想像中的COVID-19會是什麼樣的形象？在我看來，它是一個非常聰明的間諜集團。你覺得你好像已經抓到、發現它的真面目，可是它突然又換了一張臉，然後潛入到你的集團當中。我覺得這個間諜的本質在於，它不惜要喪失自我、喪失自己原本的面貌，也要偽裝成對方的樣子、對方陣營的樣子。如果從這個角度來看，我覺得COVID-19是一個非常優秀的間諜。它也不是人，當然因為它是病毒，它本來就不是人，所以我們人類社會，就在COVID-19這麼優秀的間諜的控制之下，或者是受它的影響，我們可能在一些自己也沒有意識到的狀態，不得不做非常多的改變。像剛剛講的這個狀況，當我們生在這樣的環境當中，你會覺得你是它的一份子。你是現在這個世界處境當中的一份子，你覺得非常的痛苦。可是如果我們把自己抽離開來的話，各位可以想像一下，在這一片樹林當中，如果風吹過樹林，樹葉會擺動，但是身在樹林當中看，跟假設有一個無人機，從上方往下攝影的時候，你會發現這個樹葉的擺動其實是有一定規律的。所以從這樣的觀點來看，我會覺得這當中其實都

牽涉到了流動,不管是剛剛我們講風吹過樹葉的流動,或者是說疫情給這個世界帶來的變動,跟我們人的世界當中的變動,我覺得似乎都有一些類似的性質。

我現在正在思考的是,人類常常覺得我們所有的行動,都是因為自己的意志去驅動。但是或許有時候它其實是像這個樹吹過風,我們是在一個無形的、很大的力量之下被驅動的。如果除了這些外在的力量,有一些是發自自己的意志所驅動的東西,那會是什麼呢?這是我現在正在思考的問題。或許人的意志,會比我們人過去自己所以為的,或者這個世界所以為的、這個社會所以為的,它能夠發揮的功能其實是更加小的。因為當我們在一個很大的潮流中,儘管在這樣的一個大的潮流當中,我們個人所有的意識,它對我們自己個人來說,還是確實存在的,也對我們是相當重要的。

剛剛金老師有講她去採訪一些視覺障礙的朋友。那我自己呢?其實我的左耳,有一點重聽,是聽不太到的。在2008年的時候,我突然得了突發性的重聽,所以我的左耳,不是完全聽不見,但大概只能聽得見一半的聲音。就像剛剛老師所說的,我自己也是

在失去聽覺之後，身邊多了一些跟我一樣重聽的朋友，有一些人是出生下來就完全聽不見任何聲音，也有一些是在成長過程當中突然失去了聽力。程度也是各有不同，有一些人非常的嚴重，但有一些人還能夠聽得見一點聲音，所以大家的感受，或是跟這個疾病相處的方法、程度都會不太一樣。在這樣的體驗當中，讓我感覺到的是，一個人如果是生來就失去了聽力，跟成長過程當中失去聽力，是非常不一樣的。如果是一個後來才失去聽力的人，他有所謂的標準。他覺得聽得見才是自然的，才是標準的，才是理所當然的，所以他會經歷一個失去聽力的過程。

當面臨這樣的一個局面，人可能有一些不同的做法。有些人會因此覺得，啊！我是一個掉到這個標準的框框以外的人了，我是一個大家所謂的殘障者，我開始變得非常悲觀。另外還有一種方法是，把原本我們對於標準的認知，變得再寬鬆一點，把我的標準進行一些調整，當然這樣的調整是需要花時間的。我自己是選擇後者，就是調整我原有的標準。自從我下定決心，改變我自己的標準之後，我就去裝了剛剛給各位看的助聽器。我既然聽不見，那就裝助聽器，這就跟眼睛視力不好的人戴眼鏡，是一樣的道理。

我們常說，重聽是一個很容易在社會上被大家忽略的疾病，因為眼睛沒有辦法判斷這個人是不是有這樣的困難，所以我刻意裝上助聽器，也是希望能夠讓大家看到這件事情。在疫情期間，因為不出門，沒有跟人見面的必要，我那段時間幾乎不需要戴助聽器。所以疫情這段時間，對我來講，是一段可以不用去思考我聽不聽得見，這個問題的時間。可是長時間不見人，還是會給我帶來一些心理上的壓力，所以我偶爾還是會跟朋友見面、去喝酒。然後等到要跟朋友相處見面的時候，我就會重新想起來，我是聽不見的。在這樣的狀況當中，個人的意志就開始發揮功能了。碰到這樣的狀況，我可以有兩個選擇：一個是覺得每一次出去都要戴助聽器好麻煩，我不要跟朋友見面好了，或者是我也可以覺得，既然已經在之前調整過一次我的標準，那我這次就再調整我的標準，來適應周邊生活。

　　我剛剛跟大家分享的，是我對於人的意志的看法，還有到底人是不是人。我覺得我都從這些生活當中的小細節去發掘自己的想法，今後我也會把這些感觸、這些想法繼續寫到我的小說裡。

何致和：這真的非常厲害，她很有創意的去觀看這個COVID-19的形象，而且也刺激了一些想法。至少在人生處事的態度上，她可以不斷的自我調整，我覺得這很重要。這就是莊子說的，要「與時俱化」。我們要隨著時間時勢，不斷的調整生活態度。接下來就請金息老師。

金　息：我見過一些視覺障礙者，就我的社工的身分去看到的一些慰安婦奶奶們，或者是一些有創傷的姊姊們。我在社區看到的一些人，看到他們的時候，他們都變成一個形象來靠近我的，其實就是磁鐵再加天使。因為磁鐵是有吸力的，他們就像磁鐵一樣，吸引我進來的磁鐵，然後是像天使一樣的存在。這當然不是把我所見過的障礙人士或慰安婦奶奶美化的一個話語，而是我見到他們之後，我心中的一個感嘆。因為我談論一些慰安婦奶奶的故事，出了一系列的小說。我身邊的人，因為這是太痛苦的故事，他們很擔心我有一些，因為這個故事帶來的創傷，所以他們其實非常的擔心我。我拜訪這些慰安婦奶奶，大概有三個季節跟她們見面、採訪她們，有了所謂的聯繫跟緣分。可是，反而是我每次跟她們聊天的過程，她們的存

在，她們光是坐在那裡，其實就帶給我非常大的療癒。她們有一位是十五歲便成為慰安婦，有一位是十三歲的時候成為慰安婦。她們很小很小的時候就去當慰安婦，所以沒有好好度過自己的人生，她們沒有家庭、沒有小孩，一輩子都非常貧困過著生活，她們心裡懷抱著一個羞恥的心。其中有一位，因為她在平壤，所以跟她的家人完全的斷絕，就像孤兒一樣的生活著。

其實探訪她們的時候，讓我非常驚訝的是，她們都是超過九十幾歲的老奶奶們，可是她們並不像經歷過非常大的風暴的人。她們的語言、表情或者是感情，絕對不像是歷經風霜，反而讓我感覺到是非常有威嚴的人。她們光坐在那裡，就會讓我感到有一個威嚴的象徵，然後讓我非常驚訝人類的恢復意志，是多麼的偉大。我有這樣的體認。我每次見到她們，看到她們經歷這麼可怕的一個事實的時候，雖然我根本沒有經歷過，我卻非常的懦弱，或者是軟弱，可是跟她們訪談的時候，讓我再一次回顧自己，可以讓我對人類的一個尊嚴或是恢復力，有更大的體認。我寫小說時那種很疲累、很累的心情，因為跟她們在一起，讓我可以完全的忽略，可以漠視辛苦的部分。我光跟她

們在一起的一個瞬間，就可以讓我有感受到這種人類的尊嚴，可以進到什麼樣的一個境界。我寫我的文章、我的小說，透過我的傾聽，其實並不是幫這些慰安婦奶奶們找到她們已經被毀損的人權。而是透過傾聽她們的故事，然後寫下來，反而恢復了我自己作為人的人權，或者是尊嚴的一個部分。所以她們對我來講，就好像一個天使。

磁鐵這個單字，為什麼會出現？我為什麼說磁鐵呢？其實在我訪談的兩位中，有一位對我說過非常溫暖的一句話。這些慰安婦奶奶跟我做訪談，對她們來講，也是一個非常需要耐心的工作。我有時候可能一整天都在訪談，或者是在那邊住一天，然後繼續訪談。因為我訪談做得太累，做完訪談很疲倦，想要回去的時候，這句話其實我有寫在我的小說裡面，不是寫在《最後一個人》，我寫在其他的小說裡面，那個奶奶跟我說：「不要走，不要走，靠在我的背上睡覺。」那個時候，奶奶們對我來講，就是一個磁鐵。

我剛才說過，我也訪談了四個有視覺障礙的人的故事。有一個本來是弱視，後來變成全盲的人。他是二十歲中期時，變成全盲。他本來是學校的英文老師，我拜託他讓我去聽他上課。在那個教室，只有六

個學生，其中有個人非常瘦小。她其實是五年級，可是看起來就像三年級，很瘦小的女生，這個小孩子一出生就是全盲。這個老師是二十歲中期才變成盲人，所以他對於一出生就全盲，所擁有的那種敏感的**聽覺、觸覺**，那種感覺他其實是沒有的。因為他不是一開始就是全盲，所以在教室或走道移動的時候，他其實比一出生就全盲的人更遲鈍。下課的時候，這個老師本來有白手杖，他不小心沒有拿穩掉下來。這個老師沒有白手杖是沒有辦法移動的，因為它突然掉下來，他就不知道怎麼辦才好，一直在找。那個小女生突然間就問老師說怎麼了，他說白手杖不見了。這個小女生就說，老師你靠著我，我帶你去要去的地方，然後她就帶他去。對從弱視到全盲的人來說，這個從出生就是全盲的小女生，就是一個天使。

我覺得那些看不到的人，可以看到我們正常人看不到的東西，所謂聽不到的，會聽到我們聽不到的一些事情。就好像幻聽，我們正常人是聽不到的，可是對有些人來講，他就會有所謂的幻聽。我們覺得他聽到了不存在的聲音，可是對他們來講，其實是一個存在的聲音，所以我覺得他們其實也會有我們不知道的一個特別的能力。有這些疾病或者是障礙的人，他

們的故事給我們這些正常的人，有更豐盛的一些題材。就像磁鐵一樣，給我們一些更寬廣的題材，讓我們學習。

何致和：很感謝金息老師的分享，她的磁鐵跟天使的形象，也很高興知道她可以從跟慰安婦聊天過程中得到療癒，這個是我比較難以想像的。因為時間關係，我知道亦絢還有一些話要講。但是我想我們今天需要控制時間，所以時間盡量保留給外賓。以後亦絢，還有很多機會可以聽妳演講。我們把時間開放給在場的各位來賓，有沒有任何人想到什麼，就請提出問題吧。

現場參與者A提問：主持人，還有各位作家好，我是Openbook閱讀誌的吳致良。我想請問金息老師，因為金息老師的書非常精彩，就在於她帶讀者看到了很多難以逼視的事情，然後用滿冷靜的方式帶讀者去看。我想請教金息老師，在寫作的過程，同時要感同身受，跟做很冷靜的安排，它是一種衝突的過程嗎？還是它並不是一個衝突的過程。第二個問題，想要請教剛剛主持人有提到，其實我們應該跟我們描寫的東西保持著一個距離。我想請教金息老師也是這個距離，就是說因

為我們知道在傷痕書寫裡，通常沒有被講出來的東西，可能比講出來的東西更多。這時候沒有被講出來的東西，我們就需要去做補足。補足的過程有可能是沒有講出來的，所以我不能講，跟沒有講出來的，所以我應該要講。這些慰安婦，她們可能沒有講出來的，我不應該去寫，還是她們沒有講出來的，所以我應該要去補充。這個線應該怎麼拿捏？這是我的問題。謝謝。

何致和：謝謝致良的提問。你這個問題很長，我想就請老師簡短的用三分鐘的時間回答。我想這個問題，讓金息老師準備一下，因為其實滿不容易一時說清楚。

金　息：對我來講，其實感同身受或是冷酷對待，是沒有衝突的。因為不管是這些視覺障礙的盲人，或者是慰安婦奶奶們，其實對我來講都是有魅力的人。我採訪這些人，要寫這些人都是有魅力的，想要問什麼問題，我心裡會自然而然的出現。我對他人就是有好奇，他到底懷念什麼？他覺得最美麗的是什麼？所以其實對我來講，沒有什麼衝突的問題。我對她們提出一些提問，然後她們回答問題，我把她們的話寫成小說。在

她們的前面有一個「我」,就是聽她們說話的一個「我」,那其實還有另外一個「我」,是聽她們的話之後,寫文章的一個「我」。這兩個「我」,從故事開始,從小說開始,從寫作開始,直到最後都是非常緊張地在互相角力,因為我一直在檢視我自己——我會不會把這個奶奶的話扭曲,或者是誇飾?為了起承轉合的構造,我把她們的故事關在這裡面,所以這兩個「我」就是一直在互相牽制。可是那個牽制的「我」也不能力量太大,兩方的「我」不斷尋找著一個平衡點,在這個過程當中,我不會讓自己偏向哪一方,去破壞它的平衡。所以我其實不會說,這兩方是沒有衝突的。

何致和:謝謝老師。我們再跟哪位繼續提問,我們還有一點點時間。

現場參與者B提問:各位老師大家好,我是陳佳榆。今天主要想問的問題是,關於張亦絢老師剛剛講到界限,它有時候並不是一個這麼絕對的、牢不可破的存在,它有時候是一個比較曖昧流動的狀態。雖然今天的主題是比較聚焦在,疾病在文學當中的展現,但因之前讀過

您的作品，我想問，這種界線間的曖昧狀態是不是也有一點類似您可能在書寫，比如說性意識或是情慾，或人們會把特定的性趣區分成，它是異常的，它是變態的，然後其他才符合正常範圍，可是那個正常的範圍好像又不是像理論說的這麼絕對，它會一直浮動。我想問，這種界線間微妙的感覺是不是在您書寫中，也有類似這樣的展現？

張亦絢：我覺得妳好像是講了一些讚美的話，而不是個一問題，讓我其實有點為難。這樣講好了，就是說性慾跟病，有時候確實是跟我剛剛講的，它可能是另一個自己，或者是說未來的自己。我們都知道Happy Together（《春光乍洩》），梁朝偉在電影裡面，今天的貞潔，明天可能是放蕩，其實就跟妳的健康或身體的狀況都是在變化當中。我希望我這樣有稍微回答妳的問題。

何致和：謝謝亦絢的回答。最後一個問題，因為我想大家應該都很累了。

陳佩甄：我想跟星野分享一個關於聽力的經驗。我在學生時

期，有被要求去幫忙教一位高中男生英文。那個男生是需要戴助聽器就可以聽到，他天生聽力非常微弱。我教他英文都是在晚餐時間，他們家非常安靜。台灣人用晚餐是要配電視、新聞，很吵，但他們家非常的安靜，是一個三代同堂的家庭。跟聽力比較，我發現他們家的集體活動是閱讀，所以這個孩子變成家庭裡很重要的生活方式的標準。我的弟弟生了一個女兒，她也有聽力的問題，患有小耳症。我現在就在想，我要怎麼跟這個女孩，以後也發展出一個以她為主，或者是跟她一起生活的方式。所以我對你剛才分享你自己的經驗，或是一開始講到社會標準的機制，怎麼從文學作品裡頭被揭露，讓一個讀者，包含我自己，得到很強的共鳴。我非常認同，就給你一點點回饋。

星野智幸：謝謝。陳老師我剛剛也有聽妳發表，我也是覺得非常的佩服。

張亦絢：如果有時間的話，我還是想要推薦大家讀星野老師的《俺俺》，這本小說非常的精彩。雖然老師昨天說不是探討精神疾病，可是我認為它是一個非常有預知力

的小說。它描述的，如果說跟疾病有關，是一種社會性的徵候。它其對現代的裝置，像是手機、各種設備怎麼樣改變了人跟人的關係，裡面有非常多值得思考的東西，而且又恐怖又爆笑。我非常推薦大家，星野老師《俺俺》、金息老師《最後一個人》這兩本小說都可以好好的閱讀。

何致和： 感謝亦絢的推薦。我想主辦單位非常用心，這次請來的都是非常重量級的作家。我想我們如果同意疾病跟文學有密切的關係，甚至可能會催生文學作品的話。在這三年來，全世界都捲進去，造成了這麼多人的死亡，還有留下這麼多的後遺症。現在疫情可能要過去了，之後會不會刺激更多作家的創作靈感，還有創作的慾望。在未來的十年、二十年後，爆發出所謂的COVID-19文學的這樣一個潮流呢？我覺得很有可能，也希望它成為可能。今天很感謝幾位老師，還有在場所有的來賓參與，今天的座談會就到這個地方結束。謝謝大家。

座談會後合照（照片左至右：何致和、星野智幸、范銘如、張亦絢、金息、吳佩珍、林文玉、詹慕如、孫洪奎）

秀威經典　　　語言文學類　PG3158　新視野75

疾病與文學：
台日韓作家研討會論文集

主　　　編/紀大偉、陳佩甄、羅詩雲
策　　　劃/國立政治大學台灣文學研究所
責任編輯/孟人玉
圖文排版/楊家齊
封面設計/嚴若綾

出版策劃/秀威經典
發 行 人/宋政坤
法律顧問/毛國樑　律師
印製發行/秀威資訊科技股份有限公司
　　　　　114台北市內湖區瑞光路76巷65號1樓
　　　　　電話：+886-2-2796-3638　傳真：+886-2-2796-1377
　　　　　http://www.showwe.com.tw
劃撥帳號/19563868　戶名：秀威資訊科技股份有限公司
　　　　　讀者服務信箱：service@showwe.com.tw
展售門市/國家書店（松江門市）
　　　　　104台北市中山區松江路209號1樓
　　　　　電話：+886-2-2518-0207　傳真：+886-2-2518-0778
網路訂購/秀威網路書店：https://store.showwe.tw
　　　　　國家網路書店：https://www.govbooks.com.tw

2025年3月　BOD一版
定價：420元
版權所有　翻印必究
本書如有缺頁、破損或裝訂錯誤，請寄回更換

Copyright©2025 by Showwe Information Co., Ltd.
Printed in Taiwan
All Rights Reserved

讀者回函卡

國家圖書館出版品預行編目

疾病與文學:台日韓作家研討會論文集 / 紀大偉, 陳佩甄, 羅詩雲主編. -- 一版. -- 臺北市:秀威經典, 2025.03
  面;   公分. -- (語言文學類 ; PG3158)(新視野 ; 75)
BOD版
ISBN 978-626-99011-3-5(平裝)

1. CST: 文學與人生 2. CST: 文集

810.72   114000140